Bibliothek der Abenteuer

Edward Bulwer-Lytton

DIE LETZTEN TAGE VON POMPEJI

Edward Bulwer-Lytton

DIE LETZTEN TAGE VON POMPEJI

Übertragung und Einführung
von Hermann Gerstner

Arena

Die Reihe »Bibliothek der Abenteuer«
wird herausgegeben von Heinrich Pleticha

CIP-Titelaufnahme der Deutschen Bibliothek

Bulwer-Lytton, Edward:
Die letzten Tage von Pompeji / Edward Bulwer-Lytton. Übertr. u. Einf. von Hermann Gerstner. – 2. Aufl. – Würzburg: Arena 1990
(Bibliothek der Abenteuer)
Einheitssacht.: The last days of Pompeji <dt.>
ISBN 3-401-04311-0

2. Auflage 1990

Originaltitel: «The last days of Pompeji»
Übertragung, Bearbeitung und Einführung: Dr. Hermann Gerstner
Einbandgestaltung: Karl Müller-Bussdorf
Gesamtherstellung: Pfälzische Verlagsanstalt, Landau
ISBN 3-401-04311-0

Inhalt

Vornehme Pompejaner

Auf einer Straße in Pompeji trafen sich zwei Männer, die sich seit längerer Zeit kannten.

»Sieh da! Diomed, das trifft sich gut! Wirst du heute abend auch bei Glaukus essen?« fragte Clodius, ein junger feiner Herr, der seine Tunika in zierlichen Falten trug.

»Er hat mich nicht eingeladen, mein lieber Clodius«, entgegnete Diomed, ein stattlicher Mann in mittleren Jahren, »leider nicht, denn seine Küche gilt ja als die beste von ganz Pompeji.«

»Sehr richtig, nur fehlt es immer an Wein. Er behauptet, daß der Wein den Kopf schwer mache.«

»Billige Ausrede«, sagte Diomed bedeutsam, »ich glaube, daß Glaukus bei all seiner Verschwendung nicht so reich ist, wie es den Anschein hat.«

»Um so mehr Grund, bei ihm zu schmausen, solange sein Geldbeutel es aushält.«

»Er liebt das Würfelspiel, wie ich höre.«

»An jedem Vergnügen findet Glaukus Gefallen.«

»Übrigens, Clodius, warst du schon in meinem Weinkeller?«

»Ich glaube nicht, mein Lieber.«

»Dann mußt du einmal bei mir essen, ich habe ganz gute Muränen in meinem Fischteich.«

»Mach meinetwegen keine Umstände! Aber entschuldige mich jetzt, ich will ins Bad – und du?«

»Staatsgeschäfte! Leb wohl!«

»Großsprecher«, murmelte Clodius im Weitergehen, »in seinen Weinkellern sollen wir Adeligen vergessen, daß er der Sohn eines Freigelassenen ist!«

Alsbald erreichte Clodius die Hauptstraße, in der sich Fußgänger und Wagen drängten. Lustig klangen die Schellen von den vorüberfahrenden Zweispännern.

»He, Clodius«, rief da plötzlich mit wohllautender angenehmer Stimme von einem prächtigen Gefährt herab ein junger Mann. »Nun, wie hast du nach deinem Glück im Würfelspiel geschlafen?«

Die beiden Pferde des eleganten zweirädrigen Wagens standen auf einen leisen Ruf hin still. Der Besitzer des Fahrzeuges und der edlen Rosse war der junge Athener Glaukus, der sich in Pompeji gute Tage machte. Man sah gleich, daß er auf ein gepflegtes Aussehen großen Wert legte. Seine Tunika glänzte purpurn, und in den goldenen Spangen, die sie festhielten, funkelten Smaragde. Um seinen Hals trug er eine goldene Kette, die vorn durch einen Schlangenkopf verbunden war. Aus dem Rachen des Tieres hing ein Siegelring, ein kostbares Stück.

»Ach du, Glaukus«, rief Clodius, »gerade habe ich an dich gedacht! Ich bin froh, daß dein Verlust im Würfelspiel anscheinend deine gute Laune nicht verdorben hat.«

»Ha, wegen der elenden Münzen lasse ich mir keine grauen Haare wachsen. Du ißt doch heute abend wieder bei mir?«

»Hat jemals einer die Einladung des Glaukus vergessen?«

»Gut – und wohin führt dich jetzt dein Weg?«

»Ich will die Bäder besuchen – aber ich habe noch eine Stunde Zeit.«

»Dann geh' ich ein wenig mit dir spazieren, wenn es dir recht ist.«

Glaukus überließ das Gefährt seinem Wagenlenker und wanderte mit seinem Freund zu Fuß dahin.

Nydia, Julia und Arbazes

Im flüchtigen Gespräch über tausenderlei Dinge schlenderten die beiden jungen Männer durch die Straßen Pompejis und kamen in jenes Stadtviertel, wo die schönsten Kaufläden prunkten.

Glaukus erzählte dabei begeistert von seiner Heimatstadt Athen, von den prachtvollen Tempeln auf der Akropolis, von der Bildhauerkunst eines Phidias und dem Wohllaut der Homerischen Gesänge. Er verglich damit die Leistungen der Römer und meinte, die Griechen seien eben doch die wahren Lehrmeister in der Kunst und allen überlegen.

Obwohl Clodius durch diese Ausfälle gegen seine römischen Landsleute ein wenig verstimmt wurde, tat er doch so, als teile er die Ansicht seines Freundes, da er gerne den Leuten zu Gefallen redete.

So kamen die beiden im Gespräch aus einer schmalen Straße auf einen freien Platz. Hier wurden sie durch eine Menschenansammlung aufgehalten, die sich unter der schattigen Säulenhalle eines Tempels um ein Mädchen drängte. Die hübsche junge Person hatte in ihre rechte Armbeuge ein Blumenkörbchen gehängt, in der linken Hand hielt sie eine dreisaitige Lyra. Nun sang sie zu den leisen und sanften Tönen des Instrumentes ein rührendes Lied. Nach jeder Strophe schwang sie ihr Blumenkörbchen zierlich im Kreise umher und bot bunt geflochtene Kränze zum Verkauf.

Manches Geldstück fiel in ihr Körbchen, teils aus Freude über den Gesang, teils aus Mitleid mit der Sängerin – denn sie war blind.

»Das ist meine arme Thessalierin«, bemerkte Glaukus, »ich habe sie seit der Rückkehr von meiner Reise noch nicht wiedergesehen. Horch, wie nett sie singt!«

Sie lauschten dem ergreifenden Lied des blinden Blumenmädchens.

»Bitte gib mir einen Veilchenstrauß, schöne Nydia«, rief Glaukus. Er drängte sich durch die Menge, warf eine Handvoll kleiner Münzen in das Körbchen und fuhr fort: »So schön hast du noch nie gesungen, Nydia.«

Die Blinde beugte sich vor, als sie die Stimme des Atheners hörte. Ihr Gesicht wurde glutrot.

Sie erkannte die Stimme sofort. »So bist du also von der Reise wieder zurück«, fragte sie leise.

»Ja, mein Kind, erst seit wenigen Tagen bin ich wieder hier. Ich brauche dich wie früher für meinen Garten, du verstehst viel von den Blumen. Komm doch morgen zu mir, dann können wir alles verabreden.«

Nydia nickte und lächelte freudig, während Glaukus seinen Veilchenstrauß empfing und dann mit dem Gefährten guter Dinge weiterzog.

»Dieses Kind«, fragte Clodius, »steht wohl unter deinem besonderen Schutz?«

»Das Mädchen singt so schön, und außerdem stammt es wie ich aus Griechenland – es kommt aus Thessalien.«

Sie hatten keine Zeit, sich weiter über das blinde Blumenmädchen zu unterhalten. Denn nun begegnete ihnen eine andere Bekannte, eine elegante Erscheinung, die von zwei Sklavinnen begleitet unterwegs zu den Bädern war.

»O Julia, mit jedem Tage wirst du hübscher. Dein Vater Diomed kann stolz auf dich sein!« sagte Clodius.

Und Glaukus bemerkte höflich: »Schöne Julia, wir grüßen dich.«

Feurig funkelten die großen schwarzen Augen des Mädchens.

»Nun wieder in Pompeji, Glaukus?« fragte Julia den Athener mit bedeutungsvollem Blick, »wir haben uns lange nicht gesehen – vergißt man so schnell die Freunde des letzten Jahres?«

»Aber schönste Julia«, erwiderte Glaukus, »wer könnte dich vergessen!«

»Nun, ich werde euch beide doch hoffentlich bald in der Villa meines Vaters wiedersehen«, meinte Julia.

»Es wird mir eine Ehre sein, deinen Vater zu begrüßen«, antwortete Glaukus.

Und Clodius fiel gewandt ein: »Den Tag, an dem wir euch besuchen, werden wir mit einem weißen Stein bezeichnen.«

Ehe sich Julia zum Gehen wandte, blickte sie noch einmal zärtlich und vorwurfsvoll zugleich den Athener Glaukus an.

Dann schritt sie gefolgt von ihren beiden Sklavinnen stolz davon.

Auch die Freunde pilgerten weiter.

»Ein schönes Mädchen, diese Julia, wahrhaftig«, sagte Glaukus.

»Hm – aber im vorigen Jahr, vor deiner Reise, hast du sie mit verliebteren Augen angesehen.«

»Mag sein, mein Lieber, damals war ich von ihr geblendet. Jetzt aber sehen meine Augen schärfer, klarer. Ich glaube, ich bin gar nicht mehr in sie verliebt.«

Glaukus seufzte, während sein Begleiter überlegen lächelte.

Sie waren jetzt in einer weniger besuchten Straße, von deren Ende aus man weit auf das Meer hinausschauen konnte. Sanft spielten die Lüfte über dem leise bewegten Golf, wunderbar schillerte das Farbenspiel der Wellen, der blumige Duft der Gärten vereinte sich mit dem kräftigen Geruch der See.

»Komm«, sagte der Athener zu Clodius, »geh mit mir hinunter ans Meer. Die Sonne scheint so herrlich!«

»Gern, mein Lieber.«

In der strahlend hellen Bucht schaukelten die Handelsschiffe und die vergoldeten Gondeln der reichen Bürger. Dazwischen glitten die Fischerboote hin und her. In der Ferne gewahrte man die hohen Maste der Kriegsflotte. Am Ufer saßen Fischer und Bauersleute beisammen und erzählten sich mit lebhaften Gebärden Geschichten.

Glaukus zog seinen Gefährten aus dem Gewühl fort zu einer einsameren Gegend der Bucht. Hier setzten sich die Freunde auf ein Felsstück, das die glatten Kiesel des Strandes überragte, und genossen die kühlende Meeresluft. Während Clodius in seinen Gedanken berechnete, wieviel er am Würfelspiel in der letzten Woche verdient hatte, blickte sein athenischer Freund versonnen und träumerisch auf das farbenschillernde unendliche Gewoge des Meeres hinaus.

»Sag, Clodius«, fing endlich Glaukus an zu sprechen, »warst du jemals so von ganzem Herzen verliebt?«

»O ja, sehr oft!«

»Wer sich so oft verliebte«, entgegnete Glaukus, »war niemals richtig verliebt.«

»Na – und du?«

»Hm – ich weiß nicht recht ...«

»Vielleicht hast du dein Herz doch an die schöne Tochter Diomeds verloren. Julia verehrt dich und macht auch kein Hehl daraus. Beim Herkules, so eine reiche und verlockende Erbin findet man nicht alle Tage.«

»Nein, nein – ich verkaufe mich nicht!« antwortete Glaukus erregt. »Vielleicht hätte ich noch vor einem Jahr nicht gezögert – aber jetzt ...«

»Nun – wer ist dann die Auserwählte?«

Glaukus sagte entschlossen: »Du sollst es wissen, Clodius. Vor einigen Monden lebte ich in Neapel. Du weißt, daß diese Stadt so ganz nach meinem Geschmack ist. Man merkt dort noch, daß sie von Griechen gegründet worden ist. Eines Tages trat ich in den Tempel der Minerva, um mein Gebet an die Göttin zu richten. Der Tempel schien mir leer zu sein. Ach – da drängten sich die Erinnerungen an das heimatliche Athen in mein Gebet, mit lauten Worten erflehte ich den Segen für meine Vaterstadt. Plötzlich wurde ich durch einen tiefen Seufzer aufgeschreckt. Ich sah mich um und erblickte hinter mir ein weibliches Wesen. Die Schöne hatte während des Gebetes ihren Schleier zurückgeschlagen. Ich sah ihre Augen, ich war ganz verwirrt. Mir war, als hätte ich vorher noch nie so ein hübsches Gesicht gesehen. Ich glaubte, eine stille Schwermut in ihren Zügen zu lesen. Sie weinte. Sie sah dabei aus wie die jungen Frauen meiner Heimat. Ich redete sie an, mit bebender Stimme. Verzeih, sagte ich, wenn mich nicht alles täuscht, stammst du aus meiner Vaterstadt, aus Athen. Sie errötete, ließ ihren Schleier halb übers Gesicht fallen und antwortete leise, daß sie selbst in Neapel geboren sei, daß ihre Vorfahren aber in der Tat aus Athen gekommen seien. Ich schlug ihr vor, unser Opfer gemeinschaftlich für Athen, die Stadt unserer Ahnen, darzubringen. Sie nickte. Und als nun der Priester erschien, vereinigten wir unser Gebet bei seinem Tempeldienste. Ich fühlte eine seltsame, fast heilige Neigung für meine fromme Gefährtin. Mir war so, als hätte ich sie schon seit Jahren gekannt. Schweigend verließen wir nach dem Opferdienst den Tempel meiner heimatlichen Göttin Minerva, und gerade wollte ich meine Begleiterin fragen, wo sie wohne und ob ich ihr einmal einen Besuch abstatten dürfe, als ein Jüngling, den ich nach seiner Ähnlichkeit für ihren Bruder halten mußte, auf sie zutrat und sie bei der Hand nahm. Sie wandte sich noch einmal zurück und sagte mir Lebewohl. Dann verschwand sie an der Seite des Jünglings in der Menge. Ich sah sie seitdem nicht wieder. Fand nicht die geringste Spur von ihr. Ich weiß nicht, ob ich die Unbekannte liebe. Aber ich habe mich selbst schon bei dem Wunsch ertappt, daß ich sie gern wiedersehen möchte.«

Clodius wollte mit einem Scherzwort erwidern. Da hörten die Freunde auf dem Kies ganz in der Nähe feste und energische Schritte. Sie sahen auf und erkannten sofort den Herankommenden.

Es war ein Mann, der kaum das vierzigste Jahr erreicht hatte. Eine schlanke stattliche Erscheinung! Seine dunkelbraune Hautfarbe verriet seine orientalische Herkunft. Kühn hob sich die Nase aus seinem Gesicht. Gebieterisch und finster blickten seine Augen. Nun kam er würdevoll heran und raffte dabei sein faltenreiches Gewand mit einer stolzen Gebärde.

Während die beiden Freunde Glaukus und Clodius höflich grüßten, berührten sie unbemerkt den Talisman, den sie im Ring trugen.

Denn dieser Ägypter namens Arbazes stand in dem Ruf, daß er mit einem giftigen bösen Blick schlimmen Schaden verursachen könne.

»Ein netter Platz, den ihr euch da ausgesucht habt«, bemerkte Arbazes mit einem kalten Lachen.

»Hier am Meer kann man sich vom Lärm der Stadt wunderbar erholen«, entgegnete Glaukus, »beim Rauschen der Wellen und beim Blick auf die See kommt man auf seine besten Gedanken.«

»So junge Leute, wie ihr seid, sollten nicht soviel denken«, meinte der Ägypter, »in eurem Alter solltet ihr bei anderen Vergnügungen Erholung finden, Pompeji hat genug Freuden für euch bereit.«

»Wir sind keine Kostverächter«, mischte sich Clodius ein.

»Ich glaub' es wohl«, fing der Ägypter wieder an, »freut euch der Stunde, solange sie euch lächelt. Bald ist die Rose verwelkt, bald ihr Duft verhaucht. Genießt das Glück der Erde, schöpft es aus!«

Unheimlich wie eine Beschwörung sagte Arbazes diese Worte und blickte dabei die jungen Männer mit einem düsteren Lächeln an. Dann raffte er sein Gewand enger um die Schultern und ging hochmütig davon, ohne sich umzusehen.

»Ah – nun atme ich wieder freier«, sagte Glaukus, »so ein Kerl ist wie ein Alpdruck.«

Clodius fügte hinzu: »Hast recht, ein sonderbarer Mann! Ich möchte nicht mit ihm an einem Tisch sitzen. Ich glaube, der Ägypter könnte den besten Falerner in Essig verwanden.«

»Er hat ein doppeltes Gesicht! Nach außen wie ein Ehrenmann – aber in seinem Hause scheint es nicht so würdevoll zuzugehen. Man munkelt von tollen Festen in seiner düsteren Wohnung. Nun, er ist reich, sehr reich, sagt man. Er kann sich vieles leisten.«

»So«, meinte Clodius nachdenklich, »reich – sehr reich sogar! Wahrhaftig, ich habe auch schon allerlei über das Vermögen des Ägypters gehört. Das sollte eigentlich für uns ein Grund sein, ihn doch in unsere Gesellschaft zu ziehen und ihm Geschmack am Würfelspiel beizubringen. Es könnte unser Nutzen sein, ich wollte schon ein Spielchen mit ihm wagen.«

»Abwarten«, rief Glaukus lachend, »wer weiß, was für Freuden wir an diesem Ägypter noch erleben!«

Ein Gastmahl bei Glaukus

Die Götter hatten Glaukus Schönheit, Gesundheit, Vermögen, Klugheit, ein feuriges Herz und ein beschwingtes Gemüt verliehen. Aber sie hatten ihm die rechte Freiheit versagt. Als gebürtiger Athener war er mit den anderen Griechen infolge der Ausdehnung des römischen Weltreiches römischer Untertan geworden. Deswegen hatte er keine Möglichkeit, durch ein Amt in der Öffentlichkeit zu wirken. Er hatte seinen Reichtum für großzügige Reisen und für einen verschwenderischen Haushalt in der Kaiserstadt Rom benutzt und hatte sich erst nach geraumer Zeit – ermüdet von den Vergnügungen der Weltstadt – in sein stilleres schmuckes Haus nach Pompeji zurückgezogen.

Diese Privatvilla war nicht groß. Aber sie war mit ihren Wandmalereien, den reizvollen Ornamenten und den goldverzierten Fußböden überaus prächtig und gehörte zu den besteingerichteten Gebäuden von ganz Pompeji.

Eine lange und schmale Vorhalle, auf deren Fußboden man in feiner Mosaikarbeit einen bellenden Hund mit den Worten »hüte dich vor dem Hunde« bemerkte, bildete den Eingang. Hier waren an den Seiten zwei Zimmer angefügt, in denen der Hausherr fremde unbekannte Besucher empfing.

Von dem engen Vorraum, dem Vestibulum, kam man in das Atrium, den eigentlichen Vorsaal, dessen Wände mit farbenprächtig gemalten Szenen aus den Homerischen Gesängen erfüllt waren. Hier hatte Glaukus, der Liebhaber griechischer Dichtung, die Wundertaten des Achilles verherrlichen lassen.

Auf einer Seite des Atriums führte eine kleine Treppe zu den Stuben der Sklaven ins obere Stockwerk hinan. Sogar dort waren die Wände mit Bildern aus der griechischen Sagenwelt bedeckt.

Im Erdgeschoß aber kam man aus dem Atrium in ein geräumiges Zimmer, dessen Eingänge mit purpurnen Teppichen geschlossen werden konnten. Hier zeigte ein Wandgemälde einen Dichter, der seinen Freunden Verse vorlas, während eine kunstvolle Mosaikarbeit im Fußboden einen Theaterdirektor im Kreise seiner Schauspieler darstellte.

Und nun gelangte man in das Peristyl. Dieser säulenumgebene Hofraum duftete köstlich mit seinen Blütengewinden. Inmitten leuchtete die Blumenpracht eines kleinen Gärtchens. Aus marmornen Vasen prangten die Dolden seltener Pflanzen, hoben sich die Ranken lieblicher Gewächse. Hinter dem Gärtchen war ein kleiner Tempel errichtet, den Glaukus seinen Hausgöttern geweiht hatte.

An die linke Seite der Säulenhalle schlossen sich zwei

Schlafzimmer an, zur rechten aber befand sich das Triklinium, das Speisezimmer, das mit einem besonders anmutigen Gemälde der Leda geschmückt war. Der prachtvolle Speisetisch, der in der Mitte des Raumes stand, war aus Zitronenholz gefertigt, spiegelglatt poliert und mit eingelegten Silberarabesken verziert. Um ihn gruppierten sich die Ruhesofas mit ihrem bronzenen Gestell, mit den schwellenden Polstern und gestickten Decken.

Hier im prächtigen Triklinium hatten sich an diesem Abend Glaukus und seine Gäste zusammengefunden. Sie waren gut gelaunt und unterhielten sich äußerst angeregt.

»Ich muß gestehen«, sagte der angesehene Ädil Pansa, indem er sich bequem auf einem der Sofas ausstreckte, »dein Haus, mein lieber Glaukus, ist zwar klein – aber es ist ein Schmuckkästchen. Ein Juwel!«

Und Clodius, der sich die Gelegenheit nicht entgehen ließ, dem einflußreichen Pansa etwas Freundliches zu sagen, ergänzte: »So ein Lob unseres allverehrten Pansa will etwas bedeuten.«

Glaukus verneigte sich verbindlich, klatschte in die Hände und gab den Sklaven das Zeichen zum Beginn des Mahles.

Da erschienen bescheiden und still die Diener und brachten auf Schüsseln und Platten die Vorspeisen: süße Feigen, appetitanregende Kräuter, Sardellen und Eierspeisen. Dazu reichten sie kleine Becher mit Wein, der mit Honig gemischt war. Als diese Gerichte aufgetragen waren, gaben hübsche Sklavinnen den Gästen silberne Becken mit wohlriechendem Wasser und weiße Handtücher, die mit Purpursäumen besetzt waren. So konnte jeder Gast der Sitte gemäß seine Hände reinigen.

»Sei uns gnädig gesinnt, verehrter Bacchus«, betete der Hausherr Glaukus und verneigte sich ehrfürchtig vor dem schönen Bild des Weingottes. Die Gäste folgten diesem Beispiel, sprengten Weintropfen über die Tafel und bekundeten durch diese Handlung ihre Verehrung für Bacchus. Hierauf streckten sie sich wieder auf die Polster, und die Mahlzeit begann.

Als die Schüsseln mit den Resten der Vorspeisen abgetragen waren und sich die Tafel nun mit saftigen Braten und leckerem Geflügel füllte, bemerkte Sallust, ein junger lebensfroher Pompejaner, der ebenfalls zu den wenigen Gästen des Glaukus gehörte, sichtlich wohlgelaunt: »Dies soll mein letzter Becher sein, wenn das nicht der köstlichste Wein ist, den ich jemals in Pompeji getrunken habe.«

»Heda«, rief Glaukus einem seiner Sklaven zu, »bring die Amphora her und laß uns Jahrgang und Herkunft des Weines wissen.«

Der Sklave las den am Verschluß befestigten Zettel und teilte alsbald mit, daß der gerühmte Wein vor nahezu fünfzig Jahren auf der Insel Chios gewachsen sei.

»Wie köstlich hat ihn das Eis gekühlt«, lobte der Ädil Pansa.

Kein Wunder, daß sich die Zecher den Trunk gut schmecken ließen und daß das Tischgespräch bei solchem Genuß niemals erlahmte. Nun kamen sie auf das Amphitheater zu sprechen, und der Ädil Pansa, der als städtischer Beamter die geplanten Veranstaltungen kannte, mußte von den zukünftigen Vorführungen berichten.

»Hallo, verehrter Ädil«, fragte jetzt Clodius, »und wann werden wir das nächste Tiergefecht erleben?«

»Es ist für die Mitte des Monats August angesetzt«, antwortete Pansa, »wir haben bereits einen reizenden jungen Löwen dafür im Käfig.«

»Und wer soll dem Raubtier vorgeworfen werden«, wollte Clodius wissen.

»Dumme Geschichte«, erwiderte der Ädil mit besorgter Amtsmiene. »Seitdem man durch das Gesetz verboten hat, daß wir nach Belieben unsere Sklaven den wilden Bestien vorwerfen können, ist es schwer geworden, Kampfgenossen für die Löwen und Tiger zu finden. Bei dieser Milde gegen die Sklaven kommt das Volk zu kurz. Das Volk will etwas sehen! Wie freuen sich die Leute, wenn so ein Kerl mit einem Löwen kämpfen muß!«

»Ha, die Gesetzgeber und Beamten sollten sich nicht in die Lustbarkeiten des Volkes einmischen!« meinte Clodius und schnitt sich dabei ein gehöriges Stück von einem Wildschweinbraten.

In diesem Augenblick wurde das Gespräch durch einen Tusch von Flötenspielern unterbrochen, zwei Sklaven traten ein und brachten eine neue große Schüssel.

»Hm – was für eine Delikatesse hast du diesmal für uns bereit, mein lieber Glaukus«, rief genießerisch Sallust, der trotz seiner Jugend kein höheres Vergnügen kannte als den Tafelschmaus.

»Beim Pollux«, sagte der Ädil Pansa, »das ist ja ein köstlich gebratenes Zicklein!«

»Ich hatte gehofft«, bemerkte Glaukus mit trauriger Miene, »euch britische Austern aufwarten zu können, aber sie sind leider nicht rechtzeitig eingetroffen.«

»Sind die Austern aus Britannien wirklich so delikat?« fragte der fünfte dieser Zechgenossen, ein Mann namens Lepidus, der bisher wenig gesprochen, aber desto mehr gegessen hatte.

»Ja, die Briten liefern uns tatsächlich exzellente Austern«, rühmte Sallust.

»Ich wollte, sie würden uns lieber einen Gladiator liefern«, meinte der Ädil Pansa, der mit seinen Gedanken wieder zu den Tierkämpfen zurückgekehrt war.

»Bei der Pallas Athene«, rief Glaukus, »ihr Römer seid an solche grausamen Schauspiele gewöhnt! Wir Griechen sind nicht so blutgierig. Wir freuen uns lieber über einen Wettkampf der Wagenlenker, der Diskuswerfer, der Läufer!«

Schmatzend brachte der junge Sallust das Gespräch wieder auf das vortreffliche Essen und äußerte begeistert: »Wie zart und knusprig ist doch das junge Ziegenfleisch!«

»Ich wette, mein lieber Glaukus, dein Koch ist aus Sizilien, wo man sich besonders gut auf die Genüsse der Tafel versteht«, bemerkte der Ädil Pansa.

»Ja, aus Syrakus«, antwortete der Gastgeber.

»Wir wollen um diesen Meisterkoch würfeln«, schlug Clodius vor. »Probieren wir doch zwischen den Gängen ein Spielchen!«

»Tut mir leid«, entgegnete Glaukus, »aber ich kann meinen Sizilianer nicht verlieren.«

Bei den Weisen der Flötenspieler, die sich vor dem Speisezimmer in der Säulenhalle aufgestellt hatten, unterhielten sich nun die fröhlichen Zechkumpane über den gesellschaftlichen Klatsch von Pompeji, sprachen über Gaukler und Tänzer, Künstler und Dichter und redeten unentwegt über Gott und die Welt.

Dabei kam der Ädil Pansa, der dieser jungen Gesellschaft von Genießern zeigen wollte, daß er in allen Dingen beschlagen war, auf die ägyptische Göttin Isis zu sprechen, deren Kult neuerdings auch in Pompeji eingeführt worden war.

»Erstaunlich ist doch«, sagte er, »daß die ägyptische Göttin Isis täglich neue Verehrer findet. Nun in der Tat: die merkwürdigsten Orakel sind wieder in ihrem Tempel verkündet worden. Ich bin nicht abergläubisch, aber ich muß bekennen, daß sie auch mich in meinem Amt schon mehrfach mit ihrem guten Rat unterstützt hat. Ihre Priester scheinen überaus fromme Männer zu sein. Sie gehen barfuß, essen kein Fleisch und durchwachen den größten Teil der Nacht im Gebet.«

»Der Ägypter Arbazes soll großen Einfluß auf die Priester der Isis ausüben«, bemerkte Sallust. »Er rühmt sich, von einem ägyptischen Königsgeschlecht abzustammen, und versichert, daß seine Familie von alters her die Geheimnisse der Göttin Isis bewahrt.«

»Hm, zweifelhafte Dinge«, fiel Clodius ein, »soviel aber ist gewiß, daß dieser Arbazes den Zauber des bösen Blickes besitzt. Würde ich ihm ohne mein Amulett gegenübertreten, so würde ich bestimmt im Spiel lauter Nieten werfen.«

»Das wäre in der Tat ein Wunder«, spottete Sallust.

»Was willst du damit sagen?« fragte der Spieler Clodius heftig. – »Nichts, natürlich nichts! Alle Welt weiß ja, daß du sonderbarerweise immer gewinnst.«

Clodius, der nicht ohne Grund im Verdacht stand, mit falschen Würfeln zu spielen, hatte nur ein verächtliches Lächeln für diese Bemerkung übrig.

»Wenn dieser Arbazes nicht so reich wäre«, fiel nun wieder der Ädil Pansa gewichtig ein, »so würde ich einmal von Amts wegen dem Gerücht nachgehen, das den Ägypter einen Sterndeuter und Zauberer nennt. Früher hat man so gefährliche Leute verbannt. Aber was soll man machen! Arbazes ist ein einflußreicher Mann! Übrigens – um von etwas anderem zu reden – was haltet denn ihr von dieser neuen Sekte, deren Anhänger einen gewissen Christus als Gott verehren? Wie ich höre, soll es sogar hier in unserem Pompeji schon solche Leute geben.«

»Ha, harmlose Träumer«, entgegnete Clodius, »kein Mann von Stand und Vermögen scheint bei dieser Sekte zu sein. Nur ein paar arme Kerle gehören wohl zu dem absonderlichen Kreis.«

»So einfach ist die Sache nicht«, fiel der Ädil Pansa heftig ein, »sie leugnen, daß Venus und Jupiter Gottheiten sind! Die Nazarener, wie sie sich nennen, müßten als Lästerer unserer Götter ans Kreuz geschlagen werden.«

Nach diesem Zornesausbruch ruhten die Gäste wieder mit stilleren Gesprächen auf ihren Polstern. Ehe die Nachspeisen aufgetragen wurden, lauschte man den sanften Melodien des Flötenspiels, das von der Säulenhalle herein ins Speisezimmer drang.

In einer Musikpause brachten dann die Sklaven Früchte, Süßigkeiten und Backwerk und stellten große Kristallgefäße mit verschiedenen Weinsorten auf den Tisch.

»Versucht einmal diesen Lesbier«, empfahl der Hausherr Glaukus.

»Köstlich«, gestand der Ädil Pansa, »was für ein Duft!«

»Und was für ein herrlicher Pokal!« schmeichelte Clodius, wobei er einen Kelch von durchsichtigem Kristall ergriff, dessen Henkel mit geschnittenen, schlangenartig verschlungenen Steinen besetzt waren.

»Wenn er dir gefällt, soll er dir gehören«, sagte Glaukus.

»Du bist zu freigebig, mein Lieber«, antwortete Clodius, hielt aber zugleich freudig bewegt das schöne Geschenk fest.

Inzwischen hatten die Musikanten wieder ihr Flötenspiel angestimmt, und eine begabte Sklavin sang ein nettes sommerliches Lied dazu.

In fröhlicher Laune klatschten die Gäste Beifall.

Nur Clodius wiegte überlegend den Kopf hin und her und meinte schließlich: »Eine hübsche kleine Stimme – aber Freunde verzeiht: So ein frohes Sommerlied sollte eigentlich die schöne Jone singen. Es würde unvergleichlich aus ihrem Munde tönen.«

»Jone?« fragte Glaukus, »ein griechischer Name! Sag mir doch, wer ist diese Jone, von der du sprichst?«

Clodius entgegnete: »Ach, Glaukus, man merkt, daß du erst kürzlich wieder nach Pompeji gekommen bist.

Wer Jone nicht kennt, kennt die schönste Zierde unserer Stadt nicht.«

»Wirklich, sie ist ungewöhnlich schön«, rief Pansa, »und was für eine Stimme!«

»Nachtigallenzungen müßten ihre einzige Nahrung sein«, schwärmte Clodius.

»Laßt mich nicht länger auf Antwort warten«, drängte Glaukus, »wer ist eure Jone?«

Clodius sprach begeistert: »Sie ist noch nicht lange in Pompeji. Aber jedem, der Augen hat, ist sie schon aufgefallen. Ihre Schönheit blendet. Ihr Haus zeigt den zahlreichen Gästen, die sie zu sich bittet, einen erlesenen Geschmack. Ja, mein Lieber, und wenn sie erst singt! Glaub mir's, dann sind ihre Gäste hingerissen. Man könnte sie mit Sappho vergleichen. Denn sie dichtet auch ihre Lieder selber. Eine begabte Frau!«

»So – hm, tja, das Leben, das sie nach deinem Bericht führt, kostet aber viel Geld«, meinte Glaukus. »Allerdings bei ihrer Schönheit und Begabung wird sie es nicht schwer erwerben müssen. Ihre Liebhaber . . .«

»Ihre Liebhaber?« unterbrach Clodius, »ihre Verehrer? Das ist eben das Rätselhafte! Diese Jone führt bei aller Gastlichkeit ein so einwandfreies Leben, daß sich ganz Pompeji, das wahrhaft zu ihren Füßen liegt, höchst verwundert zeigt.«

»Das ist allerdings ein Wunder in Pompeji«, lachte Glaukus, »diese seltsame Jone möchte ich wirklich kennenlernen.«

»Gut«, antwortete Clodius mit schnellem Entschluß, »wenn es dir recht ist, will ich dich noch heute abend mit ihr bekannt machen. Aber wir haben noch ein Stündchen Zeit. Wie wäre es bis dahin mit einem Spiel?«

Er klapperte herausfordernd mit den Würfeln, die ihm inzwischen sein Leibsklave gereicht hatte.

»Einverstanden«, rief Glaukus, legte einige Goldstücke vor sich auf den Tisch und wandte sich zugleich an Pansa: »Gestrenger Freund, als Beamter darfst du jetzt das verbotene Spiel nicht sehen. Du mußt beide Augen zudrücken.« Der Ädil lächelte wichtigtuerisch, streckte sich dann seitwärts auf das Ruhebett und überließ es den anderen, ihr Geld beim Würfelspiel zu wagen.

Natürlich gewann Clodius. Natürlich verlor Glaukus, bis er schließlich innehielt und sagte: »Genug für heute – ich habe dreißig Sesterzien verloren.«

»Das tut mir von Herzen leid«, antwortete Clodius mit geheuchelter Teilnahme.

»Macht nichts«, sagte Glaukus leichthin, »dafür mußt du mir heute noch die Bekanntschaft mit der schönen Jone vermitteln.«

Da merkten die Gäste, daß es dem Hausherrn ernst sei, die vielgerühmte Jone alsbald aufzusuchen. Sie tranken zum Abschluß des Mahles auf das Wohl des Kaisers und des Gastgebers, neigten sich noch einmal ehrerbietig vor dem Götterbild, ließen sich die Sandalen wieder anlegen und wanderten dann gemeinsam im Schein des aufgehenden Mondes durch das belebte Pompeji zum Hause Jones.

Vom Schmaus und Wein heiter gestimmt schritten sie durch die Straße der Juweliere, wo in den hell erleuchteten Geschäften auch um diese Stunde noch die Edelsteine glanzvoll schimmerten. Es dauerte nicht lange, da standen sie vor der Wohnung Jones. Lampen erhellten den Eingang. Sklaven hoben die reich durchwirkten Teppiche zur Seite, da schimmerten vor ihnen farbenprächtig die Fußböden und Wände.

Sie fanden Jone, umringt von begeisterten Anbetern, in ihrem kleinen Garten, wo sie – von Efeu bekränzt – gerade ein Lied zum besten gab.

»Weißt du, woher sie stammt?« fragte Glaukus im Eintreten leise seinen Freund.

»Aus Neapel kommt sie«, antwortete Clodius.

»Aus Neapel?« wiederholte Glaukus.

Im gleichen Augenblick wandte Jone dem Athener ihren Kopf zu – und da erblickte Glaukus die gleiche junge Frau, der er vor Monaten im Tempel der Minerva zu Neapel begegnet war und die er seitdem nicht einen Tag vergessen hatte ...

Arbazes und die Priester der Isis

Als der Ägypter Arbazes an diesem Tage von seinem Spaziergang ans Meer, wo er die beiden Freunde Glaukus und Clodius getroffen hatte, in die Stadt Pompeji zurückkehrte und sich dem Tempel der Göttin Isis zuwandte, dachte er lebhaft an diese jungen Pompejaner, die mit ihresgleichen in der lebensfrohen Stadt ein leichtes Leben führten.

Im halblauten Selbstgespräch murmelte er vor sich hin: »Oh, wie ich euch hasse, ihr Griechen und Römer! Aufgeblähte Burschen! Von der dunklen Weisheit Ägyptens habt ihr das Feuer der Erkenntnis geraubt. Eure Wissenschaft, eure Dichtkunst, eure Gesetze und Künste – alles habt ihr uns heimlich entwendet und brüstet euch jetzt damit. Die Pyramiden schauen nicht mehr auf unsere angestammten Königsgeschlechter herab, der verfluchte römische Adler hält auch im Gebiet des Nils die Wache. Ihr seid unsere Herren geworden. Aber bildet euch nicht ein, daß ihr auch unsere Seele beherrscht. Wir bändigen euch durch die Macht unserer Weisheit mit unsichtbaren Ketten. Ha, nun betet ihr törichten Römer zu unserer ägyptischen Göttin Isis und ahnt nicht, daß wir durch diesen Kult eure Seelen in unsere Gewalt bringen.«

Er verstummte. Je mehr er sich dem Tempel näherte, desto größer wurde die Menge, die ebenfalls dorthin zog. Hochmütig und höhnisch lächelnd blickte der Ägypter auf die zahllosen Besucher, die vom Gehabe der Isispriester getäuscht an die Machtfülle der Göttin glaubten.

Nun – die Orakel der Isis waren in der Tat merkwürdig, sie erklangen in einer so klugen vieldeutigen Sprache, daß zumeist jeder für sich etwas Rechtes herauslesen konnte.

Arbazes nickte befriedigt: Ja – wenn auch diese Orakel keine Götteraussprüche waren, so waren sie doch von der tiefen Menschenkenntnis der Priester geformt und klug berechnet. Und Arbazes hatte keinen geringen Anteil an diesen Kundgebungen. Er machte sein Geschäft damit.

Als er jetzt an das Gitter trat, das die Uneingeweihten von dem inneren Heiligtum ausschloß, versammelten sich

Schiffer und Kaufleute mit zahlreichem anderen Volk vor den vielen Altären, die sich dort in dem offenen Hof befanden. Innerhalb der Cella, dem eigentlichen Tempelhaus, zu dem man über sieben Stufen gelangte, standen mehrere Bildsäulen in Nischen, und die Mauern waren mit dem der Göttin Isis geweihten Granatapfel verziert. Im Kreis anderer steinerner Götter thronte Isis selber auf besonders erhöhtem Marmor.

In gehöriger Entfernung von diesem Heiligtum harrte die opfernde Menge in weißen Gewändern, während auf der obersten Tempelstufe mehrere Priester erschienen, die Büschel von Kornähren und Palmen in ihren Händen trugen.

»Ah, der reiche Diomed will auch das Orakel hören«, sagte Arbazes und wandte sich an seinen Nachbarn. Wahrhaftig, der wohlhabende Handelsherr, der Vater der schönen Julia, hatte sich hier unters Volk gemischt und wartete auf den Götterspruch.

»Wir Kaufleute«, sagte er zu dem Ägypter, »möchten natürlich gern das Schicksal unserer Schiffe erfahren, die morgen nach Alexandrien auslaufen. Man muß vorsichtig sein, um in diesen Zeiten ein leidliches Geschäft zu machen.«

Arbazes antwortete feierlich: »Möge die hehre Isis eure Handelsfahrt beschützen.«

Dann wendete er seinen Blick nach Osten und schien in ein stilles Gebet zu versinken.

Nun erschien auf der Mitte der Stufen ein blütenweiß gekleideter Priester mit verhülltem Haupt. Zwei Tempeldiener, die bis zum Gürtel entblößt waren, folgten ihm, während ein anderer Verehrer der Göttin auf einem altertümlichen Instrument, das einer Posaune glich, eine feierliche Melodie anstimmte.

Jetzt endlich begann am Altar in der Tempelmitte der Priester sein Werk. Er untersuchte die Eingeweide des geschlachteten Opfertieres und verkündete dem bangenden Volk, daß die Zeichen günstig seien.

Da erhellte sich auch das finstere Gesicht des Ägypters Arbazes, der trotz seiner aufgeklärten Redereien tief in den Aberglauben verstrickt war. Er betrachtete erheitert die hell auflodernde Flamme, die den geheiligten Teil des

Opfertiers unter Beigabe von Myrrhen und Weihrauch verzehrte.

Während die Menge selber totenstill verharrte, stürzte aus der Cella ein halbnackter Priester und beschwor im wilden Tanz die Göttin um eine Antwort. Schließlich sank er erschöpft nieder. Dumpf murmelte es aus der Bildsäule, und nun sprach eine hohle Stimme die geheimnisvollen Worte:

»Wellen wogen empor gleich wilden schäumenden Rossen,
Grüfte tuen sich auf zwischen den Riffen und Felsen –
Unheil künden fürwahr des Schicksals drohende Brauen,
Aber geborgen im Sturm ziehen die Schiffe dahin.«

Die Stimme verklang.

»Nichts kann deutlicher sein«, sagte Diomed, »einen Sturm wird es geben, aber unsere Schiffe werden geborgen sein.«

»Gelobt sei die Göttin«, sagten die Kaufleute.

Noch einmal gebot der Priester der Menge Schweigen, er verrichtete das Schlußgebet und entließ die Versammelten.

Während sich die Menge zerstreute, blieb der Ägypter am Gitter stehen und hatte Geduld, bis sich das Volk verlaufen hatte. Als niemand mehr zu sehen war, trat einer von den Priestern zu ihm hin und begrüßte ihn wie einen alten Bekannten.

Das Gesicht dieses Priesters hatte etwas auffallend Widerliches an sich. Sein Glatzkopf war so eingedrückt, daß er wie ein Wilder aus dem innersten Afrika aussah. Seine kleinen dunklen Augen lagen in schmutzigen Höhlen, die plattgedrückte Nase war aufgestülpt, wie geschwollen wölbten sich seine Lippen.

»Calenus«, sprach der Ägypter zu diesem Scheusal von Priester, »du hast meinen Rat, daß die Stimme eurer Bildsäule mehr überirdisch klingen muß, gut ausgeführt. Auch eure Verse sind vortrefflich. Man kann sie drehen und auslegen, wie man will.« Calenus lachte.

Der Ägypter fuhr fort: »Ich möchte noch in einer anderen Sache mit dir sprechen. Kannst du mich nicht in eines eurer Gemächer führen?«

»Sehr gern«, antwortete der Priester und begleitete den Ägypter in eines der kleinen Tempelzimmer, wo er seinem Gast Früchte, Eier, kalte Fleischspeisen und köstlichen Wein vorsetzte.

»Du weißt«, sagte Arbazes leise und lauernd, »daß es stets mein Grundsatz war, mich an die Jugend zu halten. Aus ihrem biegsamen Gemüt forme ich meine besten Werkzeuge. Du hast auch bereits von mir gehört, daß ich vor längerer Zeit in Neapel die schöne Jone und ihren Bruder Apaecides kennengelernt habe. Ihre Eltern waren aus Athen nach Neapel gekommen, und ich war nach deren Tod eine Zeitlang der Vormund des Geschwisterpaares. Nun unter uns gesagt, ich habe meinen Einfluß genutzt. Ich habe den religiös empfindsamen Jüngling Apaecides in die wahren und falschen Mysterien unserer Göttin eingeweiht und ihn zu einem der Unseren gemacht.«

»Ich weiß es«, entgegnete Calenus bedächtig, »allein du hast ihm wohl zuviel gesagt. Ich merke es seit einiger Zeit mit Besorgnis: Unsere redenden Bildsäulen und geheimen Treppen, unsere sogenannten Wunder und Orakel empören sein ehrliches Gemüt. Er verzehrt sich, schleicht umher und weigert sich neuerdings, am Tempeldienst teilzunehmen. Ja, ich fürchte, daß er sogar mit den Nazarenern, den gefährlichen Christus-Anhängern verkehrt.«

»Das war es«, meinte Arbazes bedenklich, »was ich selber in letzter Zeit an Apaecides beobachtete. Nun, ich habe inzwischen versucht, ihn in die tieferen Geheimnisse einzuweihen. Er muß lernen, daß der Pöbel nun einmal die äußeren Zeichen und Opferbräuche braucht. Muß aber auch erfahren, daß selbst für den Weisen die Natur voll göttlicher Geheimnisse ist. Doch genug davon! Ich lasse mir den Apaecides nicht entgleiten. Aber auch seine schöne Schwester Jone soll sich meinem Willen nicht entziehen. Ich liebe sie, Calenus, wahrhaftig – ich liebe sie.«

»Ich höre von tausend Lippen, daß sie eine zweite Helena sein soll«, gestand Calenus.

»Das ist nicht zuviel behauptet«, fuhr Arbazes fort, »aber sie ist nicht allein eine wundervolle Erscheinung, sie hat auch einen Verstand, wie man ihn sonst bei Frauen kaum findet. Ich muß sie für mich gewinnen, ich gönne sie keinem von den jungen Laffen, die ihr den Hof machen und ihr Haus hier in Pompeji belagern.«

»Und doch sind diese Laffen gefährliche Nebenbuhler«, meinte Calenus, »die römischen Jünglinge beherrschen die Kunst zu gefallen.«

»Jone wurde von ihren Eltern im Geist Athens erzogen. Ihre griechische Seele verachtet die barbarischen Römer – nein, ich kann mir nicht denken, daß sie sich hier in so einen Burschen verliebt.«

»Nun, du bist auch kein Grieche!«

»Aber ein Ägypter«, antwortete Arbazes stolz, »Ägypten ist die Mutter Athens, die Griechen haben unendlich viel von uns gelernt. Vom Ruhm meiner Heimat habe ich Jone eingehend unterrichtet. Trotzdem – ich muß es dir gestehen – bin ich seit einiger Zeit argwöhnisch. Jone ist schweigsamer als früher. Ehedem liebte sie fröhliche Klänge, jetzt neigt sie zur schwermütigen Musik, manchmal ertappe ich sie, wie sie versonnen vor sich hinträumt. Wer weiß, was in sie gefahren ist. Nun für alle Fälle ist es Zeit, daß ich sie ganz für mich erobere. Und deshalb suchte ich dich auch auf.«

»Wie kann ich dir beistehen?«

»Ich will sie zu einem Fest in meine Wohnung einladen. Mit einer großartigen Feier möchte ich sie blenden, berauschen, entflammen. Und du mußt mich mit allen Künsten und dem Zauberwerk des Isiskultes unterstützen, mußt vor ihr die Bedeutung meiner Persönlichkeit ins rechte Licht stellen. Wenn ein Mädchen erst einmal einen Mann verehrt, verwandelt sich ihre Neigung leicht in Liebe!«

»Gut – ich verstehe!«

»Zugleich aber wollen wir ihren Bruder enger in unsere Netze locken. Er muß lernen, daß man auch als Priester der Isis die Genüsse des Lebens in vollen Zügen schlürfen darf. Im Genuß wird er dann seine frommen Bedenken vergessen, nicht wahr Calenus? Ha, ha!«

»Du bist ein guter Menschenkenner.«

»Komm, Calenus, wir wollen einen genauen Feldzugsplan entwerfen.«

Die beiden zogen sich zur Besprechung in ein entlegeneres, völlig ungestörtes Gemach des Tempels zurück.

Glaukus und Jone

Die Sonne schien heiter auf das schöne Bildnis der Leda im Speisezimmer des Glaukus. Die morgendlichen Strahlen schimmerten durch die offene Tür, die aus dem Garten hereinführte. Die Blüten dufteten verschwenderisch in den hellen Tag. Der sachte Lufthauch, der vom Meere herwehte, trug auch die Wohlgerüche der nahen Orangenpflanzungen heran. Nun füllte die Sonne mit ihrer hohen Pracht das Gemach und funkelte im Lichterspiel über das bunte Mosaik des Fußbodens hin.

Es war ein Morgen – so recht nach dem Herzen des Glaukus. Er ging lustig und guter Dinge in seinem Zimmer auf und ab und führte mit sich selber verliebte Gespräche, als säße ihm die schöne Jone gegenüber.

»Ich habe sie endlich gefunden«, jubelte er, »habe sie wiedergesehen, ja ich habe sogar mit ihr gesprochen, habe ihrem Gesange gelauscht – ach, und sie sang ein griechisches Lied. Ha – wie diese Römer staunten!«

Sein verliebtes Selbstgespräch hätte wohl noch länger gedauert, wenn in diesem Augenblick nicht Nydia, das blinde Blumenmädchen über die Schwelle getreten wäre. In der Hand trug sie ihr Blütenkörbchen, auf dem Kopf einen Wasserkrug. Heller Sonnenschein lag auf ihrem lieblichen Gesicht. Sie lauschte.

Ihre toten Augen waren starr. Aber ihr Mund lächelte leise und bewegt.

»Die Sklaven ließen mich ein«, sagte sie, »ist Glaukus hier? Darf ich eintreten?«

»Natürlich, Nydia«, antwortete Glaukus, »wir waren doch für heute verabredet. Fein, daß du das nicht vergessen hast. Du sollst die Pflege meiner Blumen wieder übernehmen.«

»Glaukus war immer so freundlich gegen das arme blinde Mädchen«, meinte Nydia. Sie errötete.

»Wer könnte unfreundlich gegen dich sein«, entgegnete der Athener im Ton eines zärtlichen Bruders.

Nydia seufzte und sagte nach einer kleinen Pause: »Du bist erst seit kurzem zurück?«

»Seit fünf Tagen.«

»Ich habe dir ein paar Blumen als Willkommengruß mitgebracht.«

»Oh – die schönen Rosen!«

»Und wie gefallen dir die Blumen in deinem Gärtchen?«

»Wundervoll – sind alle so prächtig aufgeblüht, als hätten meine Hausgötter sie gepflegt.«

»Das freut mich, Glaukus, daß sie dir gefallen. Als du verreist warst, bin ich jeden Tag dagewesen, um ihnen Wasser zu geben.«

»Wie lieb von dir!«

»Schade, daß ich die Blumen nicht sehen kann. Mit gesunden Augen könnte ich noch viel besser auf sie achten ... Nun aber entschuldige mich, ich will draußen die Beete gießen.«

Sie lief davon.

Glaukus blickte ihr nach und sah, wie sie dort im Garten trotz ihrer Blindheit geschickt hantierte. Arme kleine Nydia, dachte er, hast ein hartes Los zu tragen. Siehst weder Erde noch Meer, weder Sonne noch Sterne. Hast so ein liebes feines Gesicht. Kommst in die Jahre, wo sich die jungen Pompejaner in dich verlieben könnten. Freilich – neben der schönen auffallenden Jone würdest du nicht bestehen. Aber welche Frau könnte sich überhaupt neben Jone sehen lassen.

Ach Jone!

Seit dem gestrigen Abend, da er sie so unerwartet wiedergefunden hatte, dachte er unablässig an die Unvergleichliche. Er spürte, wie ihn die Flamme der Liebe durchglühte.

Er trat in das Gärtchen hinaus zu Nydia, lobte ihr Werk und reichte ihr großzügig einige Goldmünzen, machte sich dann in kurzer Frist zum Ausgehen fertig und verließ seine Villa.

Was Wunder, daß er den Weg zum Haus der schönen Neapolitanerin einschlug! Er fand Jone im Kreise ihrer Sklavinnen. Ihr zur Seite stand unberührt die Lyra. Im Morgenlicht und in ihrer schlichten Gewandung erschien sie heute ihrem Verehrer noch schöner als am vergangenen Abend, da sie juwelengeschmückt vom schimmernden Lampenlicht gestreift worden war.

Glaukus verzichtete auf eine billige Schmeichelei. Sie sprachen vom gesellschaftlichen Leben in Pompeji, kamen dann vergleichsweise auf das Treiben in den griechischen Städten zu sprechen und waren so bei einem unerschöpflichen Thema, das Glaukus zu immer neuen Ausführungen verleitete. Er hatte eine dankbare Zuhörerin und beschrieb mit begeisterten Worten die rauschenden Haine im Bezirk der heimatlichen attischen Tempel. Er rühmte die glanzvolle Vergangenheit Athens im Perikleischen Zeitalter und wußte viel über die Blütezeit der schönen Künste zu sagen.

Schweigend und aufmerksam hörte Jone ihm zu. So wie Glaukus jetzt zu ihr sprach, so hatte auch einst ihr Vater zu ihr über Athen gesprochen. Sie liebte die Heimat ihres Vaters, als sei sie selber dort geboren worden.

Allzu schnell vergingen bei diesen Gesprächen die Stunden. Die Verliebten schienen glücklich dabei zu sein.

Von jetzt an sahen sie einander täglich. Wenn es abends kühl wurde, segelten sie auf das ruhige Meer hinaus. Und wenn die Sterne den Nachthimmel übersäten, trafen sie in Jones Hallen und Säulengängen wieder zusammen.

Auch ohne Worte fühlten sie, daß sie einander liebten. War es ein Wunder? Jung und schön, ebenbürtig an Geist und Bildung entbrannten sie füreinander. Und von den Göttern schien ihr Glück begünstigt zu werden. Sie ahnten nicht, daß sich unter den schönsten Blumenhügeln oft recht giftige Schlangen verbergen. Sie hatte noch keinen Grund, dem Schicksal zu mißtrauen . . .

Eines Abends – es war der fünfte, seitdem sie sich in Pompeji wiedergefunden hatten – kehrten Glaukus und Jone mit einigen Freunden von einer Meeresfahrt zurück. Ihr Nachen schwamm leicht über die abendroten Fluten, deren glänzender Spiegel nur von den Rudern durchschnitten wurde. Während sich die jungen Begleiter des verliebten Paares lustig unterhielten, lag Glaukus zu den Füßen Jones und war stumm in ihren Anblick versunken.

Diesmal war es Jone, die das Schweigen unterbrach.

»Wie schade«, sagte sie jäh aus ihren Gedanken, »daß mein Bruder so eine schöne Abendstunde nicht mit uns genießen kann!«

Glaukus horchte auf. »Dein Bruder?« fragte er verwundert, »oh – ich habe ihn nie in deinem Hause getroffen – es ist gewiß der Jüngling, den ich damals an deiner Seite beim Tempel der Minerva in Neapel gesehen habe. Stimmt es?«

»Erraten!«

»Und – wo lebt er jetzt?«

»Hier in Pompeji!«

»Wie? Das gibt es doch nicht. In Pompeji? Warum ist er dann nicht ständig bei dir?«

»Er hat andere Pflichten«, antwortete Jone traurig, »er ist ein Priester der Isis.«

»Ich staune! So jung und bereits bei einer Priesterschaft, die wenigstens nach außen hin sehr strenge Anforderungen an ihre Mitglieder stellt. Was hat ihn denn dazu verleitet?«

»Mein Bruder Apaecides ist von jeher ein religiöser Schwärmer«, antwortete Jone. »Freilich den entscheidenden Rat zum Eintritt in die Priesterkaste hat ihm ein Ägypter gegeben. Nun er meinte es wohl gut – aber es tut mir doch leid, daß ich meinen Bruder so ganz an die Göttin Isis verloren habe.«

»Und dein Bruder selber? Bereut er seinen Schritt nicht? Hoffentlich ist er glücklich geworden.«

Jone seufzte: »Ich weiß nicht recht ... ich sah ihn vor einiger Zeit. Ganz vergrübelt war er. Glücklich? Nein! Ich wünsche mir oft, er wäre nicht so voreilig gewesen!«

»Es wäre betrüblich, wenn er sich in seinem Beruf nicht glücklich fühlte. Vielleicht hätte er doch mehr auf die Stimme seines eigenen Herzens hören sollen, statt auf die Meinung eines anderen. Was hatte denn dieser fremde Ratgeber für einen Grund, deinem Bruder so zuzureden?«

»Manchmal kennt man sich mit dem Ägypter, der meinem Bruder so zugesetzt hat, nicht recht aus. Aber ich muß doch annehmen, daß er das Beste wollte. Was hätte er für eine Veranlassung, einen falschen Rat zu geben. Er ist sehr gescheit – dieser Ägypter, ein Mann von Weltbildung, in seiner Art ein genialer Kopf. Du müßtest ihn kennenlernen. Arbazes liebt den Umgang mit geistvollen Menschen.«

»Wie? Arbazes?« rief Glaukus verwundert. »Diesen Ägypter kenne ich allerdings. Wenn wir einander begegnen, reden wir wohl immer ein paar Worte zusammen. Aber – um ehrlich zu sein – trotz deines Lobes habe ich keine Sehnsucht, ihn näher kennenzulernen. Ich bin an sich ein aufgeschlossener Mensch und unterhalte mich gern mit jedermann. Aber, wenn ich mit jenem finsteren Ägypter ein Wort wechsle, dann kommt es mir vor, als würde er mit seiner verdüsterten Stirne und dem eisigen Lächeln sogar die heitere Sonne trüben.«

Jone entgegnete zweifelnd: »Ich weiß nicht, ob du ihm mit deinem Urteil gerecht wirst. Seine kühlen, eigenwilligen Züge, die manchen abstoßen, verhüllen vielleicht nur ein tief verschlossenes echtes Feuer, so wie sich dort unter dem unbewegten regungslosen Vesuv ja auch noch heimliche Gluten verbergen sollen.«

Glaukus zuckte wortlos die Schultern.

Die beiden Liebenden blickten jetzt nach dem Berge hin, der sich weit über Stadt und Landschaft erhob. Der ganze Himmel war in rosige zarte Farben gebadet, nur über dem düsteren Gipfel, der sich aus Weingärten und Waldungen hinanschwang, hing eine schwarze unheilbedeutende Wolke. Ein unerklärlich beklemmendes Gefühl bedrückte die Insassen der Barke.

Glaukus und Jone schauderten, als ahnten sie, wie gefährlich der schweigsame stumme Berg war. Sie schauten nicht mehr zum Vesuv hin, wandten den Kopf. Da begegneten sich ihre Blicke voll unaussprechlicher Zärtlichkeit.

Was bedurften sie der Worte, um zu sagen, daß sie sich liebten!

Arbazes legt seine Schlingen

Arbazes hatte in den letzten Wochen das Haus Jones nur selten besucht. Er ahnte nichts von der Neigung des Mädchens zu Glaukus und glaubte, daß er Zeit genug habe, Jone zu erobern. Zunächst wollte er ihren Bruder Apaecides fester für seine Weltanschauung gewinnen. Es beunruhigte ihn, daß sich der Jüngling so verändert hatte. Er fürchtete, einen gelehrigen Schüler und ehedem so begeisterten Verehrer der Göttin Isis zu verlieren. Apaecides hatte ihn schon lange nicht mehr aufgesucht. Offensichtlich wich der Jüngling seinem früheren Lehrer und Vormund aus, er schlug sogar andere Wege ein, wenn er den Ägypter von der Ferne bemerkte . . .

Es begab sich, daß Arbazes eines Tages auf dem Wege durch den heiligen Hain unerwartet den jungen Priester der Isis traf, wie dieser gerade mit gesenktem Haupt sich nachdenklich an einen Baum lehnte.

»Apaecides«, rief der Ägypter, »endlich sehe ich dich einmal wieder.«

Er legte sanft und gewinnend seine Hand auf die Schulter des überraschten Jünglings.

Der Priester erschrak und wollte sich mit einer flüchtigen Entschuldigung abwenden.

»Was ist vorgefallen«, fragte der Ägypter in strengerem Ton, »daß du vor mir fliehen willst?«

Apaecides blickte finster und schweigend zur Erde, seine Lippen zuckten, er atmete erregt.

»So rede doch, mein Freund«, fuhr Arbazes fort, »sprich dich aus! Irgend etwas lastet auf deinem Herzen. Hast du mir gar nichts zu sagen?«

»Dir? Nichts!«

»Warum hast du kein Vertrauen mehr zu mir?«

»Weil ich dich für meinen Feind halten muß.«

»Laß uns einmal darüber sprechen«, sagte Arbazes, faßte den Priester unterm Arm und führte ihn zu einer einsamen Ruhebank im Hain. Sie setzten sich nieder und blickten beide verdüstert vor sich hin.

Apaecides stand noch im Frühling seiner Jahre, und doch waren seine ursprünglich so zarten und regelmäßigen Züge bereits vom Gram gefurcht. Seine Augen waren hohl und glühten im Fieber, sein Rücken war gebeugt wie unter einer schweren Bürde.

Die durchwachten und vergrübelten Nächte spiegelten sich in seinem Gesicht.

»Du sagtest«, fing endlich Arbazes zu sprechen an, »ich sei dein Feind! Ich weiß, warum du diese ungerechte Anklage erhebst. Ich habe dich den Priestern der Isis zugeführt und habe dir manches gute Wort über sie gesagt.

Und nun bist du empört über ihre Betrügereien und denkst, daß auch ich dich betrogen habe.«

Apaecides fiel dem Ägypter erregt in die Rede: »Du wußtest, daß die Priester der Isis nur Scharlatane sind, die zu Unrecht behaupten, sie seien mit der Gottheit durch überirdische Kraft verbunden. Du wußtest, daß die Isispriester nur gewöhnliche Menschen sind, die dem leichtgläubigen Volk etwas vorlügen, um es desto besser für ihre Genüsse ausnützen zu können. O Arbazes, dir war es nicht verborgen, daß die Priester der Isis nichts anderes sind als Dummköpfe und Volksbetrüger. Du hast meine jugendliche Begeisterung mißbraucht, hast schändlich an mir gehandelt!«

Apaecides bedeckte das Gesicht mit seinen Händen, er wollte es nicht sehen lassen, daß ihm Tränen der Wut und Enttäuschung in die Augen schossen.

»So scheint es zu sein, mein Lieber«, antwortete Arbazes, »und trotzdem irrst du. Du mußtest die bittere Schule der Enttäuschung durchwandern. Es war eine Prüfungszeit für dich. Ich wollte sehen, ob du zu Höherem berufen bist. Du sollst die Weisheit der Welt finden. Was ich dir einst versprach, das werde ich halten, mein Freund! Denke nun fortan nicht mehr an die geistlosen Betrügereien der unteren Priesterkaste, verkehre in Zukunft nicht mehr mit jener untergeordneten Dienerschaft der Göttin, mit jenen Türstehern des Tempels! Du bist würdig, ins Allerheiligste einzutreten. Nunmehr will ich persönlich dich geleiten. Jetzt fluchst du noch meiner Freundschaft, aber bald wirst du sie segnen!«

Der Jüngling erhob sein Haupt und blickte verwundert auf den Ägypter.

»Hör mich an«, fuhr Arbazes ernst und feierlich fort. Er überzeugte sich, daß kein Lauscher in der Nähe war, und sprach: »In meiner Heimat Ägypten wurde die Weisheit der Welt geboren. Alle späteren Völker, die Einwohner von Kreta, die Griechen, die Römer verdanken ihre Kenntnisse der glanzvollen Wolkenhöhe Ägyptens. Wer aber, mein Freund, hat das Land am Nil zum geistigen Mutterland aller Völker gemacht? Die Priester waren es, merk es dir genau! In ihrer religiösen Verzückung schauten sie Offenbarungen, die sonst keinem anderen Menschen zuteil wurden. Sie erkannten, welche Macht die hohen Gestirne auch über das Leben der Sterblichen haben, und verliehen den Sternen Rang und Namen von Göttern und Göttinnen, um auch dem einfachen Volk die Gewalt der Gestirne begreiflich zu machen. O mein Freund, ich muß es dir gestehen, und du wirst darüber erschrecken: Die Göttin Isis lebt nicht! Isis ist nur eine Fabel, ein Sinnbild! Aber ein wunderbares Sinnbild für die heilige Mutter Natur. Wer die Geheimnisse der Natur aufspürt, wer die Sternenbahnen, ihre Gesetzmäßigkeit und Wirkung auf die Menschen erkennt, für den lüftet Isis ihren Schleier. Du mußt verstehen, Apaecides, daß die Masse der Menschen Sinnbilder braucht, um das Walten der Natur zu begreifen. Wir selber aber, wir Erwählten, dürfen uns auch ohne Sinnbilder den Geheimnissen der Natur nähern. Sie lehrt uns, daß die Ordnung unter den Menschen auseinanderfällt, wenn die Menge nicht gebändigt wird. Wir müssen sie formen und beherrschen. Wir müssen ihren Glauben an die Götter benutzen, um sie zu leiten und zu lenken. Darum, mein junger Freund, sind unsere Orakel und Weissagungen, unsere Gebräuche im Isistempel keine gewöhnlichen Betrügereien – sie sind, merk auf, die Mittel unserer Herrschaft, die Schlüssel zu unserer Macht. Auch dir, Apaecides, ist dieser Schlüssel in die Hand gegeben.«

Der Jüngling hatte schweigend die lange Rede angehört. Der gespannte Ausdruck auf seinem Gesicht verriet, was für einen ungeheuren Eindruck die Worte auf ihn machten.

Er war erschüttert, aufgewühlt, von wilden Zweifeln zerrissen.

Arbazes fing erneut an: »Dein Gelübde bindet dich. Zurücktreten kannst du nicht mehr, du trägst das Gewand des Isispriesters für immer. Schreite darum mutig vorwärts, ich will dir helfen, die Wahrheit zu finden.«

»Und was willst du mich lehren, du seltsamer, fürchterlicher Mann? Neuen Betrug, neue ...«

»Nein, nein! Ich habe dich in den Abgrund des Unglaubens gestürzt, ich will dich nun in das Licht des Glaubens einführen. Du hast die Trugbilder gesehen, jetzt sollst du die verborgenen Gesetze der Natur schauen. Die Geheimnisse der Sterne will ich dir offenbaren. Komm heute abend zu mir! Die Hand darauf – du kommst!«

Aufgeregt, betäubt durch die Rede des Ägypters reichte Apaecides seine Hand. Jünger und Meister schieden voneinander, äußerlich versöhnt. In der Tat: Apaecides konnte nicht mehr zurücktreten. Er hatte das Gelübde der Ehelosigkeit als Priester der Isis vor aller Welt abgelegt, er war in einen machtvollen Orden eingetreten, dessen Gewalt weit reichte und der Abtrünnige zu bestrafen wußte – es war kein Wunder, daß Apaecides den natürlichen Wunsch empfand, sich mit seiner unwiderruflichen Laufbahn auszusöhnen. Der Ägypter schien wieder die Herrschaft über das junge Gemüt zu gewinnen, so daß der jugendliche Priester zwischen Furcht und Hoffnung schwankte ...

Arbazes ging allein weiter. Würdevoll und selbstsicher schritt er dahin. Nach dieser Lektion, die er dem Apaecides erteilt hatte, wollte er nun zu dessen Schwester Jone eilen, um auch bei ihr die Macht seiner Rede zu erproben.

Als er dort die Vorhalle betrat, vernahm er alsbald eine Stimme, die ihn trotz ihres Wohllautes erschreckte. Die Stimme gehörte dem jungen Athener Glaukus. Was suchte dieser Schönling hier?

Beim Eintritt in den Gartensaal sah der Ägypter den edel gebildeten Glaukus neben Jone sitzen. Der Springbrunnen des duftreichen Gartens sprudelte silbern in die Luft und kühlte den schwülen Brodem des Mittags. Die Sklavinnen saßen in geziemender Entfernung von ihrer Herrin. Dort an einer Säule stand die Lyra. Daneben quollen Rosenblüten aus einer hohen Vase.

Arbazes verweilte einen Augenblick still und betrachtete das Paar Glaukus und Jone. Eine eifersüchtige Regung wollte ihn bei diesem Anblick übermannen, aber dann sammelte er sich schnell, richtete sich hoch auf und näherte sich den Hausbewohnern mit so leisem Tritt, daß weder die Sklavinnen, noch viel weniger Jone und ihr Freund ihn kommen hörten.

Soeben sagte Glaukus: »Solange wir selbst nicht verliebt sind, glauben wir daran, daß die Dichter die wahre Liebe besingen können. Nur in der Nacht des Herzens haben die Worte der Dichter Gewalt über uns, dann sind sie wie leuchtende Sterne. Wenn aber die Sonne der Liebe in unserem Herzen aufgeht, verblassen alle Sterne, und die Worte der Dichter sind dann vor unserem Gefühl nicht mehr wie ein Hauch.«

Innig lächelnd schlug Jone ihre Augen nieder. Beide schraken jetzt durch ein nahes Geräusch auf, sie wandten sich um und sahen jäh in das kalte spöttische Gesicht des Ägypters.

»Ein unerwarteter Gast«, bemerkte Glaukus, stand höflich auf und zwang sich zu einer freundlichen Miene.

»Unverhofft sollten alle Gäste erscheinen, die wissen, daß sie willkommen sind«, erwiderte Arbazes.

Er folgte der Einladung Jones Platz zu nehmen und forderte seinerseits Glaukus auf, sich wieder zu setzen.

»Ich freue mich«, sagte Jone, »euch beide einmal hier bei mir zu haben. Ich glaube, ihr paßt vortrefflich zusammen. Wenn mich nicht alles täuscht, seid ihr füreinander wie geschaffen.«

»Gib mir fünfzehn Jahre meines Lebens zurück«, antwortete der Ägypter kühl, »ehe du mich neben einen Glaukus stellst. Wie froh würde ich über seine Freundschaft sein! Aber was habe ich dagegen zu bieten? Was weiß ich von Gelagen und Blumengebinden, von eleganten Pferden und dem Glück im Würfelspiel? Derlei Vergnügungen passen zu seinem Alter, für mich eignet sich eine solche Lebensweise nicht mehr.«

Bei diesen Worten senkte der verschlagene Ägypter den Blick zur Erde und seufzte. Er behielt aber doch gleichzeitig Jone im Auge, um zu sehen, ob sie von diesen Anspielungen auf einen leichten Lebenswandel des Glaukus berührt wurde. Aber die frohe Miene Jones änderte sich nicht. Und Glaukus beeilte sich, eine heitere unverbindliche Antwort zu geben und zugleich den Ägypter ein wenig aus der Fassung zu bringen.

Er sagte: »Du hast recht, hochweiser Arbazes, wir können füreinander begeistert sein – aber Freunde können wir nicht werden. Meine kleinen Einladungen sind zwar, wie ich glaube, nicht übel, aber es geht dabei nicht so geheimnisvoll zu wie auf deinen Zusammenkünften. Das Gerücht erzählt ja allerlei Dämonisches über die Feste in deinem Haus. Nun beim Herkules, wenn ich erst einmal so alt bin wie du, so weise und abgeklärt, dann werde ich mich wohl auch nur noch um die ernsthaften Vergnügungen kümmern und spotte gewiß über die Torheiten der Jugend ebenso, wie du das heute zu tun beliebt hast.«

Der Ägypter durchbohrte Glaukus mit seinen Blicken. Mit einem kaum bemerkbaren höhnischen Lächeln wandte er sich von dem Athener ab und meinte zu Jone: »Schon zwei- oder dreimal, schöne Jone, habe ich dich in den letzten Wochen hier aufsuchen wollen. Aber ich hatte nie das Glück, dich anzutreffen.«

»Ich war öfters mit dem Boot draußen auf dem Meer«, entgegnete Jone. Sie war ein wenig verlegen.

»Du weißt, was der alte Dichter Euripides sagt«, versetzte lächelnd der Ägypter, »die Frauen sollen daheim bleiben und im stillen Haus schaffen und wirken.«

»Euripides verstand nichts von den Frauen, er haßte sie«, gab Glaukus schroff zurück.

»Laß es gut sein«, versuchte Jone zu begütigen. Es war ihr gar nicht recht, daß sich die beiden Männer so schlecht verstanden.

Aber trotz der freundlichen Worte, mit denen sie sich um ihre Gäste bemühte, wurde das Gespräch einsilbig und stockte. Ja, Glaukus schien mit der Anwesenheit des Ägypters so wenig einverstanden zu sein, daß er Geschäfte vorschützte und sich nach einigen Worten empfahl.

Arbazes setzte sich jetzt näher zur schönen Neapolitanerin hin und sagte mit einschmeichelndem Ton, der seine wahren Absichten trefflich verbarg: »Du sollst nicht denken, mein süßes Kind, daß ich deine Freiheit einengen will, wenn ich dich vor den Fahrten aufs Meer hinaus warne. Aber du bist es deinem Ruf schuldig, vorsichtig und zurückhaltend zu sein. Hier in deinem Haus kannst du jederzeit eine fröhliche glanzvolle Gesellschaft versammeln, kannst Gecken und Weise, je nach Geschmack, zu deinen Füßen sehen, kannst sie durch Wort und Lied entzücken und bezaubern. Aber bei einsamen Seefahrten mußt du dich vor den bösen Zungen hüten, die so schnell den Ruf eines Mädchens oder einer jungen Frau untergraben können. Deine neidischen Altersgenossinnen würden dich so gern bloßstellen.«

»Sprich klarer, deutlicher, Arbazes! Früher hattest du gegen meine Fahrten aufs Meer nichts eingewendet – jetzt auf einmal – was willst du damit sagen?«

»Darf ich wie dein aufrichtiger Freund zu dir sprechen? Darf ich ohne Furcht, dich zu beleidigen, alles sagen, was ich auf dem Herzen habe und was mich mit tiefer Sorge erfüllt?«

»Ich bitte darum.«

Der Ägypter neigte sich näher zu Jone hin und sprach mit leiser, aber beschwörender eindringlicher Stimme: »Gut, es sei! Sag, Jone, wie wurdest du denn mit diesem Wüstling, diesem Glaukus bekannt? Ich bin entsetzt. Hast du ihn schon oft gesehen?«

Er blickte das Mädchen durchdringend an, als wollte er sich nicht die geringste Bewegung entgehen lassen.

Jone wurde bei diesen überraschenden Worten von einer jähen Furcht gepackt und erschrak vor dem starren Blick des Arbazes. Verwirrt und zögernd antwortete sie: »Er wurde in mein Haus als gebildeter Athener und Landsmann meiner Eltern eingeführt. Ich kenne ihn erst ungefähr eine Woche. Aber weshalb diese Fragen, weshalb beschimpfst du ihn? Ich verstehe dich nicht.«

»Vergib mir«, sagte Arbazes, »ich habe geglaubt, du würdest ihn schon länger kennen. Oh, so ein Verleumder!«

»Wie? Was meinst du? Verleumder? Wieso?«

»Lassen wir das! Ich will dich nicht gegen so einen Menschen aufbringen. Der nichtswürdige Kerl verdient nicht einmal Verachtung.«

»Ich beschwöre dich. Sprich! Sag mir alles, was du weißt. Wen hat Glaukus verleumdet, wen hat er beleidigt, was kann man ihm vorwerfen?«

Arbazes tat so, als müßte er seinen Zorn gewaltsam dämpfen. Er fuhr fort: »Wüste Gelage und Würfelspiele – das ist sein Leben! Wie kann er in der Gesellschaft des Lasters von der Tugend auch nur träumen!«

»Noch immer sprichst du in Rätseln. Bei den Göttern, sag mir die volle Wahrheit, ich beschwöre dich. Ich will alles ertragen, auch wenn es das Ärgste ist. Aber die Wahrheit muß ich wissen.«

»So sei es denn! Im weitesten Kreis seiner Freunde rühmt er sich, deine Liebe zu besitzen. Erst gestern hat er in den öffentlichen Bädern sich laut damit gebrüstet. Er sagte, es mache ihm Spaß, sich bei dir gute Tage zu machen. Freilich, ich muß gerecht sein: Über deine Schönheit wußte er nur Nettes zu sagen. Nun wer könnte dagegen etwas einwenden! Aber gleich nach dieser freundlichen Bemerkung lachte er verächtlich, als seine Zechbrüder ihn fragten, ob er dich auch heiraten wolle. Er hatte für diese Zumutung nur Hohn und Spott übrig. Ja, so ein Kerl ist dieser Glaukus.«

»Unmöglich! Woher weißt du das?«

»Verlange nicht, daß ich dir alle Bemerkungen des unverschämten Gesellen wieder erzählen soll. Es muß dir genügen, daß die ganze Geschichte zum Stadtgespräch geworden ist. Ich konnte es zuerst selbst nicht glauben. Aber aufrichtige Freunde, an deren Worten ich nicht zweifeln kann, haben mir leider die Sache mehrfach bestätigt.«

Jone wurde blaß. Sie stützte sich gegen einen Pfeiler. Es wurde ihr schwarz vor den Augen.

Arbazes schonte sie auch jetzt nicht. Er flüsterte: »Ich gestehe, es ärgerte, es empörte mich, daß dein Name so von Lippe zu Lippe flog, als seiest du eine leichtfertige Tänzerin. Ich wollte, ich mußte dich warnen. Darum machte ich mich heute auf den Weg zu dir. Du wirst jetzt verstehen, wie überrascht und empört ich war, Glaukus an deiner Seite zu finden. Bei seinem Anblick konnte ich nicht ruhig bleiben, es war mir wirklich zu schwer, ihm meine Abneigung zu verhehlen. Du mußt entschuldigen, daß ich in deiner Gegenwart zu ihm unhöflich wurde. Aber war es etwa ein Wunder?«

Jone legte ihre Rechte in die Hand des Ägypters, als sei sie dem Mann zu großem Dank verpflichtet. Aber sie antwortete nichts.

»Denk nicht mehr an die böse Geschichte«, sagte Arbazes, »aber laß sie dir eine Warnung sein! Ein Mädchen, das so allein in der Welt dasteht wie du, muß doppelt vorsichtig sein. Du mußt auf dein Herz gut aufpassen. Derjenige, dem du einmal deine Liebe schenkst, muß aus ganz anderem Holz geschnitzt sein als dieser Glaukus.«

»Meine Liebe . . .« lachte das Mädchen bitter.

Der Ägypter Arbazes stand hoch aufgerichtet Jone

gegenüber. In seinen Augen brannte ein böses Feuer. Er genoß seinen Triumph. Schlau und geschickt hatte er mit dem vergifteten Dolch seiner Rede ihren Stolz getroffen. Sie war tief verwundet.

Nun, nachdem der Ägypter sein Werk getan glaubte, hielt er sich für heute nicht mehr lange im Hause Jones auf. Er sprach noch eine kurze Weile über belanglose Dinge und verabschiedete sich bald mit dem Versprechen, in Zukunft sich wieder recht häufig bei Jone einzufinden und nach dem Rechten zu sehen.

Kaum hatte sich sein finsterer Schatten aus dem Hause entfernt, als die stolze Neapolitanerin, die bisher ihre Haltung bewahrt hatte, aufstöhnte und auf der Bank niedersank.

Sie schluchzte fassungslos.

In den pompejanischen Bädern

In zwiespältigen Gefühlen hatte Glaukus das Haus Jones verlassen. Mißmutig dachte er an den finsteren Arbazes, dem er nichts Gutes zutraute. Andererseits erfüllte ihn der Gedanke an die schöne Neapolitanerin Jone immer wieder mit glückvollen Empfindungen. Er war überzeugt, daß seine Liebe erwidert wurde, und vergaß darüber bald den unheimlichen Ägypter.

Unter dem seidenen südlichen Himmel schritt er beschwingt dahin. Leise summte er auf seinem Wege durch die belebten Straßen die Melodie des Liedes, das Jone für ihn gesungen hatte, ehe der Ägypter aufgetaucht war.

Er bog in die Straße der Fortuna ein und freute sich an dem bunten Leben und Treiben. Fröhlich betrachtete er die bemalten Häuser und sah auch durch manchen offenen Eingang ins Innere der Gebäude, um die glanzvollen Wandgemälde mit den Bildern in seiner eigenen Villa zu vergleichen.

Er wandte sich zum Ende der Straße hin, wo sich zwischen zwei Triumphbogen der Tempel der Fortuna erhob. Wohlgefällig betrachtete Glaukus das erhabene

Heiligtum, das zu den anmutigsten Werken der griechisch-römischen Kunst gehörte. Er stand auf einem erhöhten Unterbau. Zwischen zwei Treppenfluchten, die zu einer Empore hinanführten, glänzte der Altar der Göttin. Von hier aus erstieg man auf wenigen Absätzen die Säulenhalle, die mit üppigen Blumengewinden verziert war.

Auf dem weiten Platz, der mit diesem Götterbau und den beiden Triumphbogen großartig begrenzt war, tummelte sich das schaulustige fröhliche Volk. Die einen saßen auf den Marmorbänken und verhandelten laut und mit gebärdenreicher Sprache die Politik des römischen Kaiserstaates. Die anderen sprachen über die Schauspiele im Amphitheater, tadelten eine Tragödie, lobten ein kürzlich aufgeführtes Lustspiel und wußten allerlei Geschichten über Gladiatoren, Tänzerinnen und Künstler. Die Männer im vorgerückteren Alter unterhielten sich mit orientalischen Kaufleuten, die man sofort an ihren gestickten Gewändern und den edelsteinbesetzten Pantoffeln erkannte. Da hatten es die pompejanischen Kaufherren, die nur mit einer leichten Tunika bekleidet zwischen den prunkvollen Fremden standen, ungeheuer wichtig und wollten alle Möglichkeiten wissen, wie man beim Handel mit Alexandrien am meisten Geld verdienen könne.

Glaukus schritt lächelnd durch die bewegte Menge. Er traf bald auf eine Gruppe seiner lustigen ausgelassenen Freunde, die offensichtlich dem Leben die besten Seiten abgewannen.

»Sieh da, Glaukus«, rief der junge Sallust, »ich habe dich ja seit einer Ewigkeit nicht mehr gesehen.«

»Und wie hast du diese Ewigkeit verbracht?« fragte Glaukus. »Ich glaube, du bist schon wieder etwas dicker um die Hüften geworden. Du bist nicht nur ein Feinschmecker, du schlägst dir auch deinen Bauch zu voll.«

»Ich habe studiert«, entgegnete Sallust mit gespielter Empörung, »ich habe Versuche gemacht, wie man Muränen am besten mästet. Allein ich zweifle, daß ich es in dieser Kunst soweit bringen kann wie meine römischen Vorfahren.«

»Unglücklicher Mann! Und warum gelingen deine Versuche nicht?«

Sallust seufzte: »Warum? Weil es nicht mehr erlaubt ist, die Muränen mit Sklavenfleisch zu füttern. Schon oft wollte ich so einen wohlgenährten Burschen, der zur Arbeit zu fett geworden ist, in den Fischteich werfen. Oh, der würde erst meinen Muränen den saftigen Beigeschmack geben. Aber heutzutage haben die Sklaven ja kein Herz mehr für die Sorgen ihres Herrn – sonst hätte sich mein fettwanstiger Leibsklave schon längst meinen Fischen vorgeworfen.«

In diesem Augenblick trat der Faulenzer Lepidus gähnend in den Kreis der jungen Männer.

»Gibt's neue Nachrichten aus Rom?« fragte er.

»Der Kaiser hat den Senatoren ein prächtiges Abendessen gegeben«, antwortete Sallust.

»Ein gutmütiger Herr«, bemerkte Lepidus.

»Vielleicht würde er mir gestatten, einen Sklaven für meine Fische zu schlachten«, fiel Sallust ein.

»Nicht unwahrscheinlich«, meinte Glaukus. »Du bist ein Römer! Warum sollte dir der Kaiser den Wunsch abschlagen? Es handelt sich ja nur um einen Sklaven. Wenn der Kaiser einem Römer einen Gefallen tun kann, kümmert er sich doch nicht um die Jammerrufe der andern.«

»Lang lebe der Kaiser«, rief der Ädil Pansa aus, während er flüchtig in den Kreis der jungen Männer trat. Er blieb aber nicht lange bei den Müßiggängern stehen, sondern gab mit wichtiger Amtsmiene zu verstehen, daß er äußerst beschäftigt sei, grüßte und entfernte sich wieder mit gravitätischen Schritten. Oh, er war sich seiner Bedeutung wohl bewußt. Nicht jeder wurde kaiserlicher Beamter!

»Armer Pansa«, sagte Lepidus, »er hat niemals Zeit. So ein gehetztes Leben wäre nichts für mich. Dem Himmel sei Dank, daß ich kein Ädil bin.«

»Ah, sieh da! Glaukus wieder bei uns? Wie geht es dir?« rief der muntere Clodius, der eben herzutrat. »Wir haben lange kein Spielchen zusammen gemacht, wie?«

»Kommst du, um der Fortuna in ihrem Tempel zu opfern?« fragte Sallust.

»Ich opfere der Glücksgöttin in jeder Nacht«, antwortete Clodius, der nie ohne seine Würfel ausging und begierig war, im Spiel das Schicksal herauszufordern.

»Übrigens«, wandte sich Sallust an den Athener Glaukus, »der Kaufherr Diomed gibt mit seiner Tochter Julia in dieser Woche ein großes Fest! Bist du auch dazu eingeladen, lieber Freund?«

»Ja, ich erhielt heute morgen ein Briefchen.«

»Auch ich«, prahlte Sallust, indem er die auf Papyrus geschriebene Einladung aus dem Gürtel zog. »Seht her, er hat uns eine Stunde vor der gewöhnlichen Zeit gebeten, ein Zeichen, daß es hoch hergehen wird.«

Clodius nickte: »Ach, bei dem Kerl spielen Ausgaben keine Rolle. Er ist reich wie Krösus, seine Speisekarte ist immer so lang wie ein Epos.«

»Es ist recht warm geworden«, lenkte Glaukus ab, »gehen wir jetzt in die Bäder. Eine Abkühlung wird uns allen guttun.«

Die jungen Männer stimmten dem Vorschlag gern bei, da die Sonne heiß vom Himmel herabbrannte. Zwar hatten die reichen Leute auch daheim ihre Bäder, aber sie gingen trotzdem gern in die öffentlichen Badeanlagen, da man dort immer fröhliche Nichtstuer traf, mit denen man sich ausgezeichnet unterhalten konnte.

Die lustige Gesellschaft wählte den Haupteingang in der Straße der Fortuna. In der Vorhalle saß der Bademeister mit zwei Kästchen, von denen das eine für das Geld, das andere für die Eintrittsmarken bestimmt war.

Zahlreiche Besucher saßen auf den Bänken zwischen den Säulen. Andere promenierten in der Halle auf und ab, begrüßten ihre Bekannten, unterhielten sich und lasen zwischendurch die unzähligen Ankündigungen von Schauspielen, Verkäufen und Ausstellungen, die auf die Mauer gemalt oder geschrieben waren. Die meisten erörterten die für das Ampitheater vorgemerkten Kampfspiele und erhoben stets aufs neue die Frage, ob man denn in Pompeji immer noch keinen Verbrecher, etwa einen Tempelschänder oder Mörder, ausfindig gemacht habe. Man brauche doch so einen Kerl, den man den Löwen vorwerfen könne.

»Warum nimmt man nicht einen von der neuen Sekte der Nazarener«, fragte Sallust, als auch im Kreis der jungen Männer das Gespräch auf die Kampfspiele kam. »So ein Bursche, der an Jupiter nicht mehr glaubt, verdient kein Erbarmen. Ich bin nicht so fromm, daß ich gleich die Verehrung aller Götter fordere – aber diese sonderbaren Menschen glauben ja an keine einzige unserer Gottheiten mehr. Sie sind Gottesleugner.«

»Man sollte nicht so schnell urteilen«, warnte Glaukus, »man kann diese Nazarener nicht Gottesleugner nennen. Sie haben nur einen anderen Gott. Christus heißen sie ihn. Wie ich vernahm, glauben sie sogar an ein Leben nach dem Tod.«

»Das stimmt aber nicht«, entgegnete Sallust heftig, »ich habe selbst einen von den Kerlen gesprochen. Er lachte mir ins Gesicht, als ich von Pluto und der Unterwelt zu reden anfing.«

»Was – gibt es solche Bösewichte in Pompeji«, rief entsetzt Lepidus, »solche Gesellen, die über unsere Götter lachen!«

»Das Lachen wird ihnen schon noch vergehen«, brummte Sallust. »Wenn man diese Nazarener nur nicht so schwer entdecken könnte! Sie versammeln sich meist so heimlich, daß es schwer ist, sie aufzufinden.«

Sie betraten nun die inneren Räume des Bades und schritten durchs erste Zimmer, dessen Decke mit farbenfrohen Sternen verziert war. Das zweite geräumige Gemach diente als Ankleide- und Salbenzimmer. Hier war die Decke in viereckige Felder geteilt und mit scharlachroten Ornamenten bemalt. In den fleckenlosen glänzenden Boden waren weiße Mosaiksteine eingelegt. An den Wänden luden zahlreiche Bänke zum bequemen Verweilen ein. Zwei kleine Glasfenster ließen nur spärliche Sonnenstrahlen herein und dämpften das grelle Licht des Südens.

In diesem Raum versammelte ein Poet eine kleine Zuhörerschaft zu einer dichterischen Vorlesung. Gewichtig entfaltete er eine Papyrusrolle, räusperte sich dreimal und begann selbstgefällig mit einer Ode.

Hier entkleideten sich die Badegäste, hingen die Kleider an Haken auf, die in der Mauer befestigt waren, und ließen sich von den Sklaven ein weißes leichtes Gewand überziehen.

Glaukus trat mit seinen Gefährten zuerst in das warme Luftbad. Dieser Raum empfing durch einen tragbaren

Herd und durch Röhren, die unter dem durchbrochenen Fußboden lagen, eine höchst angenehme Wärme. Er war besonders kostbar geschmückt, da sich hier hauptsächlich die reichen Leute aufhielten. Die gewölbte Stuckdecke war bunt bemalt, das Gesims wurde von grotesken Figuren getragen, die Wände schimmerten purpurn, und der Fußboden gleißte mit seinem bunten Mosaik.

Von da aus wanderten die Freunde wohlig durchwärmt in das Dampfbad, atmeten mit dem Dunst die feinen Wohlgerüche ein und ließen sich von den Sklaven mit Schabeeisen abreiben. Etwas abgekühlt stiegen sie in das Wasserbad, wurden hierauf mit einem parfümierten Sprühregen besprengt und von angenehmen Brausen noch einmal überspült. Jetzt ließen sie sich von den Sklaven mit weichen Tüchern trocknen und genossen die orientalischen Salben und Öle, die von den Badedienern in goldenen und alabasternen Gefäßen herbeigebracht und auf die Haut gestrichen wurden.

Bei sanfter Musik fanden sich endlich die Jünglinge wieder im Luftbad zusammen, streckten sich hier auf die weichgepolsterten Ruhebänke hin und fühlten sich erfrischt und wie neugeboren.

»Gesegnet sei, wer die Bäder erfand«, rief Glaukus. »War es Bacchus oder Herkules? Jedenfalls der Erfinder verdient es, ein Gott zu sein.«

»Ach, die Lebejünglinge von Pompeji«, sagte da auf einmal der wohlgenährte Kaufmann Diomed, der ebenfalls die Zeremonien des Bades hinter sich hatte und nun prallen Bauches zu dem munteren Kreis trat. »Ha – euch geht es gut. Nun, mein bester Glaukus, es läßt sich in Pompeji leben, wie?«

Glaukus antwortete gutgelaunt: »Gewiß! Ihr Römer versteht etwas vom Lebensgenuß. Man sieht es auch an deinem Bäuchlein, daß du kein Kostverächter bist.«

»Das wäre aber auch eine Schande, wenn ich die Güter dieser Erde verachten würde. Nun, wir treffen uns ja noch diese Woche in meinem Hause. Vergeßt nicht meine Einladung!«

»Keineswegs, ehrenwerter Diomed«, antwortete Sallust, »auf die Genüsse deiner Tafel werde ich doch nicht verzichten. Hallo, mein Gedächtnis sitzt im Magen! Aber inzwischen wollen wir nicht verhungern. Kommt, Freunde, daheim bei mir gibt es auch etwas zu schnabulieren! Die Bäder haben Appetit gemacht. Wir wollen dem Gott unseres Magens ein ehrenwertes Opfer darbringen.«

Alsbald kleideten sich die Freunde wieder an und folgten Sallust nach Hause, um seiner vortrefflichen Küche die Ehre anzutun.

Sie waren alle fröhlich und in wunderbarer Stimmung.

Selbst Glaukus, der als gebürtiger Athener doch auch etwas von Wissenschaft und Philosophie verstand und an den Schöpfungen der Kunst wie an den Lehren der Weisen ernstes Interesse hatte, mußte zugeben, daß das leichte lockere Leben in Pompeji seine Vorzüge hatte. Wohl dachte er zuweilen daran, daß er seine besten Jahre eigentlich an eine ernste Arbeit wenden müsse – dann aber im Kreis der Zecher, der Spieler und Feinschmecker vergaß er alle Vorsätze und freute sich über das ungebundene fröhliche Lebensspiel im sonnigen Pompeji.

Die Zauberkünste des Arbazes

Es dunkelte über der Stadt, als der Isispriester Apaecides unterwegs war zum Hause des Ägypters Arbazes. Er vermied die helleren und lebhafteren Straßen und eilte gesenkten Hauptes, die verschränkten Arme in das Gewand gehüllt, seinem Ziel entgegen. Es schien, als scheute er sich, sein düsteres bitteres Gesicht den heiter dreinblickenden Spaziergängern zu zeigen, denen er zufällig begegnete.

Zweimal schon war ein Mann gesetzten Alters an ihm vorübergegangen und hatte ihn forschend betrachtet. Jetzt trat der Fremde auf den Priester zu und klopfte ihm auf die Schulter.

»Friede mit dir, Apaecides«, rief er und machte das Zeichen des Kreuzes auf Stirn und Brust.

Apaecides erbleichte. »Was willst du von mir, frommer Nazarener«, erwiderte er betroffen.

»Ich wollte dich nicht in deinen Betrachtungen stören.

Allein als ich dich das letztemal sah, schien ich dir nicht unwillkommen zu sein.«

»Du bist mir auch jetzt nicht unwillkommen, Olinth, aber ich bin müde und abgekämpft und heute nicht in der Verfassung, um mich eingehender mit dir über die Probleme, die dir so sehr am Herzen liegen, unterhalten zu können.«

»O du Kleinmütiger«, rief Olinth mit bedrängendem Eifer, »du bist müde und matt und willst dennoch nichts von der Quelle des Heils und des ewigen Lebens hören!«

»Himmel und Erde«, entgegnete der junge Priester leidenschaftlich. »Könnte ich doch den wahren Olymp schauen, wo die Götter wirklich wohnen! Soll ich diesem Nazarener glauben, daß jene Gottheiten, zu denen meine Väter Jahrhunderte hindurch beteten, nur Truggebilde sind und gar nicht existieren? Soll ich die Altäre, die ich als Heiligtümer verehrte, gotteslästerlich zerschlagen – oder soll ich . . .«

Von Zweifeln hin- und hergerissen hielt er inne, tat einige Schritte vorwärts mit der Hast eines Menschen, der sich selbst entfliehen will.

Aber der Nazarener war einer von jenen entschlossenen und begeisterten Männern, die ihrer glühenden Überzeugung folgten und unverdrossen Jünger für die neue Lehre warben. Er ließ daher auch Apaecides nicht so leicht entkommen, schnell holte er ihn ein.

Und er sagte: »Ich wundere mich nicht, Apaecides, daß unsere Gespräche dich bis ins Innerste erschüttert haben. Ich begreife sehr gut, daß dich nun die Zweifel überfallen, aber sie werden dich nicht überwältigen, wenn du das Wort des Herrn befolgst: wache und bete! Der Sturm deiner Seele wird schweigen, und der Heiland selbst wird so, wie er einst über den See von Samaria ging, auf den besänftigten Wellen daherschreiten, um deine Seele aus der Verstrickung des Isiskultes zu befreien. Er wird dich, wenn du auf seine Stimme hörst, mit ewiger Seligkeit belohnen.«

»Von Verheißungen auf einen späteren Lohn will ich nichts hören«, antwortete Apaecides bitter. »Wie glänzend waren doch die Versprechungen, die mich zum Altar der Isis führten!«

»Wie kannst du das zauberische Blendwerk einer Isis mit dem christlichen Himmel vergleichen! Denk an die Sterbestunde des Erlösers, an seinen Opfertod. Wo ist unter euren Göttern einer, der so viel erlitt, um uns den Himmel aufzutun? Geh mit zu unserer Gemeinde, hör den Ruf deines Gottes, der da gesagt hat: Kommet her zu mir, die ihr mühselig und beladen seid, und ich will euch erquicken.«

»Ich kann jetzt nicht«, sagte Apaecides jäh entschlossen, »ein anderes Mal.«

»Verschieb es nicht immer«, drängte Olinth abermals und faßte den Isispriester beim Arm.

Apaecides aber wollte sich in einem plötzlichen Entschluß aller Zweifel entledigen, er ertrug die Qual nicht länger und riß sich so heftig von dem Nazarener los, daß selbst Olinth es aufgab, dem hastig Davoneilenden zu folgen ...

Atemlos und erschöpft kam Apaecides endlich in dem entlegenen und fernen Stadtteil an, wo sich das einsame Haus des Ägypters befand. Es war mittlerweile Nacht geworden. Der Mond, der aus einer Silberwolke auftauchte, beschien mit seinem Glanz die geheimnisvollen Mauern.

Kein anderes Haus stand in der Nähe. Dichte Weinreben erkletterten die vorderen Wände bis unters Dach. Hinter der Villa wuchsen schlanke Zypressen. Ihre Spitzen wiegten sich im sachten Wind. In der Ferne erkannte man im Mondschimmer die matten Umrisse der Berge, dort war auch der Gipfel des Vesuvs im Nachtglanz zu sehen.

Apaecides gelangte durch eine Weinlaube zu der geräumigen Vorhalle. Zu beiden Seiten der Stufen ruhten geheimnisvolle Sphinxe im Mondschimmer. Weiter oben auf halber Höhe der Treppe dunkelte das grüne Laub der Aloe, daneben warf eine morgenländische Palme mit ihren Fächern bleiche Schatten auf die Marmortreppe.

Kein Laut war zu vernehmen. Nur die Schritte des Apaecides hallten schlurchend wider.

Nun klopfte der junge Priester an die Tür, über der eine Inschrift in ägyptischen Hieroglyphen angebracht war. Die Pforte öffnete sich ohne Geräusch. Ein dunkelhäutiger äthiopischer Sklave fragte nach dem Wunsch des Besuchers.

»Ich suche Arbazes«, antwortete der Priester.

Der Sklave verneigte sich schweigend.

Apaecides ließ sich durch eine Halle, die von bronzenen Lampen erleuchtet war, an den seltsamen Zeichen und Inschriften der Wände vorüberführen und wurde von dem Sklaven in einen Seitenflügel geleitet. Von hier aus gelangte er auf einer schmalen Treppe zu einer Zimmerflucht, in der wiederum die schweigsame geheimnisumwitterte Sphinx auf marmornem Sockel wachte.

Im letzten dieser Zimmer stand Apaecides plötzlich dem Ägypter gegenüber. Arbazes saß in dem matt erleuchteten Gemach vor einem kleinen Tisch, wo mehrere Papyrusrollen lagen. Aus einem Dreifuß in seiner Nähe quollen Weihrauchdüfte. Sie wölkten um eine große Kugel, darauf die Himmelszeichen gemalt waren. Ein wallender Vorhang verhüllte den Hintergrund des Zimmers. Ein ovales Deckenfenster ließ das fahle Mondlicht hereinschimmern.

»Setz dich, Apaecides«, gebot der Ägypter, ohne selbst aufzustehen.

Der Jüngling gehorchte.

Nach einer kurzen gedankenvollen Pause begann Arbazes: »Du bist gekommen, um von mir Antwort auf deine zweiflerischen Fragen zu verlangen. Du willst, daß ich dir die Rätsel des Lebens löse.«

Apaecides bejahte schweigend.

»Ich habe dir in unserem letzten Gespräch große Geheimnisse anvertraut«, fuhr der Ägypter fort. »Du weißt nun, daß jene Gottheiten, denen auf so vielen Altären geopfert wird, leere Erfindungen sind. Ja, unser Tempeldienst ist nichts anderes als Gaukelwerk. Aber wir müssen eben dem Volk den alten Glauben an die Götter lassen, da es sonst alle Bande der Ordnung und des Gehorsams vergißt. Wir täuschen die Menge zu ihrem eigenen Besten. Wir aber, die Erwählten, bewahren die menschliche Ordnung auch dann, wenn wir nicht mehr an den alten Götterglauben gebunden sind. Wir dürfen es wagen, die überlieferten Vorstellungen preiszugeben und in neue Gefilde zu ziehen.«

»Sprich weiter!«

»Die Menschen haben viel zuviel über ihre Götter

nachgedacht, mein Lieber. Wir Weisen müssen begreifen, daß uns das Wesen Gottes verborgen ist und verborgen bleibt. Siehst du, die Perser haben zwei Götter erschaffen, zwei widerstrebende Gestalten, als könnten sie damit die Geheimnisse der Welt erklären. Auch meine ägyptischen Brüder waren im Irrtum befangen, ihre Phantasie hat die Dämonen gezeugt. Die Griechen haben gleich einen ganzen Götterstaat auf den Olymp gezaubert, und die Römer haben sie nachgeäfft. Keiner von allen aber hat das Wahre gesehen, sie waren blind dafür. Mein lieber Apaecides, wir sollten nicht mehr über das Unsichtbare, das Unschaubare nachgrübeln. An das Sichtbare müssen wir uns halten, an diese Welt, die wir sehen, die wir greifen können. Lassen wir die unerforschten Götter, fassen wir lieber das, was uns wie eine wunderbare Wirklichkeit umgibt: die *Natur*!«

Er machte eine Pause und wiederholte dann langsam und eindringlich: »Die *Natur*! Ihre Macht, ihre Geheimnisse wollen wir ergründen. Kommen wir ihren Gesetzen auf die Spur, dann geht die Macht über Meer und Erde, über Pflanze, Tier und über die Menschen selbst auf uns über. Oh, hätten die Toren, die seit Jahrtausenden den unbekannten Göttern nachsinnen, ihre Nachforschungen auf die Natur beschränkt, ha, welche Rätsel wären jetzt schon gelöst! Aber auch so sind die Weisen manchem Geheimnis der unerschöpflichen Natur auf die Spur gekommen, ja, mein lieber Apaecides, die Eingeweihten wissen bereits, wie die Schicksale der Sterblichen aus den Zeichen der Umwelt zu lesen sind. Eine großartige Bildersprache haben die Dinge für den, der sie nur zu deuten versteht. Hör zu: Wie der Mond mit magischer Kraft die Meere zur Flut hebt und zur Ebbe senkt, so strömen die Sterne ihre Magie über uns hin. Ich aber, mein Lieber, kann die Sprache der Magie lesen, ich kenne die Bilderschrift der Gestirne. Werde mein Jünger, so will ich dir die Geheimnisse der Natur beibringen, und ich will dich lehren, die Wege der Menschen aus dem gestirnten Himmel zu lesen und zu begreifen. Dann wirst auch du die Macht gewinnen über die Menschen.«

Apaecides entgegnete düster mit flackernden Augen: »Gefährlich schön klingen deine Worte, Meister. Aber ich weiß nicht, ob ich glücklich werde, wenn ich die Bahnen der Sterne deuten kann. Nur einmal war ich so von ganzem Herzen glücklich in meinem Leben, als ich vom ekstatischen Gebet durchglüht im Gewölk von Weihrauch und Myrrhen das Antlitz eines Gottes zu schauen glaubte. Seitdem jage ich dieser verlorenen Stunde nach, dieser Stunde, in der ich das höchste Glück des Menschen zu genießen glaubte.«

Arbazes fuhr auf: »Trügerische Illusion! Genießen kannst du nicht eine falsche Vision! Wer sich der diesseitigen Natur so verschrieben hat wie ich, der findet Genuß auch in den Erscheinungen unserer Welt. Laufe nicht Hirngespinsten nach, das Leben ist kurz! Nütze es, solange dir der Tag scheint. Du vergrämst deine Jugend, statt jede einzelne Stunde mit vollen Zügen auszukosten. Bald naht die Zeit, da der Weinbecher zerspringt und die Kränze herbstlich verwelken. Versuche erst einmal den Kelch des Genusses, und du wirst ihn nie mehr freiwillig aus der Hand geben!«

Als der Ägypter schwieg und Apaecides über den zwielichtigen, widerspruchsvollen Arbazes nachsinnen wollte, ertönte auf einmal von allen Seiten liebliche Musik. Sie rauschte gleich einem sanften Strome daher, betörend und träumerisch. Es klang wie die Melodie unsichtbarer Geister.

Die Worte, die Apaecides auf der Lippe schwebten und mit denen er die Sophistereien des Arbazes widerlegen wollte, erstarben. Er lauschte den Zaubertönen. Er zitterte vor Erregung, die Schalmeien klangen so süß. Wie erschöpft sank er auf das Ruhebett zurück, horchte auf das Spiel und den hellen Chor von freundlichen Stimmen, die nun den Flöten folgten.

Der schmelzende Gesang und die leichte schwebende Musik berauschten den Jüngling. Aufgewühlt von den Gesprächen mit dem Christen Olinth und dem Magier Arbazes, selber durchwogt von widerstreitenden Gefühlen und Empfindungen, war er nun von den berückenden Melodien und Klängen wie betrunken. Er staunte, als auf einmal jener Vorhang am Ende des Zimmers, der bisher dunkel geblieben war, vom lichtesten Himmelsblau überhellt erstrahlte. Dann strich eine milde Nachtschwärze über die wallenden Draperien hin, und jählings flimmerten tausend Sterne darauf. Man glaubte, der Himmel selbst tue sich auf, ein südlicher Himmel in einer Sommernacht. Und die Sternbilder drehten sich langsam und wunderbar, während die Musik, die jetzt von neuem ertönte, in sphärischer Harmonie erklang.

Selbst Apaecides konnte einen Ausruf des Entzückens nicht unterdrücken: »Du bist wahrhaftig ein Meister deines Faches, ein naturkundiger Magier. Nachdem du die Götter geleugnet hast, offenbarst du mir . . .«

»Die Freuden dieser Welt«, fiel ihm Arbazes in die Rede. Der Ägypter sprang auf, wie umgewandelt war der sonst so Würdevolle. Leidenschaftlich bewegt führte er den Jüngling näher zum Vorhang hin.

Dahinter erscholl nun eine wilde lärmende Musik. Jetzt teilte sich das Tuchgewirke. Zerrann gleichsam in der Luft. Ein überraschender Anblick tat sich vor den geblendeten Augen des jungen Priesters auf. Vor ihm lag ein gleißender Saal. Süßbetäubende Düfte von köstlichen Spezereien und seltenen Blumen füllten den Raum. Von den schimmernden Säulen, die zur Decke aufstiegen, hingen Goldstickereien. An beiden Enden des Saales sprudelten zwei rosig durchleuchtete Springbrunnen in große Schalen von Granit. Mitten im Saal stieg – o Wunder – eine runde Tafel aus dem sich öffnenden Fußboden empor, sie war mit den erlesensten Gerichten besetzt. Die Polster rings um die Tafel waren mit golddurchwirkten Teppichen bedeckt. Und jetzt schwebten aus den schneeweißen Schleiern, die von der Decke bis zum Mosaikboden herabhingen, leichtgewandete Tänzerinnen. Sie erschienen mit Blütengewinden, mit Lyra und Zither, umringten mit gleitenden Tanzschritten den Jüngling, führten ihn zur Tafel wie einen Liebling der Geisterwelt.

Apaecides schwindelte. Die Erde – selbst der Gedanke an die Erde entschwand ihm. Er glaubte zu träumen und hielt den Atem an, weil er fürchtete, er könne zu bald erwachen. Seine Pulse schlugen schneller, sein Blick irrte durch den Raum, das zarte gleißende Schauspiel verwirrte ihn. Er fühlte sich wie verzaubert, als nun die leichte gefällige Musik sich mit dem Gewoge der Tänzerinnen vereinte.

Die Musik verebbte nach einer Weile leise. Da lösten sich aus dem Wirbel drei besonders hübsche Tänzerinnen. Sie hoben die rosenbekränzte Stirne, oh, die Grazien selbst hätten auf diese junge Schönheit eifersüchtig sein können. Während die Flöten wieder lauter erklangen, glitten die Gestalten in ihren seidigen Gewändern über den gleißenden Mosaikboden. Sie tanzten den Nereiden gleich, die im Mondlicht auf dem schimmernden Sand des Meeres den Reigen anführen. Jetzt nahten sie sich dem staunenden Apaecides und bekränzten ihn mit einem Geflecht von gelben Rosen. Die Jüngste aber kniete vor ihm nieder und reichte ihm eine Schale mit rotglühendem Wein. Der Jüngling griff nach dem berauschenden Trank. Seine Augen suchten Arbazes. Der Ägypter saß unter einem Baldachin am anderen Ende der Tafel und ermunterte mit beifälligem Lächeln seinen Freund zu trinken. Der sonst so düstere Mann strahlte nun inmitten all der Herrlichkeit, die ihn umgab.

Er schien sich ganz verändert zu haben, er lachte im trunkenen Überschwang, hob eine goldene Schale hoch empor und rief: »Jüngling, trinke, genieße die Zeit! Weißt du, was dir der nächste Tag schon bringt? Mühe dich nicht! Gönne dir ein schönes Leben! Denke daran, wie schnell der Tod auch das jubelndste Leben in die schwarze Nacht hineinführt. Schlürfe aus vollem Pokal! Bedenke, was du einst werden wirst!«

Bei diesen Worten zeigte er nach einer Nische. Furchtbar erschrocken erblickte Apaecides dort zwischen zwei Bildsäulen ein grinsendes Totengerippe.

Lächelnd sagte der Ägypter: »Beruhige dich, Apaecides! Jener freundliche Gast soll uns nur daran erinnern, wie kurz unsere Leben ist. Höre aus seinem klappernden Mund den warnenden Zuruf: Genieße!«

Wein und Musik berauschten mehr und mehr die Sinne des Jünglings, der die mahnenden Worte des Nazareners Olinth vergessen zu haben schien.

Wie ein zwiegesichtiger Dämon thronte Arbazes an der Tafel, er triumphierte und meinte, daß dem Gaukelspiel seiner Künste doch keiner widerstehen könnte.

Die Herberge der Gladiatoren

Auch in Pompeji gab es ein Viertel, das die wohlhabenden Leute mieden. In jener verrufenen Gegend hausten die Faustkämpfer und Gladiatoren. Gern trafen sich diese Burschen in einem düsteren Haus, das als Weinkneipe bekannt war. Es duckte sich in eine enge Gasse und hatte im Erdgeschoß ein geräumiges Gastzimmer. Hier standen vor der Schwelle einige Gladiatoren und protzten mit ihren eisenharten Muskeln. Sie blickten trotzig und verwegen drein, als stünden sie bereits in der Arena, um den Kampf auf Leben und Tod aufzunehmen. Auf einem Tisch, der außen an der Hausmauer lehnte, standen Krüge mit Wein für die flüchtigen Gäste. Darüber trug die Wand zu Ehren der Stammkunden ein plumpes Gemälde, auf dem trinkfeste Faustkämpfer dargestellt waren. Im Gastzimmer selbst waren mehrere Tische. Daran saßen auch heute muntere Kerle, zechten, würfelten und prahlten mit ihren Siegen. Obwohl es noch früh am Tage war, hatte sich bereits eine ganz stattliche Zahl dieser Faulpelze eingefunden.

»Beim Pollux«, rief der Gladiator Lydon, der da an der Mauer lehnte, dem Wirt zu, »der Wein, den du uns verkaufst, kann einem das beste Blut in den Adern verdünnen.«

Der Wirt, ein riesenhaftes Mannsbild, der seine Ärmel aufgekrempelt hatte und mit behäbigem Stolz Schlüsselbund und weiße Schürze trug, war nicht mehr der Jüngste. Aber seine Gestalt war noch so stämmig und kräftig, daß er die umherstehenden berufsmäßigen Boxer fast beschämte. Trotz seiner verfetteten Muskeln, trotz seines Schmerbauches und der aufgedunsenen Backen flößte er den Gästen großen Respekt ein.

»Laß deine läppischen Späße«, brüllte er nun den Kritiker seines Weines an, »mein Tropfen ist gut genug für ein Gerippe, wie du es bist. Dich schleifen sie ohendies bald in die Leichenkule der Arena.«

»Was krächzest du da, alter Rabe?« entgegnete der Gladiator mit wildem Gelächter. »Du wirst dich noch vor Ärger aufhängen, wenn du siehst, wie sie mir den Lorbeerkranz des Siegers auf die Stirne drücken. Ha, natürlich gewinne ich den großen Preis im Amphitheater. Dann aber will ich von deinem Keller, der einen ehrlichen Mann zugrunde richtet, nicht einen Tropfen mehr versuchen. Werde mein Geld in besseren Schenken ausgeben.«

»Hört mir doch diesen Prahlhans«, rief der Wirt, der den Namen Burbo trug, »der will im Amphitheater den großen Preis gewinnen, haha, und doch kann jeder einzelne von euch dem Kerl mit einer einzigen Hand alle Rippen zerbrechen!«

»Oho«, sagte der Gladiator rot vor Wut, »unser Fechtmeister könnte da ganz andere Stückchen erzählen.«

»Was für Stückchen? Von wem?« empörten sich die anderen Gladiatoren.

»Ruhig Blut«, gebot der Schankwirt Burbo, »bald werden ja die Wettkämpfe im Amphitheater sein, dann werden wir sehen, was du kannst.«

»Schade, daß du nicht mehr im Ring stehst«, höhnte Lydon, der Gladiator, »ich würde den Zuschauern ein Schauspiel geben, wie man dich mit einem einzigen Griff umlegt.«

»Was«, schrie der Wirt, »ich will dich Grünschnabel lehren, was es heißt, vor mir einen Herkules zu spielen. Habe ich mich nicht zwanzig Jahre lang auf dem Kampfplatz ehrlich herumgeschlagen? Soll ich mir jetzt von einem Buben auf der Nase herumtanzen lassen!«

Er packte jäh Lydons ausgestreckte Hand, und zwar mit solcher Gewalt, daß sofort das Blut unter den Nägeln hervorquoll. Die Gladiatoren lachten wild auf. Lydon aber ertrug den schmerzhaften Händedruck beherrscht, lächelnden Gesichtes und ohne eine Miene zu verziehen. Allein, kaum war er wieder frei, da krümmte er sich einem Tiger gleich und packte mit einem großartigen Satz den riesigen Wirt an. Der Gladiator schlug seine Hände um die Kehle des Giganten und brachte ihn mit einem geschickten Griff aus dem Gleichgewicht. Wie ein herabdonnernder Felsen krachte Burbo, der Wirt, auf die Fliesen. Blutdürstig kniete sein Gegner über ihm.

Es hätte vielleicht mit Burbo ein schlimmes Ende nehmen können. Aber da stürzte, durch den Lärm herbeigerufen, aus den inneren Gemächern des Hauses die Frau des Schankwirtes. Wohl war sie schlank und hager, aber ihre Arme, mit denen sie wild herumfuchtelte, waren gewiß nicht zu verachten. Kaum erblickte sie die Gefahr, in der sich ihr Mann befand, da warf sie sich furchtlos mit ihren Krallenfingern auf den Gladiator. Die anderen Stammgäste traten grinsend herzu und betrachteten das Schauspiel, wie die kratzende und beißende Katze den Gemahl zu befreien suchte.

Endlich ließ der Gladiator den gebändigten Wirt aus seinem Griff und schüttelte gleichzeitig das Weib von seinen Schultern. Die drei erhoben sich und ordneten ihre Gewänder.

»Jetzt hat er genug«, brüllten lachend die Gladiatoren und deuteten auf den Wirt, der mit blauem Gesicht um Atem rang und wüst keuchte.

»Ich habe nicht genug, ihr Schelme«, stieß der Wirt hervor. Trotz seiner Niederlage rollten seine Augen gefährlich, seine Zähne fletschten wütend.

Inzwischen hatte sich die Frau Burbos, die der Zorn packte, daß ihr Mann sich als der Schwächere erwiesen hatte, nochmals mit ihren Krallen und Zähnen auf den Gladiator gestürzt, als wollte sie selber Rache nehmen. Da aber machte Lydon kurzen Prozeß. Er zog ein Messer aus seinem Gürtel, die Klinge blitzte, drohend war sie erhoben. Die Frau ließ sofort los, erschrocken fuhr sie zurück.

»Ihr Götter«, rief sie, »so ein Schuft! Er führt verborgene Waffen. Das will ein ehrlicher Gladiator sein!«

Mit geringschätziger Miene kehrte sie dem Gladiator den Rücken, um nach ihrem Manne zu sehen. Der hatte sich inzwischen leidlich erholt. Sein Gesicht hatte die blaue Farbe wieder verloren und glühte nun in seinem gewöhnlichen Rot. Grunzend schüttelte sich Burbo. Als wollte er die Hand zur Versöhnung reichen, musterte er seinen Gegner beifälliger als zuvor und versuchte zu lachen: »Beim Kastor! Du bist ein stärkerer Bursche als ich's gedacht hätte. Du bist doch ein Mann, der etwas kann, ein richtiger Schlagtot! Gib mir deine Hand!«

»Bist ein braver alter Kerl, Burbo«, riefen die Gladiatoren, »trägst einem nichts nach. Mach keine Umstände, Lydon, schlag ein!«

»Nicht so eilig«, zögerte Lydon, »jetzt hab' ich Blut geleckt, es reizt mich, noch mehr davon zu trinken.«

Der Wirt Burbo aber blieb bei seiner versöhnlichen Haltung und meinte schmeichelnd: »Beim Herkules! Du bist ein echter Gladiator! Da sieht man wieder, was man aus einem Menschen machen kann. Eine Bestie könnte nicht wilder sein.«

»Eine Bestie?« schrie einer von den anderen Gladiatoren. »Die ist doch nicht mit uns zu vergleichen. Mit den wilden Tieren werden wir schon fertig.«

»Schon gut, schon gut«, mischte sich nun auch die Wirtin ein, die gerade dabei war, ihre Haare wieder aufzustecken. »Jetzt gebt mal alle Ruhe. Ich habe euch noch was anderes zu sagen. Ein paar junge vornehme Herren, eure Gönner und Beschützer, haben sich angemeldet und wollen euch heute hier aufsuchen. Sie möchten euch aus der Nähe sehen, bevor sie die Wetten für den großen Kampftag im Amphitheater abschließen. Ja, ja, man weiß, daß die besten Gladiatoren in unserem Haus verkehren. Den Göttern sei Dank! Wir haben eine besondere Stammkundschaft, nicht wahr!«

»Ja, ja«, fügte Burbo stolz hinzu, während er einen Becher Wein hinunterstürzte, »man ist eben gern bei einem Wirt, der selber so viele Lorbeeren in der Arena gewonnen hat. Trink, Lydon, mein Junge, mögest du so in Ehren alt werden wie ich.«

»Komm hierher«, sagte nun die Wirtin zu ihrem Hausherrn und zog ihn dabei kräftig am Ohr.

»Ich komme ja schon, du Wölfin, du machst es ja noch ärger als Lydon«, grunzte Burbo.

»Still«, flüsterte sie ihm in einer Ecke zu, »gerade ist der Isispriester Calenus durch die Hintertür hereingeschlichen. Ich glaube, er hat die Goldstücke gebracht.«

»Ich geh' und suche ihn. Bleib du indessen hier und hab ein scharfes Auge auf die Flaschen und Schläuche. Laß dich nicht begaunern von den Brüdern. Es sind zwar ganze Kerle, aber arge Spitzbuben.«

»Keine Sorge, Alterchen«, antwortete die Wirtin, während Burbo den inneren Räumen seines Hauses zuschritt.

»Diese feinen Herren«, sagte Lydon, »kommen also nur, um unsere Muskeln zu betrachten!«

Die Wirtin antwortete: »Brauchst dich nicht zu beschweren. Diese jungen Kavaliere haben Geld. Es ist für euch wichtig, daß sie recht viel Sesterzien auf euch setzen. Ihr kennt doch den Griechen Glaukus und seinen Freund Clodius. Haltet sie bei guter Laune, wenn sie kommen. Die werden sich an Kampftag nicht lumpen lassen.«

»Bestimmt, Clodius wettet zwanzig Goldstücke auf mich«, prahlte einer der Gladiatoren, »was meinst du, Lydon?«

»Er wettet natürlich auf mich«, brüstete sich Lydon.

»Nein, auf mich«, brüllte ein dritter.

»Langsam«, rief ein vierter, »meint ihr wirklich, daß Clodius euch wählt, wenn er meine Muskeln sieht?«

»Geduld, Geduld«, sagte die Wirtin und stellte einen frischen Weinkrug auf den Tisch, »es ist sehr die Frage, wer von euch allen das Herz hat, mit dem jungen numidischen Löwen zu kämpfen. Und ihr wißt, daß ihr mit ihm eure Kräfte messen müßt, falls man bis dahin keinen Verbrecher gefunden hat.«

Lydon wurde mißmutig. Er sagte: »Mir langt jetzt das dauernde Gerede von unseren Wettkämpfen im Amphitheater. Wartet doch, bis es soweit ist. Ein bißchen nette Unterhaltung könnten wir jetzt brauchen. He, Wirtin, wo ist denn deine hübsche Sklavin, die kleine blinde Nydia, die so nett singen kann? Die könnte uns mal was vortragen. Ich hab' sie so lange nicht gesehen oder gehört.«

Die Wirtin antwortete: »Leider ist die kleine Nydia nicht da. Für eure Fäuste ist sie ja ohnedies zu zerbrechlich. Sie verkauft in der Stadt Blumen und singt dazu ihre Liedchen. Das bringt mehr ein, als wenn sie hier zwischen euch herumliefe.«

»Ha, die paßt überhaupt nicht hierher in euer Haus«, bemerkte Lydon, »ist für euch viel zu fein. Die müßte Kammerfräulein bei einer vornehmen Römerin werden, das wäre eher ein Beruf für sie.«

»Hast gar nicht so unrecht«, meinte die Wirtin lachend, »in den nächsten Tagen will ich mein Glück machen und die kleine blinde Nydia verkaufen. Mir hat sie so ein Lump angedreht, der mir gar nicht sagte, daß sie blind sei. Nun, sie hat sich dann doch ganz nett herausgemacht, versteht etwas von der Blumenpflege und bindet allerliebste Kränze, die den jungen Herren gefallen. Und da sie ein hübsches Lärvchen hat, verdient sie auch mehr als die andern Blumenmädchen. Ein armes Ding – nun ich werde die Kleine schon vorteilhaft anbringen.«

»Daran zweifelt kein Mensch«, bemerkte Lydon, »du bist geschäftstüchtig. Im übrigen hab' ich jetzt einen verfluchten Hunger bekommen, bring mal was Gehöriges zu essen.«

»Die beste Idee«, stimmten die anderen Gladiatoren zu, »laß sehen, was du aufzutischen hast.«

Die Hausfrau nickte, trollte sich zur Küche und kehrte alsbald mit einer riesenhaften Platte zurück, auf der halbrohes Fleisch in großen Stücken lag. Die Helden der Kampfspiele meinten, daß sie sich durch dieses noch blutige Fleisch ihre Wildheit und Kraft am besten erhalten könnten, und fielen mit der Gier verhungerter Wölfe über die saftigen Stücke her. Der Wein floß dazu in Strömen.

Zwei Erzgauner

Calenus, der Isispriester, der durch einen Seiteneingang das Haus des Gastwirtes Burbo betreten hatte, stammte von bescheidenen kleinen Leuten. Er hatte eine anständige Bildung genossen, hatte auch von seinem Vater ein kleines Erbteil erhalten, dieses aber in kurzer Zeit mit lockeren Gesellen durchgebracht. Arm, wie er war, und ohne Beziehungen zu einflußreichen Leuten, hätte er sich im Trubel der Welt schwer getan und war deshalb in den Dienst der Göttin Isis getreten. Zwar waren die Einkünfte dieses heiligen Standes aus dem Staatsschatz sehr gering, aber die Priester eines so beliebten Tempels bekamen viele Zuwendungen vom abergläubischen Volk. Und so stellte sich Calenus gar nicht schlecht.

Er hatte nur noch einen Verwandten in Pompeji, und das war eben der Gastwirt Burbo, mit dem er allerlei dunkle Geschäfte machte. Oft verließ der Isispriester seine angeblich so strengen Andachtsübungen und stahl sich heimlich und verkleidet durch die Gassen in die bucklige

Schenke seines Verwandten, um mit dem fetten gealterten Gladiator seine zweifelhaften Dinge zu drehen.

Auch heute saß er da in einem engen Kämmerchen bei dem Gastwirt. Der vierschrötige Burbo hockte ihm gegenüber und zählte sorgfältig die Geldstücke, die der Priester aus seinem Beutel auf ein Tischchen geschüttet hatte.

»Du siehst«, sagte Calenus, »daß der Ägypter Arbazes gut bezahlt, und kannst dich bei mir bedanken, daß ich dir zu einem so vorteilhaften Handel verholfen habe.«

»Gewiß, mein lieber Vetter«, antwortete Burbo schmunzelnd, steckte die Münzen in einen ledernen Beutel und ließ diesen in seinem Gurt verschwinden. »Ja, bei deiner Göttin Isis, die kleine Nydia, die ich an den Ägypter verliehen hatte, bringt goldene Früchte ein.«

»Sie singt aber auch hübsch und spielt dazu wirklich nett. Das sind Vorzüge, die der Ägypter schätzt und gut bezahlt. Er läßt sich seine Gelage und Festlichkeiten schon etwas kosten.«

»Er ist ein Gott«, rief Burbo begeistert, »man müßte jeden reichen Mann, der zugleich freigebig ist, anbeten. Aber du vergißt ganz das Trinken, alter Freund, ich hoffe, daß dir mein Wein schmeckt.«

»Ausgezeichnet, Burbo – auf dein Wohl!«

In diesem Augenblick hörten sie ein leises Geräusch an der Tür wie von einem, der nach dem Drücker sucht. Calenus zog eilig seine Kapuze über den Kopf.

»Keine Aufregung«, flüsterte der Wirt, »es ist nur die Blinde.«

Nydia trat ein.

Buro lachte leise vor sich hin und sagte heuchlerisch: »He, Mädchen, was ist mit dir los? Du bist so blaß. Hast dich lange herumgetrieben. Nun das ist einmal so: Jugend hat keine Tugend.«

Nydia sank, ohne zu antworten, erschöpft auf einen der Sitze. So saß sie eine Weile und atmete mühsam. Endlich aber erhob sie ihr Gesicht, glanzlos schauten ihre toten Augen.

Dann preßte sie in einem plötzlichen Entschluß ihre Finger ineinander, verkrampfte sie und sagte mit zornbebender Stimme: »Beim Jupiter, ihr könnt mich schlagen, mich hungern lassen, könnt mir mit dem Tod drohen, niemals aber gehe ich wieder in das böse Haus des Arbazes! Ich fürchte mich vor ihm, er ist ein Zauberer, er hat schlimme Hände. Nein, ich kann dort nicht mehr singen und spielen, kann dort keine Blumen mehr binden – es ist ein furchtbares Haus, der Ägypter ist ein Dämon, grauenhaft, unheimlich.«

»Du Närrin«, schrie Burbo mit verkniffenem Gesicht, »willst du widerspenstig werden? Vergiß nicht, daß du eine Sklavin bist! Nimm dich in acht.«

»Ich gehe nicht mehr hin«, sagte das Mädchen entschlossen und legte die Hände über die Brust.

»Wir werden dich an den Haaren hinschleifen.«

»Ich werde die Stadt mit meinem Geschrei in Aufruhr bringen«, sprach die Blinde leidenschaftlich.

»Dann stecken wir dir einen Knebel in den Mund.«

»Die Götter werden mir helfen«, schluchzte Nydia.

Während sie weinend niederbrach, trat die Frau Burbos ins Zimmer.

»Was gibt's?« schrie sie ihren Mann an, »was hast du mit meiner Sklavin vor?«

»Sei still, Frau«, sagte Burbo, »du brauchst neue Gürtel und feine Kleider. Wer soll's bezahlen? Paß auf die Kleine da auf, die kann unsern Geldbeutel wieder etwas anfüllen.«

»Ich versteh' nicht recht«, fragte die Alte, blickte bald ihren Mann, bald den Isispriester und die Sklavin an.

Da warf sich Nydia mit leidenschaftlicher Inbrunst ihrer Herrin zu Füßen, umfaßte deren Knie und blickte mit ihren erloschenen, aber dennoch rührenden Augen empor.

»O meine Gebieterin«, schluchzte sie, »du bist eine Frau, du hast Schwestern, hast Kinder gehabt, du warst auch einmal so jung wie ich, hab Mitleid mit mir! Ich will nicht mehr in die Lasterhöhle des Ägypters gehen. Seine Gelage sind schändlich!«

»Schweig«, sagte die Alte hart und wehrte die zarten Hände des Blumenmädchens ab, »Sklaven brauchen kein Gewissen zu haben.«

Burbo hob den Geldbeutel vor die Nase seiner Frau und klingelte mit den Münzen: »Eine liebliche Musik, wie? Sklavinnen sind dazu da, um Geld zu verdienen.«

»Das Kind ist müde«, meinte die Wirtin und nickte Calenus verständnisinnig zu, »es wird sich schon fügen.«

»Bring sie jetzt fort«, gebot Burbo seiner Frau. »Ich habe das Theater mit den Sklavinnen satt.«

»Komm«, sagte die Wirtin und schob das arme Kind bei den Schultern fort.

Nydia aber hielt sich am Tisch fest und erklärte fest und bestimmt: »Hört mich an! Ich habe euch treu gedient. Ich bin aus dem griechischen Thessalien als armes Waisenmädchen hierher verschleppt worden. Ich habe mehr erduldet als ihr ahnen könnt. Und habe trotzdem zu allem geschwiegen. Aber bei der Liebe zu meiner armen toten Mutter sage ich euch: Schickt mich, wohin ihr wollt – ich werde euch gehorchen. Nur in das Haus des Ägypters Arbazes gehe ich nicht mehr. Nie mehr. Dieser Arbazes führt ein schlimmes Haus. Wenn ihr mich aber zwingen wollt hinzugehen, so werde ich den Schutz des Prätors anrufen. Das schwöre ich – bei den Göttern.«

Die alte Wirtin glühte vor Zorn. Die Augen der Furie sprühten Feuer. Sie schleppte das arme Kind an den aufgelösten Haarflechten fort und ließ eine scharfe Geißel auf Haupt und Rücken der Sklavin niederprasseln. Man hörte durch das ganze Haus das Wehgeschrei des blinden Blumenmädchens.

Glaukus kauft eine Sklavin

»Heda, ihr braven Burschen«, sagte Lepidus, als er mit den Freunden Glaukus und Clodius durch die niedrige Tür in Burbos Haus eintrat, »wir wollen sehen, wer von euch dem Fechtmeister die größte Ehre macht.«

Die Gladiatoren erhoben sich respektvoll vor den drei jungen Herren, die in Pompeji wegen ihres Reichtums großes Ansehen genossen und deren Wort daher auch bei den Wetten im Amphitheater etwas galt.

»Was für schöne Menschentiere«, sagte Clodius zu Glaukus, indem er die muskelprotzenden Gladiatoren musterte.

Der verzärtelte Lepidus, den im Bad ein Luftzug ängstigte und der sich auch sonst immer so verweichlicht gab, schlug nun mit gespielter Derbheit seine milchweißen Mädchenhände auf die breiten Schultern der Gladiatoren, befühlte die hervortretenden Muskeln und stellte sich so, als bewundere er im höchsten Maß die Kraft der Faustkämpfer.

Clodius deutete auf einen der Gladiatoren, stieß seinen Freund Glaukus mit den Ellenbogen an und meinte: »Ich wette zehn Sesterzien, daß der Kerl mit seinem Gegner fertig wird. Was sagst du dazu, Glaukus, einverstanden mit der Wette?«

Glaukus nickte, wandte sich aber schnell, ohne sich weiter um die Wette zu kümmern, einem anderen Gladiator zu, der durch sein feineres Gesicht sich von seinen Berufsgenossen unterschied und daher dem Athener auffiel.

»Wie heißt denn du«, fragte Glaukus, »du scheinst noch nicht sehr lange dieses Geschäft auszuüben?«

»Lydon ist mein Name.«

»So – und du willst also auch das nächste Mal im Amphitheater auftreten?«

»Sehr wohl, Herr – ich gedenke sogar einen Sieg zu erringen.«

»Das müssen alle Gladiatoren hoffen! Was für Waffen hast du denn gewählt?«

»Ich fechte zuerst mit dem Cästus, und dann, wenn ich es überlebe, mit dem Schwert.«

»Mit dem Cästus?« rief Glaukus. »Das ist ja eine fürchterliche Waffe! Hm, man wird unter die Riemen, mit denen man dir Arm und Faust umwindet, Bleistücke schnüren – hm, wenn ich mir so deinen Körper anschaue, du bist nicht so gepolstert wie die andern, wenn dich die Faust deines Gegners mit den Bleistücken trifft, dann geht's gleich auf die Knochen, du solltest diese Kampfart der rohen Gewalt vermeiden und dich lieber auf deine Geschicklichkeit verlassen.«

»Ich wette, daß dieser Lydon verliert«, sagte Clodius, »und zwar schon beim Faustkampf. Wie ist's, Lepidus, hältst du mit?«

»Nein, mein Lieber«, erwiderte Lepidus, »du hast

recht, dieser Lydon wird es nicht bis zum Schwert bringen.«

»Und was sagst du, Glaukus«, fing Clodius wieder an.

Glaukus betrachtete den Gladiator Lydon, den die wegwerfenden Bemerkungen sichtlich niederdrückten. Dann sagte der Athener und nickte dem Wettkämpfer ermunternd zu: »Natürlich wette ich auf Lydon, eins gegen drei will ich halten, zehn Sesterzien gegen dreißig!«

Lydon strahlte und blickte sich triumphierend im Kreise um.

Auch Clodius war's zufrieden und schrieb die Wette auf seine Tafel.

»Verzeihung, mein Herr«, sagte Lydon zu Glaukus, »wenn du zehn Sesterzien auf mich wettest, wieviel wird dann der Sieger verdienen?«

»Wieviel? Ich denke sieben Sesterzien.«

»Bist du gewiß, daß es soviel sein werden?«

»Mindestens! Aber schäme dich! Denkst du bei deinen Kämpfen nur an das Geld? Ich dachte, ihr denkt an die Ehre!«

Die gebräunte Wange des Gladiators verfärbte sich dunkelrot. »Tu mir nicht unrecht, Glaukus«, sagte er, »ich denke an beides, an die Ehre – aber auch an das Geld. Ich leugne es nicht.«

»Geldgieriger Bursche – geh, wirkliche Helden denken an nichts als an den Sieg.«

»Ich bin nicht geldgierig«, antwortete Lydon stolz, »du kannst dir nicht vorstellen, daß auch unsereiner ein Lebensziel haben könnte, für das er nun einmal das elende Geld braucht.«

Er zog sich beleidigt in die andere Ecke des Zimmers zurück.

»Wo ist denn eigentlich Burbo, der Gastwirt«, fragte Clodius, »ich sehe ihn gar nicht, ich muß ihn sprechen.«

Die Gladiatoren erklärten, daß Burbo im Haus sei.

»Na, und wo ist denn dann die Herbergsmutter?« fragte Lepidus.

Ein Gladiator antwortete: »Sie war doch eben noch hier, wird gleich wiederkommen.«

In diesem Augenblick vernahm man draußen laute Rufe des Schmerzes und Schreckens.

»Ach laßt mich los, laßt mich los«, hörte man die entsetzte Stimme rufen, »ich bin doch nur ein Kind und blind dazu, ist das nicht Strafe genug?«

»Die Stimme kenne ich«, entsetzte sich Glaukus. Er stürzte sogleich in die Gegend, aus der die Jammerrufe schollen. Als er die Tür aufriß, sah er, wie die wütende Wirtin die arme kleine Nydia am Boden daherschleifte und mit der blutigen Geißel bearbeitete.

»Du Furie«, brüllte Glaukus und entriß Nydia den Klauen der Wütenden. »Wie kannst du das Mädchen derart mißhandeln! So eine unglückliche Blinde! Ach Nydia, mein armes Kind.«

»Oh, du bist es, Glaukus – deine Stimme«, rief Nydia in jäher Seligkeit. Ihre Tränen flossen nicht mehr. Ein Lächeln erblühte auf ihrem verweinten Gesicht, sie stand auf, warf sich an die Brust des Atheners und küßte demütig sein Gewand.

Da aber fauchte die Wirtin Glaukus an: »He, du Athener, du wagst es, dich zwischen eine freigeborene Römerin und ihre Sklavin zu drängen! Ha, bei den Göttern, ich glaube, daß du trotz deiner feinen Tunika und deinem wohlriechenden Parfum nicht einmal ein römischer Bürger bist. Wie, mein Püppchen!«

Nun mischte sich Clodius ein: »Hallo, immer höflich bleiben, liebe Frau, dieser Herr ist mein Freund, und du weißt, ich habe Verbindungen zu den höchsten Stellen.«

»Gib mir meine Sklavin«, kreischte die Alte, indem sie mit ihrer mächtigen Pratze nach dem Blumenmädchen griff.

Glaukus stellte sich dazwischen und sagte energisch: »Zurück, laß die Hände davon! Das Mädchen steht unter meinem Schutz!«

Burbo, der Gastwirt, der mittlerweile den Isispriester Calenus durch einen Hinterausgang unbemerkt aus dem Haus gelassen hatte, wollte nun den Streit beschwichtigen und erklärte: »Was macht ihr für einen Lärm wegen so einer kleinen Sklavin. Laß es gut sein, Frau! Dem Wunsch der Gäste müssen wir immer entgegenkommen. Deinetwegen, verehrter Herr, wollen wir diesmal dem frechen Ding die wohlverdiente Strafe schenken.« Mit diesen Worten zog er seine wütende Ehehälfte zurück.

Burbo fuhr hoch und wandte sich zu Nydia: »Nun geh, du wirst dem Herrn noch die Tunika zerreißen, wenn du dich so fest an ihn klammerst. Geh, es ist schon alles gut.«

»O verlaß mich nicht, edler Glaukus«, rief Nydia von Angst geschüttelt.

Glaukus schloß gerührt die Blinde in seine Arme. Er setzte sich nieder, nahm sie wie ein kleines Mädchen auf seinen Schoß und beruhigte sie mit Liebkosungen und guten Worten, wie man eben weinende Kinder zu begütigen pflegt.

Sogar die alte Wirtin ward nun etwas milder gestimmt, sie wischte sich den Schweiß von der Stirne und sagte: »Ei, wer hätte gedacht, daß unserer blinden Nydia eine solche Ehre widerfahren würde!«

Glaukus wandte sich an Burbo: »Mein Bester, deine Sklavin singt gut und versteht Blumen zu pflegen. Ich möchte eine solche Sklavin einer jungen Dame zum Geschenk machen. Willst du mir das Mädchen verkaufen?«

Der Athener fühlte, wie bei diesen Worten das arme Kind vor Freude und Hoffnung zitterte. Die Blinde fuhr empor, strich sich das aufgelöste Haar aus dem Gesicht und blickte forschend im Kreis umher, als ob sie sehend geworden wäre.

»Unsere Nydia verkaufen«, brummte die alte Wirtin, »nein, gewiß nicht!«

Tief seufzend und bitter enttäuscht sank Nydia zurück und hielt sich erneut an der Toga ihres Beschützers fest.

»Unsinn«, rief jetzt Clodius gebieterisch dazwischen, »Herr Wirt und Frau Wirtin, verderbt es nicht mit mir! Sonst hat eure Wirtschaft hier ein Ende. Es kostet mich nur ein Wort bei meinem Vetter, dem Ädilen Pansa, und ihr müßt eure Weinschläuche einpacken und dürft keinen Tropfen mehr verkaufen. Glaukus, die Sklavin gehört selbstverständlich dir!«

Burbo kratzte sich sichtbar verlegen hinter den Ohren.

»Nenn deinen Preis«, gebot Glaukus, »ich werde mich nicht lumpen lassen.«

»Ich zahlte sechs Sesterzien für sie, jetzt ist sie mir zwölf wert«, brummte die Wirtin.

»Du sollst zwanzig haben«, erklärte Glaukus hochmütig, »komm mit mir auf das Stadthaus, damit wir den

Händel fertigmachen können, und begleite mich dann in meine Wohnung. Kannst dort das Geld gleich in Empfang nehmen.«

»Ich hätte das liebe Kind nicht für hundert Sesterzien verkauft«, sagte Burbo weinerlich, »nur aus purer Gefälligkeit gegen den edlen Clodius tu' ich es.«

Clodius lachte: »Du kannst diesen Tag im Kalender anstreichen. Soviel Geld für das Mädchen!«

»Wirst du mir die Sklavin übergeben?« fragte nun mit den üblichen formellen Worten Glaukus den Gastwirt.

»Sie wird dir hiermit übergeben«, antwortete Burbo und schlug in die dargebotene Hand ein.

»Was für ein Glück«, rief Nydia außer sich vor Freude, »nun darf ich mit dir gehen.«

»Ja – und deine schwerste Arbeit soll künftig sein, der liebenswürdigsten Dame von Pompeji griechische Lieder vorzusingen.«

Nydia fuhr zurück. Sie war jäh wie verändert. Tief seufzte sie, während ihr Gesicht bittere Enttäuschung zeigte.

Sie ergriff die Hand ihres neuen Herrn und sagte: »Ich glaubte, ich dürfte in *dein* Haus gehen?«

»Fürs erste wollen wir jetzt auch einmal dorthin. Komm, wir verlieren hier die Zeit.«

Arbazes ist am Werk

Die Lügen, die Arbazes bei der schönen Jone vorgebracht hatte, um den Athener Glaukus herabzusetzen, hatten ihren Zweck nicht verfehlt. In ihrem Stolz verletzt, grübelte Jone darüber nach, wie es möglich sei, daß Glaukus sich in der Öffentlichkeit so roh und barbarisch benommen habe. Hatte er wirklich dort in den Bädern den Freunden erzählt, daß er nie an eine Heirat mit der törichten verliebten Jone denke? O diese Schmach! Warum sollte der Ägypter nicht die Wahrheit sprechen! Glaukus hatte sie gedemütigt und tödlich verletzt.

Von der Stunde an, da der Ägypter die Lügen vorgebracht und sie dann verlassen hatte, zog sich Jone in ihre innersten Gemächer zurück, wies selbst ihre Sklavinnen aus dem Zimmer und nahm keinen Besuch mehr an. Glaukus wurde mit den anderen abgewiesen. Er war verwundert, hatte aber keine Ahnung, welche Ränke der Ägypter gegen ihn gesponnen hatte, und konnte sich infolgedessen auch nicht verteidigen. Er war beunruhigt, daß er nicht vorgelassen wurde, konnte sich selber keinerlei Schuld beimessen und grübelte umsonst darüber nach, weshalb sich Jone so unzugänglich zeigte.

Um seine unverbrüchliche Liebe kundzutun, schlich er in tiefer Nacht, wenn alle Straßen verödet waren und nur der Mond still durch die Gassen wanderte, zum Haus seiner Angebeteten und brachte ihr seine Huldigungen dar in der Art, wie es die schönen Sitten des Landes erlaubten. Er hängte an ihrer Tür die reichsten Blumengewinde auf und ließ in der linden Sommernacht verliebte Lieder zum Klang der Leier ertönen.

Aber das Fenster öffnete sich nicht. Kein Frauenlächeln verschönte die Nacht. Alles im Haus blieb still und dunkel. Und so erfuhr Glaukus auch nicht, ob seine Lieder willkommen waren.

Jone aber schlief nicht. Sie lauschte seinem Gesang, seinem Spiel. Die sanften Weisen erreichten ihr Schlafgemach. Solange sie die Melodien des Atheners hörte, meinte sie, die bösen Behauptungen des Arbazes könnten nicht wahr sein. Wenn aber dann Glaukus schwieg und langsam davonging, verschwand der Zauber, der alle niederen Einflüsterungen abwehrte. Von bitteren Zweifeln überwältigt warf sich Jone dann auf ihrem Lager hin und her und verwünschte selbst diese nächtlichen Huldigungen.

Sie wollte keinen Menschen mehr sehen. Es gab nur eine einzige Ausnahme. Arbazes, ihrem einstigen Vormund, konnte sie ihr Haus nicht verwehren. Und so überschritt der Ägypter oft und anmaßend die Schwelle dieser Villa, als ob er hier zu Hause sei. Nachdem es ihm gelungen war, den Bruder Jones, den Isispriester Apaecides, wieder in seine Gewalt zu bekommen, wollte er jetzt die schöne Jone in seinem Netz einfangen. Rücksichtslos drang er immer in ihr einsames Zimmer vor. Jone war nicht imstande, ihn von sich zu weisen. Sie war durch das Schlangenauge des Ägypters wie gebannt. Sie liebte ihn nicht, aber sie fürchtete ihn! Sein stolzer Blick, in dem sich manchmal Flammen zu spiegeln schienen, erschreckte sie.

Arbazes unterließ keine Gelegenheit, um das Mißtrauen gegen Glaukus zu vertiefen, und setzte oft durch eine verächtliche Bemerkung den Nebenbuhler herab. Dabei war er in seinen Äußerungen so vorsichtig, daß Jone keinen Argwohn gegen ihn selber schöpfte . . .

Wieder einmal saß der Ägypter mit Jone in ihren Gemächern zusammen.

»Du trägst auch im Zimmer den Schleier?« fragte Arbazes, »es ist dies nicht sehr freundlich gegen diejenigen, die du mit deiner Freundschaft beehrst.«

Jone, die den Schleier nur übergeworfen hatte, um ihre verweinten Augen zu verbergen, antwortete: »Du achtest doch nur auf den Geist, lieber Arbazes, und schätzest das Äußere gering. Darum macht es dir gewiß nichts aus, wenn das Gesicht verhüllt ist.«

»Wohl achte ich nur auf das Geistige – aber gerade deswegen bitte ich dich: Laß mich in dein Auge sehen!«

»Was für höfliche Komplimente du in der Luft von Pompeji findest«, sagte Jone mit erzwungener Heiterkeit.

»Meinst du, schöne Jone, daß ich erst in Pompeji erkannt habe, was für eine nette liebreizende Erscheinung du bist? Manchmal faßt man eine echte Sympathie zu einem Menschen schon im ersten Augenblick, wenn man ihn kennenlernt. Ich erscheine dir vielleicht kalt und gefühllos, aber ich muß dir gestehen, daß ich eine wahrhafte Zuneigung zu dir empfinde.«

»Ich bin glücklich«, sagte Jone ausweichend, »daß du mich deiner Freundschaft würdigst.«

»Freundschaft«, rief Arbazes heftig. »Nein, dieses Wort wurde schon zu oft entweiht. Es kann das Gefühl, das ich für dich hege, nicht bezeichnen. Freundschaft ist ein Band, das auch Toren und Lasterhafte verbinden kann. Freundschaft verkettet auch die Herzen eines Glaukus und Clodius. Nein, das Gefühl, das mich so oft durchflutet, wenn ich dich anschaue, stammt von den Sternen. Es ist so eine mystische Sehnsucht, wie wir sie oft empfinden, wenn wir nachts zu den Gestirnen hinaufschauen. Nein, das was Arbazes für Jone fühlt, hat nichts mit gewöhnlicher Liebe, aber auch nichts mit Freundschaft zu tun. O gib diesem Gefühl keinen Namen. Es ist mit keiner irdischen Empfindung zu vergleichen, warum sollte man es durch irdische Benennungen und Vorstellungen entweihen!«

Noch nie hatte Arbazes so kühn zu Jone gesprochen. Er gab sich Mühe, mit einem Schwall von Worten das Mädchen zu betören.

Jone war es bei alledem nicht behaglich zumute. Sie hob ihren Schleier nicht, sie verbarg die bangen Züge ihres Gesichtes. Noch nie hatte ihr der Ägypter so mißfallen wie bei diesen Redereien. Wie bemühte er sich doch, seiner Stimme einen Wohlklang zu geben! Er schmeichelte zu offenkundig. Jones ganze Seele war mit dem Bild des Glaukus erfüllt, sie war empört über die zärtlichen Worte eines anderen und ängstigte sich, obwohl sie nicht ahnte, was für dunkle Gluten in dem Ägypter brannten.

Sie wollte das Gespräch auf andere Dinge bringen und sagte leichthin: »Die Gefühle eines Mannes, wie du es bist, verehrter Arbazes, sind bei deinem Rang und deiner philosphischen Bildung natürlich von ganz besonderer Art. Sie lassen sich mit den Empfindungen der Dutzendmenschen nicht vergleichen. Aber – was ich sagen wollte – hast du kürzlich meinen Bruder gesehen? Er hat mich seit einigen Tagen nicht mehr besucht. Als ich ihn zum letztenmal traf, machte er einen so verworrenen, beunruhigenden Eindruck auf mich. Ich fürchte, er hat doch zu schnell das Priestergewand der Isis genommen und bereut jetzt den unwiderruflichen Schritt, den er getan hat.«

»Sei unbesorgt, Jone«, erwiderte der Ägypter, »es ist wahr: Seit einiger Zeit war er niedergeschlagen und gar nicht recht zu haben. Seine empfindsame Seele ist wie das Meer ständig von Ebbe und Flut bewegt. Fromme Zweifel brausten darüber hin. Aber er kam in seiner Angst und religiösen Gewissensnot zu mir und suchte so den rechten Mann auf, der ihm von Herzen gewogen ist. Ich habe seinen forschenden Verstand beruhigt und seine Zweifel gelöst. Von der Schwelle der Weisheit habe ich ihn ins innerste Heiligtum geführt, umstrahlt von göttlicher

Glorie hat seine Seele den wahren Frieden wiedergewonnen. Fürchte nichts, Jone, er ist auf dem rechten Weg. Wer sich mir anvertraut, ist wohlgeborgen.«

»Wie erfreut mich diese Nachricht«, antwortete Jone. »Wenn mein geliebter Bruder glücklich ist, will auch ich nicht klagen.«

Sie sprachen nun von gleichgültigeren Dingen. Der Ägypter gab sich dabei Mühe zu gefallen. Er plauderte gewandt von hundert Begebenheiten und verstand es, auch die geringfügigsten Gegenstände interessant zu machen. Er hatte viele kluge Worte in den Schriften gelesen, das mußte man ihm lassen.

Bei dieser munteren Unterhaltung vergaß Jone, wie aufdringlich ihr Arbazes noch kurz zuvor erschienen war. Sie spürte die Macht seines Geistes, sie hörte nicht ungern von der Natur und den weltweiten Dingen.

Arbazes nahm die freundlichere Stimmung wahr und sagte: »Du hast noch nie das Innere meines Hauses gesehen, liebe Jone. Es würde dir gewiß Vergnügen machen, es einmal zu besichtigen. Meine Villa enthält einige Räume, die dir zeigen würden, wie so eine ägyptische Wohnung aussieht. Freilich könntest du danach nicht die gigantische Pracht der Paläste von Theben und Memphis ermessen, aber einiges wirst du doch bei mir finden, das dir unsere ägyptische Art begreiflicher macht. Denk immer daran, daß das Land am Nil die Wiege der menschlichen Kultur war. Schenke daher dem strengen Freund deiner Jugend einen dieser schönen Sommerabende und gönne mir die Freude, daß meine bescheidene Klause durch deinen Besuch geehrt wird.«

Jone hatte keine Ahnung, was für böse Gelage oft dort im Haus des Ägypters gefeiert wurden. Sie zögerte daher nicht und nahm die Einladung an. Schon am nächsten Abend wollte man sich dort treffen. Schmunzelnd verabschiedete sich Arbazes. Er hatte Mühe, die Freude darüber zu verbergen, daß ihm Jone ins Garn gegangen war.

Glaukus hat einen Auftrag für Nydia

Die Morgensonne schien hell in den kleinen duftenden Garten, den das Peristyl im Hause des Atheners Glaukus einschloß. Ermattet von der Sonnenhitze lag der junge Mann auf dem Rasen unter einem ausgespannten Baldachin, der ihn vor den glühenden Strahlen schützte. Eine Schildkröte, die mit ihrem Panzerrücken langsam daherkam, kroch vorbei und versteckte sich unter einem Gebüsch.

Glaukus sah eine Weile dem Treiben des seltsamen Tieres zu, dann kehrten seine Gedanken wie schon so oft wieder zu Jone zurück. Er schalt die Tage, weil sie ihm die schöne junge Frau verbargen. Er grübelte darüber nach, was wohl der Grund dafür sein möchte, daß sie sich nicht sprechen ließ.

Von seinen bitteren Überlegungen wurde Glaukus durch Nydia abgelenkt. Leichtfüßig schritt die Blinde durch die Säulenhalle und stand bei den Blumen im Gärtchen still. In der Hand hielt sie einen Wasserkrug. Sie besprengte damit die durstigen Pflanzen, die in ihrer Nähe frisch aufzublühen schienen. Mit empfindsamer Hand fühlte sie die Zweige ab, entfernte welke Blätter und schädliche Insekten. Wie sie so mit ihren anmutigen Bewegungen von Blume zu Blume ging, war sie wie eine zarte Nymphe.

»Nydia, mein Kind«, rief Glaukus.

Als Nydia die bekannte Stimme hörte, lauschte sie und hielt den Atem an. Ein roter Schimmer flog über ihr Gesicht. Mit geöffneten Lippen wendete sie sich dorthin, wo sie den Rufer vermutete. Sie setzte den Krug nieder. Wunderbar war es, wie sie ohne Fehltritt den Pfad zwischen den Blumen fand und auf dem kürzesten Weg zu ihrem Gebieter gelangte.

»Nydia« sagte Glaukus, indem er ihr langes schönes Haar sanft zurückstrich, »es sind nun drei Tage, seit du unter dem Schutz meiner Hausgötter stehst. Fühlst du dich glücklich?«

»Ach so glücklich!« seufzte die Sklavin aus überströmendem Gefühl.

»Und jetzt«, fuhr Glaukus fort, »da du dich einigermaßen von den verhaßten Erinnerungen erholt hast und nette Gewänder trägst, wie sie deiner Art angemessen sind, möchte ich mir von dir einen Gefallen erbitten.«

»O – was könnte ich für dich tun«, sagte Nydia und schlug verwundert die Hände zusammen.

»Hör, so jung du bist, so hast du doch mein Vertrauen gewonnen. Hast du je den Namen Jone gehört?«

Der Blinden verschlug es zuerst den Atem. Sie war so bleich wie eine der nahestehenden Marmorsäulen. Endlich nach einer Pause fand sie wieder ein Wort.

Sie antwortete: »Ja – ich habe von ihr gehört. Es ist doch die Neapolitanerin, die – so – schön sein soll.«

»Ja, sie ist wirklich unvergleichlich schön. Aber eine Neapolitanerin kann man sie eigentlich nicht nennen, auch wenn sie dort geboren ist. Nur von Griechenland kommen solche schönen Frauen. Ihre Eltern waren Griechen. Nydia, du sollst es wissen: Ich habe Jone sehr gern.«

»Das dachte ich mir«, erwiderte Nydia beherrscht.

»Ich liebe sie, und du sollst ihr meine Botschaft bringen. Ich werde dich zu ihr schicken. Glückliche Nydia, ich beneide dich! Du wirst in ihrem Zimmer sein, kannst sie sprechen hören, du wirst dich im Glanz ihrer Gegenwart sonnen.«

»Wie? Was? Du willst mich von dir fortschicken?« fragte Nydia leidenschaftlich.

»Du gehst ja zu Jone«, antwortete Glaukus, als wollte er sagen, daß sich das Blumenmädchen gar kein größeres Glück wünschen könnte.

Nydia brach in Tränen aus.

Glaukus stand auf und zog sie mit der Zärtlichkeit eines älteren Bruders an sich.

»Mein Kind!« versuchte er zu trösten, »du weinst, weil du noch nicht weißt, wo du dein wahres Glück finden kannst. Jone wird wie eine gute milde Schwester zu dir sein, sie wird dich sicher sehr liebgewinnen.«

»Sieh, ich weine schon nicht mehr, ich bin ganz ruhig und vernünftig. Sag mir deine Befehle.«

»So gefällst du mir, Nydia«, meinte Glaukus und streichelte ihre Wange, »geh also hin zu ihr. Wenn ich aber ihren Charakter und ihr gütiges Wesen falsch geschildert haben sollte, so komm ruhig zurück zu mir. Ich gebe dich nicht weg, ich verleihe dich nur. Mein Haus bleibt immer für dich offen. Wenn mich nicht alles täuscht, wirst du ohnedies bald zu mir zurückkommen. Denn ich hoffe, daß mein Haus bald auch Jone gehören wird – und dann sollst du für immer bei uns wohnen.«

Das zarte Blumenmädchen schien zu erzittern. Aber es weinte nicht mehr.

»Geh, Nydia, geh jetzt zu Jone, man wird dir den Weg zu ihrem Haus zeigen. Pflücke einen Strauß voll duftender Blumen für sie! Bring Jone diesen Brief, in dem ich alles aufgeschrieben habe, was mir am Herzen liegt. Achte genau auf das, was Jone antwortet, und teile mir dann jedes Wort mit. Seit ein paar Tagen gelingt es mir nämlich nicht mehr, zu Jone selber vorzudringen. Sie empfängt gegenwärtig keinen Menschen, ich weiß nicht, was das zu bedeuten hat, und bin in großer Unruhe. Erforsche du, liebe kleine Nydia, was daran schuld ist, sag ihr auch ein paar gute Worte über mich! Beobachte genau den Tonfall ihrer Antwort. Ach Nydia, verstehst du mich auch? Habe ich dir mehr aufgetragen als du behalten kannst?«

»O nein!«

»Willst du mir diesen Dienst erweisen?«

»Ja!«

»Komm dann zu mir, wenn du die Blumen gepflückt hast, ich werde dir die Vase dazu geben. Such mich im Speisezimmer. Nun hast du doch keinen Kummer mehr, mein Kind?«

»Glaukus, ich bin deine Sklavin. Ich darf nicht danach fragen, was mir Freude oder Kummer macht.«

»Sprichst du so? Nein, Nydia! Ich will dich nicht zwingen. Ich gebe dir deine Freiheit, genieße sie und vergib mir, daß ich geglaubt habe, du hättest den Wunsch mir zu dienen.«

»Du bist beleidigt. Auf keinen Fall möchte ich dich kränken. Du hast mich aus der furchtbaren Gladiatorenherberge gerettet. Du beschützt mich vor den Quälereien der Wirtin, vor den Schlägen Burbos. Vergib dem armen blinden Mädchen! Ich darf nicht darüber klagen, daß ich dich verlassen muß. Denn so kann ich dich ja vielleicht ein bißchen glücklicher machen.«

»Mögen die Götter dein dankbares Herz segnen«, sagte Glaukus innig bewegt und küßte ihre Stirn.

»Du vergibst mir«, wiederholte sie, »du wirst nie wieder davon sprechen, mich freizulassen. Mein Glück ist es, deine Sklavin zu sein.«

»Liebe kleine Nydia!«

»So will ich jetzt gehen, um die Blumen zu pflücken.«

Als sie mit ihrem gefüllten Körbchen zurückkehrte, empfing sie im Speisezimmer von Glaukus eine köstliche mit Edelsteinen besetzte Vase. Wie prunkten die Blumen mit ihrem Farbenspiel, wie dufteten sie!

Ohne eine Träne nahm Nydia den Brief ihres Herrn entgegen. Als er schwieg, wartete sie noch eine kurze Weile, sie konnte auf seinen Gruß nicht antworten, die Stimme versagte ihr. Sie suchte seine Hand, drückte sie an ihre Lippen, zog den Schleier über ihr Gesicht und ging schnell davon.

An der Schwelle des Hauses verweilte sie noch einen Augenblick und flüsterte: »Drei glückliche Tage habe ich erlebt. Mögen die Götter immerdar Frieden diesem Haus schenken! Ach könnte ich doch hierbleiben!«

Jone und die Blinde

Eine Dienerin trat in Jones Zimmer und meldete, daß eine Sklavin des Glaukus vorgelassen zu werden wünsche. Jone zögerte einen Augenblick.

»Es ist ein blindes Mädchen«, sagte die Dienerin, »sie will nur dir persönlich ihren Auftrag übermitteln.«

Als Jone hörte, das Mädchen sei blind, horchte sie auf. Einen sonderbaren Boten hatte der Athener da gewählt. Nun – Blinde konnte man nicht mit einem heftigen Wort abweisen, man mußte sie wenigstens anhören.

Jone fühlte, wie ihr Herz heftiger schlug. Sie gab Anweisung, daß sie bereit sei, die Blinde zu empfangen. Man sollte sie hereinführen.

Da ward alsbald der Vorhang an der Tür zurückgeschlagen, ein leiser klangloser Tritt berührte den Marmor, und Nydia – von einer Dienerin geleitet – trat mit ihrer kostbaren Gabe herein. Sie stand einen Augenblick still, um zu lauschen.

Als sie keinen Laut vernahm, bat sie mit sanfter Stimme: »Will die edle Jone so gütig sein zu sprechen, damit ich am Klang der Worte erkennen kann, wohin ich meine umnachteten Schritte zu wenden habe. Ich bringe ein Geschenk des Atheners Glaukus, meines Herrn.«

»Liebes Kind«, sagte Jone gerührt, »mach dir nicht selbst die Mühe, über den glatten Mosaikboden zu gehen. Du könntest ausgleiten. Meine Dienerin wird mir deine Gabe bringen.«

»Ich möchte sie dir gern selbst aushändigen«, antwortete Nydia, und von ihrem Gehör geführt, ging sie langsam auf Jone zu, kniete vor ihr nieder und überreichte ihr die Vase.

Jone nahm das herrliche Geschenk in Empfang und stellte es auf den Tisch. Dann hob sie die Kniende auf und bat sie, Platz zu nehmen. Aber das blinde Mädchen lehnte ab.

»Ich habe meinen Auftrag noch nicht ganz erfüllt«, sagte Nydia. Sie überreichte den Brief: »Das Schreiben wird vielleicht erklären, warum mein Herr gerade mich zur Botin bestimmt hat.«

Jone nahm den Brief. Ihre Hände zitterten. Auf einen Wink entfernten sich die Dienerinnen. Nur die Blinde blieb stehen.

Da öffnete Jone den Brief und las: »Glaukus sendet an Jone in diesen stummen Zeilen mehr als er auszusprechen wagt. Ist Jone krank? Die Dienerinnen sagten mir, daß du gesund seist, und diese Auskunft muß mich beruhigen. O verehrte Freundin, seit fünf Tagen bin ich aus deiner Nähe verbannt. Habe ich dich beleidigt, ohne es zu wissen? Die Tage ohne dich wurden mir unendlich schwer. Hat in dieser Zeit die Sonne geschienen? O der Himmel hat kein Lächeln mehr für mich übrig. Du, Jone, bist mein Himmel, meine Sonne! Beleidigen dich diese Worte? Sind sie dir zu kühn? Darf ich dir offen schreiben, was mein Mund nicht auszusprechen wagte? Ach, in diesen Tagen der Einsamkeit spürte ich erst, wie sehr du mich verzaubert hast. Du willst mich nicht sehen. Du hast gleichzeitig auch die gemeinen Schmeichler, die dir immer nachlaufen, aus deinem Haus gewiesen. Könntest du mich mit ihnen vergleichen? Unmöglich! Du weißt zu gut, daß ich mit der Sippe nichts zu tun habe. Oder hat man mich bei dir verleumdet, Jone? Du wirst falsche Anschuldigungen nicht glauben! Ich denke daran, wie wir das letztemal beisammen waren, denke an das Lied, das du gesungen hast, denke daran, wie innig du mich angesehen hast. Du kannst es nicht verbergen, Jone: Es ist etwas Verwandtes zwischen uns. Unsere Augen haben einander mehr gestanden als die Lippen! Vergönne es mir, dich wiederzusehen, du mußt mich noch einmal anhören, und dann entscheide! Wir sahen uns zuerst am Altar der Pallas Athene. Werden wir uns nicht im Heiligtum einer freundlicheren milderen Göttin begegnen?

Schöne angebetete Jone! Mein Leben war in den letzten Jahren vielleicht nicht immer so ernst und zielstrebend wie man es wünschen könnte. Ich gestehe es: Ich habe mitunter leichtsinnig gelebt. Aber seitdem ich dich kenne, bin ich wie verwandelt. Es kommt mir so vor, als sei ich einem großen Schiffbruch entronnen und in einem rettenden Hafen gelandet. So erscheint es mir, seitdem ich dich kenne und – liebe. Ich bitte dich: Verbirg dich nicht vor mir! Du bist gegen fremde Leute so freundlich. Willst du gegen mich weniger freundlich sein, obwohl wir doch beide das gleiche Vaterland haben? Ich erwarte deine Antwort. Nimm die Blumen an, die ich dir sende, ihr süßer Duft soll beredter zu dir sprechen als meine Worte.

Ich schicke dir die Blüten durch ein Kind, das du wegen seines Gebrechens gut aufnehmen mögest. Die kleine Nydia ist gleich uns hierzulande fremd. Ihr Vater ruht auch unter dem griechischen Himmel. Die Arme ist blind und eine Sklavin. Vergönne ihr, bei dir zu bleiben. Sie ist angenehm, munter und gelehrig. Sie ist geübt in Musik und Gesang und könnte deine Blumen treulich pflegen. Ich hoffe, du wirst sie gern bei dir sehen. Wenn du sie aber nicht willst, so schicke sie zu mir zurück.

Nur noch ein Wort: Verzeihe eine dreiste Frage. Weshalb hast du von dem dunklen Ägypter Arbazes eine so hohe Meinung? Wir Griechen lernen die Menschen von Jugend an kennen. Wir durchschauen sie. Während unsere

Lippen lächeln, beobachten wir sie mit ernstem Auge. Ich mache mir Gedanken über diesen Ägypter. Als ich das letztemal von dir ging, blieb er allein bei dir zurück. Sonderbarerweise war dir seitdem mein Besuch nicht mehr erwünscht. Glaube kein Wort, wenn der Ägypter etwa böse Bemerkungen über mich machen sollte. Sprich dich lieber frei mir gegenüber aus!

Und nun leb wohl für heute! Diesen Brief berührt deine Hand, deine Augen sehen diese Zeilen, sie sind glücklicher als derjenige, der sie schrieb. Noch einmal, leb wohl!«

Als Jone das Schreiben gelesen hatte, fühlte sie sich erleichtert. Sie atmete auf. Hatte sie mit ihren Zweifeln Glaukus nicht unrecht getan? Da gestand er seine Liebe im Brief so offen und mit wirklich unbezweifelbaren Worten, daß man gar nicht mehr die Verdächtigungen glauben konnte.

Nein – Jone hatte nicht mehr den geringsten Argwohn gegen ihren Freund. Sie las die Worte des Briefes abermals und dachte herzlich an den Athener. Sie wollte nicht mehr auf die bösen Einflüsterungen des Arbazes hören! Tränen rollten über ihre Wangen, sie küßte verliebt den Brief, verwahrte ihn an ihrem Herzen und wandte sich nun an Nydia, die still und bescheiden auf Antwort wartete.

»Willst du dich nicht setzen, mein Kind«, sagte sie zu der Blinden. »Es wird ein Weilchen dauern, bis ich die Antwort geschrieben habe.«

Nydia entgegnete: »Wenn du meinem Herrn Bescheid geben willst, so gib bitte deinen Brief der Sklavin, die mich begleitete. Sie wird zu Glaukus zurückkehren, während ich . . .«

»Du bleibst bei mir«, sagte Jone zustimmend, »du sollst hier nur leichte Arbeit haben.«

Nydia verneigte sich.

»Wie heißt du, mein Kind?«

»Nydia nennen sie mich.«

»Woher stammst du?«

»Aus Thessalien.«

»Du sollst mir eine liebe Freundin werden«, sagte Jone und streichelte die Wange der Blinden, »wir sind ja beide gleichsam griechische Landsleute. Auch meine Eltern lebten in Griechenland. Nun bleib aber nicht länger auf dem kalten glatten Marmor stehen, so, setz dich hierher, nun mußt du etwas allein bleiben.«

Jone ging in ein kleines Privatzimmer und schrieb dort:

»Jone grüßt den teuren Glaukus! Komm zu mir, Glaukus, komm morgen zu mir. Ich war vielleicht ungerecht gegen dich. Ich will dir sagen, was man gegen dich vorgebracht hat. Fürchte niemanden, auch nicht den Ägypter! Leb wohl – auf morgen!«

Als Jone mit diesem Brief wieder zu Nydia zurückkam, sprang die Blinde von ihrem Sessel auf und sagte: »Du hast an Glaukus geschrieben?«

»Ja, mein Kind.«

»Mein Herr würde sich freuen, wenn dein Brief freundliche und gute Sätze enthielte.«

Jone wurde rot. Aber sie schwieg.

»Ich meine nur«, fügte Nydia hinzu, »ein kühles Wort würde meinen Herrn betrüben, ein herzliches aber würde ihm einen wunderschönen Tag machen. Wenn dein Brief eine gute Botschaft enthält, so würde ich doch gern selbst Glaukus die Nachricht überbringen, falls du es erlaubst, und abends zu dir zurückkehren.«

»Mein Kind«, sagte Jone, »du scheinst am Schicksal deines Herrn aufrichtig teilzunehmen.«

»Ach, verehrte Jone – Glaukus wurde mir das, was weder das Glück noch die Götter mir waren: ein Freund!«

Die Wehmut und Würde, mit der Nydia diese einfachen Worte aussprach, rührten die schöne Jone. Sie neigte sich und küßte das Kind.

Sie sagte: »Du sprichst mit vollem Recht so nett von deinem Herrn. Geh, Nydia, bring ihm diesen Brief, kehre aber bald zurück. Sollte ich heute abend, wenn du wiederkommst, nicht zu Hause sein, so lasse dir von meinen Dienerinnen dein Zimmer zeigen. Es liegt gleich neben meinem Zimmer. Liebe Nydia, ich habe keine Schwester. Willst du meine Schwester sein?«

Die Thessalierin küßte Jones Hand und sagte etwas verlegen: »Verehrte Jone, darf ich mir eine Gunst von dir erbitten?«

»Gerne!«

»Sie sagen«, fuhr Nydia fort, »du seiest so schön, wie es kaum in Pompeji eine zweite Frau gibt. Ich Unglückliche kann nicht sehen, was alle Welt bewundert. Kannst du mir den ungewöhnlichen Wunsch erfüllen, daß ich mit meinen Händen dein Gesicht berühren darf? Ich sehe mit meiner Hand. Wenn sie ein Antlitz fühlen, weiß ich, wie du aussiehst.«

Sie wartete nicht ab, sondern ließ ihre Finger noch im Sprechen über die Züge Jones gleiten.

Da lag ihre Hand auf dem gescheitelten Haar, und nun fuhr sie sanft und wie liebkosend über das edle Profil, über Stirne, Nase, Mund und Kinn bis zum Hals hinab.

»Ich weiß nun«, meinte die Blinde leise, »wie du aussiehst. Du bist wahrhaftig schön – sehr schön.«

Jone lächelte über das sonderbare Gehabe Nydias und entließ nun die Dienerin mit dem Brief zu Glaukus.

Als sie allein war, setzte sie sich auf ein Sofa und sann den Worten nach, die der Athener ihr geschrieben hatte. Glaukus liebte sie – das war gewiß. Jone verstand sich selber nicht mehr, daß sie die argen Reden des Ägypters so gläubig hingenommen hatte. Was hatte denn Arbazes für einen Grund gehabt, den Athener so zu verdächtigen? Mußte man sich vor dem unheimlichen finsteren Mann nicht fürchten, wenn er solche Wege ging?

Gerade als Jone über das Wesen und die Absichten des Ägypters nachgrübelte, kam eine Dienerin zu ihr und meldete, die für den Besuch bei Arbazes gewählte Stunde sei nahe. Mißmutig fuhr Jone auf. Daran hatte sie gar nicht mehr gedacht. Sollte sie nun überhaupt den beabsichtigten Besuch im Haus des Ägypters aufgeben? Nein, sie hatte keinen Grund sich davor zu fürchten. Ihre Neigung zu Glaukus konnte niemand mehr gefährden. Warum sollte sie nicht einmal das geheimnisvolle Haus am Ende der Stadt besichtigen!

So wählte sie denn schnell einen Schmuck zu ihrem Gewand und machte sich alsbald auf den Weg zu der düsteren Behausung des Ägypters. Sie grübelte darüber nach, ob sie ihn zur Rede stellen und fragen sollte, wie er zu seiner Beschuldigung gegen Glaukus gekommen sei, oder ob sie erst einmal abwarten sollte, bis sich Glaukus selbst geäußert hatte.

»Liebe Nydia«, rief Glaukus, als er Jones Brief gelesen hatte, »du bist der beste Bote, der je auf Erden wandelte! Wie soll ich dir danken? Morgen, morgen! Wie werde ich die Stunden bis dahin verbringen?«

Der verliebte Glaukus wollte Nydia nicht fortlassen, obwohl sie mehrmals versuchte, aus dem Zimmer zu gehen. Er bat sie immer wieder, die kurze Unterredung, die sie mit Jone gehabt hatte, zu wiederholen. Oft vergaß er dabei, daß Nydia doch blind war und ihm nicht erzählen konnte, mit welcher Miene, mit welchem Blick Jone seinen Brief aufgenommen hatte. Verwirrt entschuldigte er sich dann und ließ sich von der Blinden wenigstens wieder die Worte sagen, die ihr aus der Rede Jones in Erinnerung geblieben waren. Für Nydia waren diese Stunden peinvoll, aber Glaukus verträumte sie in seligen Erwartungen. Schon dämmerte der Abend, als er die Sklavin mit einem neuen Brief und frischen Blumen wieder auf den Weg schickte.

Kaum war sie fort, als Clodius und einige andere seiner Freunde bei ihm eintraten. Sie neckten ihn, weil er in der letzten Zeit nicht mehr die Weinschenken aufgesucht hatte, und luden ihn ein, doch wieder die vergnüglichen Kneipen, an denen es im lebenslustigen Pompeji nicht fehlte, zu besuchen.

Nun, Glaukus wollte heute kein Spielverderber sein. Er war so glücklich, daß er sich gern den geselligen Kameraden anschloß, um mit ihnen durch die belebten Straßen zu schlendern, wo sich jetzt in den Abendstunden unter dem lauen südlichen Himmel die schaulustigen Städter ergingen ...

Zur gleichen Stunde war Nydia in die Wohnung Jones zurückgekehrt. Als die Blinde ihre Herrin daheim nicht antraf, fragte sie eine Dienerin, wohin sich Jone begeben habe.

Wie entsetzt war sie, als sie vernahm, daß die Gebieterin das Haus des Ägypters Arbazes aufgesucht habe.

»Unmöglich«, rief Nydia, die sich schaudernd an die wüsten Gelage dort bei Arbazes erinnerte.

»Ganz gewiß, mein Kind«, antwortete die Dienerin, »unsere Herrin kennt den Ägypter schon längst.«

»Schon lange? Ihr Götter! Und Glaukus liebt diese Jone«, murmelte die Blinde vor sich hin. Dann fragte sie mit lauter Stimme: »Und hat sie ihn schon vorher besucht?«

»Heute zum erstenmal«, antwortete die Dienerin.

»Heute zum erstenmal«, fragte Nydia, »weißt du das gewiß?«

»Ganz gewiß, mein Kind!«

Die Blinde zögerte einen Augenblick, dann setzte sie die Blumen, die sie überbringen sollte, nieder, rief die Dienerin, die sie hierhergeführt hatte, und verließ, ohne ein Wort weiter zu sagen, mit schnellen Schritten das Haus. Unterwegs sagte sie zu sich selber: »Es ist unmöglich, daß Jone gewußt hat, wie verrufen das Haus des Ägypters ist. Soll ich sie vor den magischen Zaubereien bewahren? Soll ich so töricht sein und sie retten, soll ich selber sie wieder in die Arme des Glaukus zurückführen? Ja, ich müßte ihr eigentlich helfen. Denn ich liebe Glaukus mehr als mich selbst.«

Wie enttäuscht war sie, als sie in der Wohnung ihres Herrn ankam und erfuhr, daß er mit seinen Freunden ausgegangen sei! Vor Mitternacht werde er wohl kaum heimkommen, erklärte man. Nydia war außer sich, sie sank in der Halle auf einen Sessel und bedeckte ihr Gesicht mit den Händen, als wollte sie ihre Gedanken sammeln. »Es ist keine Zeit zu verlieren«, sagte sie zu sich selbst und wandte sich an die Sklavin, die sie geführt hatte.

»Weißt du«, fragte sie, »ob Jone einen nahen oder vertrauten Freund hier in Pompeji hat?«

»Beim Jupiter«, antwortete die Sklavin, »jedermann in Pompeji weiß, daß Jone einen Bruder hat. Es ist ein junger und wohlhabender Herr, der gut aussieht! Aber – im Vertrauen gesagt – er war trotz dieser Vorzüge albern genug, ein Priester der Isis zu werden.«

»Ein Priester der Isis? Ihr Götter! Wie heißt er denn?«

»Apaecides!«

»Nun weiß ich alles«, murmelte Nydia, »ich habe ja meine Ohren im Haus des Arbazes offengehalten. Bruder und Schwester! Apaecides, ja das war der Name, den ich dort hörte. Hm, der kennt den Ägypter, der weiß, wie gefährlich es dort für Jone ist. Zu ihm will ich gehen!«

Sie sprang auf, nahm ihren Stab und eilte, so schnell sie es vermochte, zu dem nahe gelegenen Tempel der Isis. Bisher war der Stab der einzige Führer des armen blinden Mädchens von einem Ende der Stadt zum andern gewesen. Fast jede Straße, fast jede Ecke war ihren fühlsamen Händen bekannt geworden, sie fand sich mit Hilfe des Stockes überall leicht zurecht. Es machte ihr auch keinerlei Schwierigkeiten, nun den geraden Weg zum Haus der Göttin zu finden. Nach wenigen Minuten schon schritt sie durch den leeren Vorhof und gelangte, ohne aufgehalten zu werden, an das heilige Gitter.

»Priester der Isis«, rief Nydia laut, »Diener der Urältesten, höre mich!«

»Wer ruft«, fragte eine dunkle melancholische Stimme.

»Nydia, das Blumenmädchen! Ich hätte einem eurer Priester eine wichtige Nachricht zu überbringen.«

»Wen suchst du? Dies ist nicht die rechte Stunde, um ein Anliegen vorzubringen. Die Nacht ist hier den Göttern geweiht. Nur der Tag gehört den Menschen.«

»Wenn mich nicht alles täuscht, kenne ich deine Stimme. Ich glaube, du bist der, den ich suche. Bist du nicht Apaecides?«

»Der bin ich«, versetzte der Priester, der mittlerweile vom Altar aufgestanden war und sich nun dem Gitter näherte.

»Bist du wirklich Apaecides?«

»Wenn du mich kennst, wirst du dich an mein Gesicht erinnern.«

»Ich bin blind«, antwortete Nydia leise. »Schwöre mir, daß du es bist.«

»Ich schwöre es bei den Göttern!«

»Still, nicht so laut, tritt näher, gib mir deine Hand. Kennst du Arbazes? Natürlich kennst du ihn.«

»Ja – selbstverständlich, ich kenne den Ägypter.«

»Du hast doch eine Schwester. Nicht wahr? Die schöne Jone!«

»Ja! Ist etwas mit ihr geschehen, bringst du mir eine Nachricht von ihr?«

»Du weißt, wie es bei den Gelagen des Arbazes zugeht.

Ein Schlemmer, ein Prasser, ein Verderber! Und dabei ein Magier, der mit seinen Gaukeleien die Gäste betört und den bösen Geistern zuführt. Apaecides, ich warne dich. Deine Schwester ist heute abend im Haus des Ägypters zu Gast. Rette sie, wenn du sie liebst, vor seinen Ränken! Leb wohl, ich habe meine Pflicht getan.«

»Bleib, bleib«, rief der Priester und griff sich entsetzt an die Stirn. »Wenn das wahr ist, müssen wir sie sofort von Arbazes fortholen. Aber was können wir tun? Die Sklaven werden mich dort nicht ohne weiteres einlassen.«

»Ich kenne eine geheime Tür des Hauses«, sagte Nydia, »ich kann dir auch das Wort verraten, das man zuerst von dir wissen will, ehe man die Pforte öffnet. Aber wenn du hingehst, mußt du dich bewaffnen, du hast vielleicht einen Dolch recht nötig.«

»Warte einen Augenblick«, entgegnete Apaecides. Er ging in eine Zelle des Tempels und kehrte bald darauf in einen weiten Mantel gehüllt zurück.

Er sagte: »So – nun bin ich bereit. Ich kann mir zwar immer noch nicht recht denken, daß Arbazes so ein finsterer Bösewicht ist, daß er sein eigenes Mündel in seine schlechte Welt hineinzieht. Wenn er es wagen sollte, will ich die Göttin der Rache anrufen – und sie wird mich hören!«

Dann sprach er nichts mehr. Von seiner schweigenden blinden Gefährtin begleitet eilte er durch die Stadt zum Haus des Ägypters.

Arbazes im Selbstgespräch

Der gleiche Tag, an dem Glaukus an Jone geschrieben und von ihr wieder die hoffnungsvolle Antwort erhalten hatte, verlief für seinen Nebenbuhler Arbazes gedankenschwer und grüblerisch. Da saß der Ägypter finsteren Blickes allein auf der Zinne eines pyramidenartigen Turmes, der sich gleich neben seinem Wohnhaus erhob. Eine mächtige Brustwehr hielt die Neugierde der Fremden ab. Hohe Zypressen warfen ihre Schatten über die Mauern.

Der Ägypter stützte die Ellenbogen auf einen Tisch und hob die Augen von einer daraufliegenden Rolle mit Hieroglyphen. Er blickte zu der fahlen Mondsichel hinauf, die sehr fern sich am Himmel krümmte und nun im flimmernden Licht des Tages verging. Dann sah er bedenklich zum Vesuv hinüber und beobachtete die finstere schwere Wolke, die sich dort über dem Gipfel seit einigen Tagen dichter und drohender zusammengebraut hatte. Sinnend schaute der Ägypter über die weißen Mauern der unter ihm liegenden Stadt hin, sah nun hinauf aufs Meer, wo die Insel Capri wie eine kolossale Sphinxfigur die Einfahrt in den tiefblauen Meeresgolf zu hüten schien.

Die Blicke des Arbazes kehrten zur Rolle mit den Hieroglyphen zurück. Er hatte darauf die gegenwärtigen Konstellationen der Gestirne vermerkt und sann nun den Bahnen der Planeten nach, da er überzeugt war, das wechselvolle Schicksal der Sterblichen aus diesen Bildern lesen zu können.

»Wiederum warnen mich die Gestirne«, sagte er für sich. »Eine plötzliche gewaltsame Gefahr droht mir. He, ihr Sterne, gebt mir eine andere Antwort! Wie, lese ich euch recht, so muß ich mich davor hüten, unter alten Dächern und überhängenden Felsen zu gehen. Sonderbar! Ein Stein, der von oben herabgeschleudert wird, sollte mir zum Schicksal werden können? Die Sterne verkünden, daß die Gefahr bald auf mich zukommt. Wohlan, mag das Stundenglas verrinnen. Hm, entgehe ich aber dieser Gefahr, so verheißen mir die Planeten noch wundervolle Jahre! Oh, ich muß mit den drohenden Ereignissen fertig werden. Ich habe eine große Zukunft, wenn ich diesem Verhängnis, das nach mir greift, erst einmal entgangen bin.«

Der Ägypter schwieg. Er erhob sich und eilte mit schnellen Schritten der Mauerbrüstung zu. Hier stand er still. Ein Luftzug kühlte seine heiße Stirn. Nach und nach gewann er seine gewohnte Ruhe wieder. Er genoß die Aussicht auf den Hafen mit den braunen Schiffsmasten, auf den lebenerfüllten Markt, auf Tempel und Säulenhallen. Da rauschte der Lebensstrom durch die Straßen, und der Lärm der Stadt klang wie ein Gesumm selbst hierher zu dem entfernten Haus des Ägypters. Dorthin zum Amphitheater glitt der Blick des Mannes. Noch war der weite Bau mit seinen steinernen ansteigenden Sitzreihen menschenleer, aber in wenigen Wochen würden sich dort die blutigsten Kämpfe vor einer tobenden schaulustigen Menge abspielen. Wieder wandte sich das Auge des Arbazes dem Meer im Hintergrund des Bildes zu. Beruhigt und still lag heute die See da, umfaßte mit ihrem weit ausgestreckten flimmernden Spiegel das schöne grünende Land, das mit seinen blühenden Städten Stabiä, Herkulaneum und Pompeji so gesegnet schien.

Wie eine Drohung sprach der Ägypter von seinem Turm aus die Worte über die üppigen Landstriche hin: »Oh, ihr Städte, ihr glanzvollen Juwelen in der Krone des römischen Weltreiches! Heute leuchtet ihr noch wie wirkliche Edelsteine. Aber denkt ihr auch daran, wie vergänglich alles Irdische ist? Ihr habt vergessen, daß auch die Städte am Nil herrliche Denkmäler meiner ägyptischen Heimat waren. Ihre Größe ist untergegangen, sie schlafen unter Ruinen, ihre Paläste und Tempel sind Gräber geworden, die Schlange ringelt sich im Gras der sonst so bevölkerten Straße, und die Eidechse schlüpft durch das verfallene Gemäuer. Ihr römischen Städte seid auf den Trümmern der anderen Völker emporgestiegen und gewachsen, und du, stolzes Rom selber, prunkvolle Kaiserstadt, du hast dir den Ruhm der ägyptischen Städte Theben und Memphis angemaßt. Du bist eine Räuberin und schmückst dich nun mit der Beute. Nachkömmlinge der alten rechtmäßigen Könige hast du zu Sklaven gemacht, und wir, die Unterlegenen, die Besiegten – wir müssen deiner Pracht und Üppigkeit dienen. Oh, die Zeit muß kommen, in der auch meine ägyptische Heimat gerächt wird. Das Roß der Barbaren, die das kaiserliche Rom dereinst niederwerfen werden, wird in Neros goldenem Haus seine Krippe finden. Ja, du stolzes Rom mit dem Perlenkranz deiner gleißenden Städte, im Sturm der Verwüstung wirst du dereinst unter Flammen dahinsinken.«

Mit seinem ganzen Haß verwünschte der Ägypter das siegreiche Rom, das die Zeichen seiner Macht auch am Nil aufgepflanzt hatte. Die finsteren Züge des Mannes hatten etwas Gebieterisches, etwas Majestätisches. Seine dunklen Locken verwehten im aufkommenden Wind, das schwarze lange Gewand bauschte sich. Seine Augen funkelten in zerstörerischer Lust. Wie ein Prophet des Unheils streckte er die Arme weit über die Brüstung.

So betrachtete er nun auf der meeresabgewandten Seite die Weingärten und Fluren Kampaniens. Da schmiegten sich Dörfer zwischen die fruchtbaren Haine, und die Landhäuser der vermögenden Pompejaner stiegen auf den Rebenhängen zum Vesuv hinan. Sorglos bewohnten da die reichen Herren mit ihren Frauen zur Erholung und Abwechslung die Sommervillen und kümmerten sich nicht um den untätigen stummen Vulkan. Sie glaubten, daß das Feuer des Gipfels erloschen sei, und achteten nicht auf den gefährlichen Berg, der wie ein finsterer Beherrscher des Landes seine Umgebung überragte. Mit den erkalteten Lavaflächen, der ausgeglühten Asche, mit seinen Höhlen und Klüften erinnerte er wohl an seine früheren Ausbrüche, aber nun glaubte man, daß er endgültig gebändigt sei.

Mit unheimlich zusammengekniffenen Augen spähte der Ägypter zu jener Seite des Vesuvs hin, wo sich ein schmaler unbebauter Rücken, der hie und da mit Felsblöcken bedeckt und mit dichtem Gestrüpp bewachsen war, zur Ebene hinabsenkte. Dort breitete sich ein sumpfiger Pfuhl, den die Menschen wegen seiner gefährlichen Fieberausdünstungen mieden. Mitten in diesem Gelände aber erkannten die scharfen Augen des Arbazes die Umrisse eines lebenden Wesens, das dort auf- und abging und sich von Zeit zu Zeit bückte, anscheinend, um Pflanzen und Kräuter zu pflücken.

»Ha«, rief Arbazes, »die Sibylle des Vesuvs ist wach. Die Toren in Pompeji ahnen nicht, daß sie am Werk ist. Sie sammelt ihre Giftkräuter am unheimlichen Sumpf. Ich muß mich doch wieder einmal nach ihr umsehen. Ihre Wissenschaft ist nicht zu verachten, man kann sie gut gebrauchen, haha.«

Der Ägypter lachte in sich hinein.

»Hm, mag sein, daß die Sterne mit ihren düsteren Voraussagen recht behalten«, fuhr er plötzlich wieder ernst geworden in seinem Selbstgespräch fort, »mag sein, daß der Tod nahe ist. Aber vorher will ich leben, wunderbar leben wie ein Gott. Nun, heute abend kommt die schöne

Jone zu mir. Meine Fäden sind schlau gesponnen, sie wird in mein Garn gehen. Meine Frau soll sie werden, mit ihr will ich mir schöne Tage machen, solange mir die Sonne noch scheint. Dem Nachkommen einer alten ägyptischen Königsfamilie ziemt es, die schönste unter allen Pompejanerinnen sein eigen zu nennen. Gottlob, daß mir das Schicksal Reichtum in die Wiege gelegt hat. Damit kann ich mir alles kaufen: Reisen, Vergnügungen, Paläste, Gärten, Feste, Sklaven, Sklavinnen – und – und Menschen! So brauche ich dem fremden römischen Kaiser nicht zu dienen, kann auch ohne Beil und Rutenbündel über die Menschen herrschen. Meine Werkzeuge sind sie, wenn sie aus meiner Hand ihr Brot essen. Oh, ihr törichten Priester der Isis, auch ihr seid meinem Geldzauber verfallen, auch ihr müßt nach meiner Pfeife tanzen. Ich bin euer wahrer Herr und Gebieter. Ich bin der Mächtige, der euch lenkt – der wahre Gott! Ich bin selber die Macht!«

Hoch reckte sich der Ägypter empor. Er genoß das Gefühl, daß er wie ein ungekrönter König Gewalt hatte über die Menschen, daß er sie lenken und leiten konnte, wie es ihm gefiel. Selbstbewußt dachte er daran, wie er den schwankenden Isispriester Apaecides wieder unter seine Herrschaft gebracht hatte.

Mit brennendem Herzen fieberte er nun dem Abend entgegen, an dem er die schöne Jone für sich gewinnen wollte. Es kümmerte ihn nicht, daß er viel älter war – sie war so schön, daß er damit sein Haus schmücken wollte. Ganz Pompeji sollte staunen, daß der fremdländische Ägypter die gepriesene adelige Schönheit erobert hatte. Nun, es war nicht die Art des Arbazes, sich langsam und bedächtig um Jone zu bemühen. Er wollte sie heute abend in seinen Gemächern festhalten, wollte ihr erst dann die Freiheit wiedergeben, wenn sie eingewilligt hatte, sich mit ihm vermählen zu lassen.

Die Konstellation der Gestirne bestärkte Arbazes in seinem Entschluß. Sie hatten ihm Unheil für dieses Jahr und vielleicht sogar schon für diesen Monat verkündet, hatten ihm sogar den Tod angedroht. Darum wollte er noch einmal das Leben in durstigen Zügen trinken, wollte wie ein echter Sohn der Pharaonen Macht, Reichtum und Liebe genießen. Wenn es ihm schon bestimmt war, bald auf dem Scheiterhaufen verbrannt zu werden, so wollte er vorher den Lebensbecher bis zur Neige leeren.

Langsam verließ Arbazes seinen hohen Turm. Von dunkler Größe umschattet stieg er auf den steinernen Stufen zu den Prachtgemächern seines Hauses hinunter.

Das unheimliche Erdbeben

Als Jone an diesem Abend in die geräumige Halle des Ägypters trat, erschauderte sie über die seltsamen Sphinxgestalten mit dem starren rätselhaften Ausdruck.

Der schlanke äthiopische Sklave ließ sie ein und bat sie, näher zu treten. In der Mitte der Halle kam ihr Arbazes in festlicher Kleidung entgegen. Lampen erhellten die Räume und beleuchteten die mit Elfenbein ausgelegten Deckengewölbe und den getäftelten Fußboden. Wohlgerüche umwölkten die Blumengirlanden.

»Schöne Jone«, sagte Arbazes, als er sich neigte, um ihre Hand zu küssen, »dein Glanz erfüllt meine Hallen.«

»So darfst du nicht mit mir sprechen«, sagte Jone lächelnd, »vergiß nicht, daß die ernsten Lehren, die du mir als Vormund gegeben hast, mich gegen Schmeicheleien gleichmütig gemacht haben.«

Der Ägypter lächelte und ließ sich nicht anmerken, wie ihn die kühle Zurückweisung Jones erbitterte. Mit heiterem Geplauder führte er seinen Gast durch die Gemächer, die aufs prunkvollste ausgestattet waren und alle Schätze der Welt zu enthalten schienen. Da leuchteten an den Wänden Gemälde von unschätzbarem Wert. In sanfter Beleuchtung erglänzten die Marmorstatuen der edelsten griechischen Kunst, die Schwellen und Türen waren aus Zedern- und Ebenholz gefertigt, Edelsteine und Gold gleißten überall. Sklaven und Sklavinnen nahten in demütiger Haltung und boten kunstreiche Armbänder und Ketten an, aber Jone nahm die Geschmeide trotz der Bitten des Arbazes nicht an.

Verwirrt und verwundert sagte sie zu ihrem Gastgeber: »Schon oft habe ich Märchen über deinen Reichtum gehört, aber von solchen Schätzen habe ich mir nie träumen lassen.«

»Könnte ich sie doch«, erwiderte Arbazes, »zu einem einzigen Diadem zusammenschmelzen, um deine Stirne damit zu krönen!«

»Ach, diese Last würde mich erdrücken«, meinte Jone lächelnd.

»Nun – ich glaube, du verachtest den Reichtum auch nicht. Wer kein Vermögen hat, kennt den Wert des Lebens nicht. Gold ist der große Zauberer der Welt, er verwirklicht unsere Träume! Erst der Besitz verleiht uns Macht und Gewalt.«

So suchte der schlaue Arbazes die junge Neapolitanerin durch seine Schätze zu blenden. Mit beredten Worten wollte er in ihr den Wunsch erwecken, diesen Reichtum mit ihm zu teilen. Stolz prahlte er mit dem Glanz seines Hauses. Aber Jone wurde es bei dem Gehabe des Mannes, der sich bald aufblähte und bald wieder dienerisch schmeichelte, immer unheimlicher. Gewandt wehrte sie die zudringlichen Worte ab und wich seinen Wünschen scherzend aus, obwohl Arbazes durch ihre Schönheit und Anmut immer mehr bezaubert wurde.

Als sie jetzt in einen Saal traten, der mit silbergestickten Draperien behangen war, gab der Ägypter ein Zeichen, und wie auf einen Zauberschlag hin stiegen aus dem sich öffnenden Fußboden eine speisenbesetzte Tafel und Ruhebetten mit karmesinrotem Baldachin herauf, während hinter den Vorhängen sanfte Musik erklang. Arbazes ließ sich mit Jone auf den weichen Polstern nieder. Liebliche, mit Rosen geschmückte Kinder bedienten sie beim Mahl.

Als sie mit dem Bankett fertig waren, sagte Arbazes zu seinem reizenden Gast: »Hast du nie in dieser ungewissen Welt den Wunsch gehabt, den Schleier der Zukunft zu lüften und an den Ufern des Schicksals die Schattenbilder der Dinge zu schauen, die da kommen werden? Nicht die Vergangenheit allein hat ihre Geisterwelt, auch jedes künftige Ereignis zeigt sich den Eingeweihten in einem Schattenbilde. Es ist ein Drama, ergreifender als irgendeines des Äschylus. Ich habe in meiner magischen Werkstatt ergründet, wie man die Schattenbilder beschwört.

Willst du dein eigenes zukünftiges Schicksal im Bilde sehen?«

Die Neapolitanerin schwankte. Es war ihr etwas ängstlich zumute. Halb gläubig, halb ungläubig schwieg sie einen Augenblick, dann sagte sie: »Vielleicht ist es gar nicht gut, wenn man in die Zukunft hineinschaut.«

»Du brauchst keine Sorge zu haben, daß dich ein solcher Blick erschrecken könnte. Ich selber weiß aus den Sternen, daß die sonst so hartherzigen Parzen für dich den Faden des Glückes und der Liebe spinnen. Folge mir daher getrost, schaue dein Schicksal und freue dich schon im voraus auf die Erfüllung.«

Mit leiser Stimme willigte nun Jone ein. Der Ägypter nahm sie bei der Hand und führte sie durch den Speisesaal. Die Vorhänge rollten zur Seite, als hätte eine Geisterhand sie weggezogen. Die Musik begann fröhliche Weisen. Sie gingen an einer Säulenreihe entlang, wo Springbrunnen sprudelten. Auf breiten Marmorstufen schritten sie in einen Garten hinab. Es war eine mondhelle Nacht. Süßer Duft quoll aus den Blumenbeeten.

»Wohin führst du mich?« fragte Jone verwundert.

»Dorthin«, antwortete Arbazes und deutete auf ein entfernt stehendes Gebäude. »Es ist ein Tempel, der den Parzen geweiht ist.«

Sie traten in eine kleine Vorhalle. An deren Ende wogte ein schwarzer Vorhang. Arbazes schob ihn zur Seite. Jone trat ein und stand nun in der dichtesten Finsternis.

»Beunruhige dich nicht«, bat der Ägypter, »es wird gleich hell werden.«

Noch während er sprach, verbreitete sich ein mildes Licht, das an Leuchtkraft stetig zunahm. Nun erkannte Jone, daß sie in einem schwarzbehangenen Gemach weilte. Ein Ruhebett neben ihr hatte die gleiche düstere Farbe. In der Mitte des Raumes erhob sich ein kleiner Altar mit einem ehernen Dreifuß. Auf einer seitwärtigen Granitsäule stand ein kolossaler Frauenkopf aus schwarzem Marmor. Ein Kranz von Weizenähren legte sich um die Stirne: das war also die große Göttin Ägyptens! Arbazes goß vor dem Altar aus einem bronzenen Gefäß eine Flüssigkeit in die Schale des Dreifußes. Darin entzündete sich plötzlich eine blaue flackernde Flamme. Arbazes trat an die Seite Jones zurück. Während er in einer unbekannten Sprache einige Worte murmelte, bewegte sich der Vorhang hinter dem Altar und teilte sich. Da erblickte Jone durch die Öffnung eine undeutliche fahle Landschaft, die sich mehr und mehr erhellte. Nun unterschied Jone deutlich Bäume, Bäche, Wiesen in einer reizvollen anmutigen Gegend. Jetzt schwebte ein dunkler Schemen heran, gewann Form und Gestalt und siehe da – Jone erkannte sich selber in diesem Schattenbild. Das war ihre Gestalt, ihr Gesicht!

Unmerklich verwandelte sich die Landschaft in einen Prunksaal, in dessen Mitte sich ein goldener Thron erhob. Ein glänzender Hofstaat umgab den Sessel.

Und jetzt erschien ein neuer Schatten. Er war in ein schwarzes Gewand gehüllt, so daß man weder Gesicht noch Gestalt erkennen konnte. Vor dem Schattenbild Jones kniete er nieder, faßte ihre Hand und schien sie einzuladen, den Thron zu besteigen.

Das Herz der Neapolitanerin schlug heftig. Sollte sich unter dem dunklen Gewand der geliebte Glaukus verbergen?

»Wünschest du, daß sich auch dieser Schatten enthüllt?« fragte Arbazes leise. Jone nickte schweigend. Da ergriff Arbazes ihre Hand, das Gespenst warf den Mantel ab, Jone schrie auf, es war das Schattenbild des Ägypters!

»Dies ist, bei den Göttern, dein Schicksal«, sagte Arbazes laut, »dir ist bestimmt, meine Gattin zu werden.«

Jone fuhr zusammen. Der schwarze Vorhang rollte wieder vor die unheimliche Vision, und der wirkliche Arbazes lag, nachdem sein Abbild verschwunden war, zu Füßen der schönen Frau.

Leidenschaftlich rief er: »Hör mich an! Die Schicksalsgöttinnen lügen nicht, dir ist bestimmt, die Meine zu werden. Die Welt habe ich durchzogen und fand keine, die sich mit dir vergleichen könnte. Wie ein Traum war mein Leben, ehe ich meine Neigung zu dir entdeckte. Du bist meine Königin, meine angebetete Göttin.«

Jone war aufs äußerste überrascht. Sie brauchte einige Augenblicke, um sich zu sammeln.

»Steh auf, würdiger Arbazes«, sagte sie endlich, »steh auf – und wenn dies wirklich dein Ernst ist, wenn du . . .«

»Wenn?« fragte er zärtlich und hoffnungsvoll.

»Nun wohl, hör mich an. Du warst mein Vormund, mein Beschützer, mein Lehrer. Um ehrlich zu sein – auf diese Worte, die du heute zu mir sagst, war ich nicht vorbereitet. Aber ich will versuchen, dir rechtschaffen zu antworten. Sag, willst du mich ruhig anhören?«

»Ich will es – und wären deine Worte Blitze, die mich zerschmetterten.«

»So sollst du es wissen: Ich liebe einen anderen«, sagte Jone errötend, aber mit festem Ton.

Jäh war Arbazes aufs äußerste erregt und stieß hervor: »Bei den Göttern des Styx! Wage nicht, mir so etwas zu sagen, wage nicht, über mich zu spotten!«

Er richtete sich in seiner ganzen drohenden Größe empor. Dann fügte er beruhigter hinzu: »Du willst wohl mit dieser Ausrede nur Zeit gewinnen? Nun – ich habe dich überrascht, erschreckt. Gut, du kannst sagen, daß du nichts für mich übrig hast. Aber du darfst nicht erklären, daß du einen anderen liebst.«

»Und dennoch ist es so«, beharrte Jone und brach in Tränen aus.

Arbazes trat näher zu ihr hin. Erschreckt duckte sich Jone und wich mit einer plötzlichen Bewegung zurück. Dabei entfiel ihr der Brief, den sie am Morgen von Glaukus erhalten hatte. Arbazes ergriff ihn sofort. Erbleichend sank Jone auf den Sessel.

Schnell überflog der Ägypter den Brief. Jone wagte nicht aufzublicken und bemerkte daher auch nicht, wie totenblaß sein Gesicht geworden war, sah nicht, wie seine Lippen krampfhaft zuckten. Er las den Brief zu Ende, legte ihn ruhig aus der Hand und sprach mit angenommener Gelassenheit: »Ist der, der diese Zeilen schrieb, der Glückliche?«

Jone schwieg.

»Gib Antwort«, schrie Arbazes unbeherrscht.

»Ja – er ist es!«

»Und – wie heißt er? Glaukus steht hier geschrieben. Sag, ist er es?«

Jone senkte den Blick zu Boden.

»Dann höre mich an«, kreischte Arbazes in großer Wut. »Eher wird dich der Tod umarmen als der verhaßte

Grieche! Meinst du, Arbazes werde einem Nebenbuhler wie diesem armseligen Athener weichen?«

Er versuchte Jone jäh zu ergreifen. Sie aber riß sich von ihm los und stürzte dem Eingang zu. Schon hatte sie dort den Vorhang zurückgezogen, als der Ägypter wieder mit drohenden Gebärden an ihrer Seite war.

In diesem Augenblick wurde das Tuch heftig fortgezerrt, der Ägypter fühlte, wie eine kräftige Faust ihn an der Schulter packte. Er erblickte die flammenden Augen des Glaukus und das drohende Gesicht des Apaecides.

»Ha«, schrie er und starrte die beiden an, »welche Furie hat euch hierhergesandt?«

»Die Rachegöttin«, rief Glaukus und suchte den Ägypter zu Boden zu werfen, während Apaecides seine ohnmächtige Schwester von den Fliesen aufhob und zu einem Ruhebett trug.

Unterdessen war der Ägypter wieder zur Überlegung gekommen, ein fürchterliches Ringen begann. Die beiden Widersacher Glaukus und Arbazes hatten einander fest gepackt, jeder von ihnen suchte die Gurgel des Gegners. Langsam vermochte Glaukus den Nebenbuhler zum Altar hinzudrängen. Als aber der Ägypter zu unterliegen schien, ergriff der Bösewicht dort beim Dreifuß ein Opfermesser. Glaukus wollte verhindern, daß sich Arbazes einer so überlegenen Waffe bemächtigte, da glitt er an einer der Stufen aus und stürzte.

Apaecides versuchte seinem Freund zu Hilfe zu eilen, allein ein kräftiger Faustschlag des Ägypters streckte ihn zu Boden. Wütend schwang nun Arbazes den Mordstahl, um dem verhaßten Glaukus den Todesstoß zu versetzen.

In diesem Augenblick aber zitterte der Boden unter den streitenden Menschen in krampfhaften Stößen. Ein mächtigerer Geist als der des Ägypters war im Anzug, ein unterirdischer Gigant, vor dem die Zauberkünste und Gaukeleien des Arbazes zunichte wurden. Der gefürchtete Dämon des Erdbebens erhob seine Pranken. Wie ein Titan, der unter Bergen liegt, erwachte er aus jahrelangem Schlaf, reckte sich auf in seinem Felsenbett, die Höhlen krachten, als er nun seine Riesenglieder streckte. Weithin unter dem Boden rollte ein dumpfer Donner, die Vorhänge des Tempels flogen auf, als hätte sie der Sturm gefaßt, der Altar zitterte, der Dreifuß bebte. Die Granitsäule, in deren Nähe die Kämpfer lagen, schwankte hin und her, das dunklte Haupt der ägyptischen Göttin neigte sich zur Seite – und stürzte herab. Mit der ganzen Schwere seines Gewichtes traf der Marmor den Ägypter, der schon zum Todesstoß mit dem Messer ausgeholt hatte, traf ihn gerade zwischen Nacken und Schulter. Der Aufprall streckte ihn zu Boden, er gab kein Lebenszeichen mehr von sich, die Göttin seiner Heimat schien ihn erschlagen zu haben.

»Die Erde hat uns gerettet«, sagte Glaukus, indem er aufstand. »Gesegnet sei das fürchterliche Erdbeben! Laßt uns den Göttern danken!«

Auch Apaecides richtete sich wieder auf.

Arbazes regte sich immer noch nicht. Blut strömte aus seinem Mund und floß über sein glänzendes Gewand, ein rotes Rinnsal ergoß sich auf den weißen Marmor.

Noch einmal erbebte die Erde unter ihren Füßen. Aber die Erschütterung ging ebenso schnell vorüber, wie sie gekommen war. Nun säumten die Freunde nicht länger. Glaukus trug Jone leicht auf seinen Armen fort, sie flohen von dem unheiligen Ort.

Kaum waren sie in den Garten getreten, als ihnen von allen Seiten fliehende Sklaven und Sklavinnen des Ägypters begegneten. In ihren glänzenden Flittergewändern rannten sie vor dem Schrecken der Natur davon und kümmerten sich dabei nicht um die Fremden, die vom Tempel herkamen. Vor sechzehn Jahren hatte bereits der glühende verräterische Boden durch jähe Erdstöße manches Haus verwüstet, hatte manchen zu Tode getroffen. Nun schien die Unterwelt wiederum lebendig zu werden. Überall ertönte das Geschrei: Erdbeben, Erdbeben! Die Freunde eilten durch das Gewühl hindurch, ohne das finstere Haus noch einmal zu betreten. Sie liefen eine der Alleen hinab, erreichten durch eine offene Pforte das Freie und rasteten dort atemlos auf einem grünen Hügel.

Durch dunkle Zypressen schien das Mondlicht auf eine niedergebeugte Gestalt: Es war Nydia, das blinde Mädchen! Die Arme kauerte sich zusammen und weinte bitterlich.

Auf dem Forum

Es war früh am Tag, aber auf dem Forum tummelten sich schon Geschäftige und Müßiggänger. Über das breite Pflaster und den marmornen Plattenbelag des Platzes wanderten die Pompejaner und unterhielten sich dabei mit lauten Worten und lebhaften Gebärden. Auf der einen Seite der Säulenhalle, die das Forum begrenzte, saßen in den Buden die Wechsler mit ihren schimmernden Geldhaufen. Darum drängten sich die Kaufherren und Schiffsleute. Auf der anderen Seite sah man die Beamten in langer Toga hastig einem stattlichen Hause zulaufen, dem Sitz der städtischen Behörden. In der Mitte des Forums standen auf marmornen Blöcken mehrere Statuen. Um den Gerichtshof lief ein regelmäßiger Säulengang, dort konnte man auch an kleinen Tischen ein einfaches Frühstück bekommen. Die Gäste tauchten hier ihr Brot in die mit verdünntem Wein gefüllten Schalen und sprachen aufgeregt über das Erdbeben der verangenen Nacht. In der offenen Halle hielten mehrere Krämer ihre Waren feil. Da bot einer den hübschen Frauen bunte Bänder an, ein zweiter verkaufte Schuhe, ein dritter versorgte die Hungrigen aus einem kleinen tragbaren Ofen mit warmen Gerichten, während ganz in der Nähe ein Schulmeister unbekümmert seine paar Zöglinge in den Anfangsgründen der lateinischen Grammatik unterrichtete.

Sooft sich ein Senator nach dem Tempel des Jupiter begab, der die eine Seite des Forums einnahm und als Versammlungsort für die Senatoren diente, machte die Menge respektvoll Platz. Mit gnädiger Herablassung grüßte dann der Gewaltige seine Freunde und Klienten. Neben den fein gekleideten vornehmen Leuten bemerkte man auch die Bauern in ihren derberen Gewändern. Sie waren aus der Umgebung gekommen und nahmen ihren Weg zum öffentlichen Kornmagazin.

Dicht bei dem Tempel hatte man eine schöne Aussicht auf den Triumphbogen und eine lange menschenwimmelnde Hauptstraße.

Den Stufen des Jupitertempels gegenüber stand der Nazarener Olinth. Gleichmütig blickte er auf das Treiben der Händler und Faulenzer, der Ehrgeizigen und Habsüchtigen, der Gecken und Stutzer. Sein Gewand war auffallend einfach, er trug keinerlei Schmuck, während doch sonst die Pompejaner sich gern mit allerlei Zierat behingen.

Olinth betrachtete eine Prozession, die zu den Stufen des Tempels hinaufwallte. Dabei malte sich auf seinem Gesicht so ein bitterer und verächtlicher Ausdruck, daß ein paar Zuschauer ihn aufmerksam musterten.

»Wer ist denn dieser Zyniker da?« fragte ein Kaufmann seinen Nachbarn, einen Juwelier.

»Es ist Olinth«, antwortete der Gefragte, »man hält ihn für einen Nazarener.«

Der Kaufmann entsetzte sich. »Eine gefährliche Sekte«, sagte er leise und furchtsam, »man erzählt sich, daß sie bei ihren nächtlichen Zusammenkünften die Zeremonien mit der Ermordung eines neugeborenen Kindes beginnen. Sie glauben nur an einen einzigen Gott. Ha, was würde aus den Kaufleuten und Juwelieren werden, wenn ihre Lehren, die auch auf eine neue Besitzverteilung ausgehen, allgemeine Mode würden!«

»Das ist wahr«, meinte der Juwelier, »die sonderbaren Leute tragen auch gar keine Juwelen.«

»Seht nur«, mischte sich jetzt ein Dritter ein, seines Zeichens ein Bronzefabrikant, »seht nur, wie jener Nazarener unsere heilige Opferprozession verhöhnt. Gewiß verflucht er heimlich den Tempel.«

Olinth schien zu merken, daß man ihn beobachtete. Er blickte im Kreis umher, betrachtete die ihn angaffende, zischelnde Gruppe, ging dann langsam weiter und murmelte hörbar: »Armselige Götzendiener! Hat euch das Erdbeben der letzten Nacht nicht gewarnt? Ach, wie wird es euch am Jüngsten Tag ergehen!«

Als Olinth mit gemessenem Schritt durch die Menge gegangen war und einen einsameren Platz erreicht hatte, sah er, daß ein bleiches und ernstes Antlitz ihn anstarrte. Er erkannte es sofort. Es war das Gesicht des Apaecides!

»Ist auch dieser junge Mann ein Betrüger?« fuhr es Olinth durch den Kopf, »oder sucht er wirklich mit Inbrunst die Wahrheit?«

Der Nazarener, der als reifer Mann mit Menschen aus

allen Ständen umzugehen gewohnt war und daher auch oft ihre geheimen Absichten und Gedanken erriet, las vielleicht auch aus dem Gesicht des Priesters einiges von dem, was in seiner Brust vorging. Er begegnete dem Blick des Apaecides mit festem Auge und heiterer Miene.

»Friede sei mit dir«, sagte er und grüßte Apaecides.

»Friede«, wiederholte der Priester mit so feierlichem Ton, daß der Nazarener aufhorchte.

»Dieser Wunsch«, fuhr Olinth fort, »umfaßt alles Gute. Ohne Tugend kannst du keinen Frieden haben. Dem Regenbogen gleich ruht der Friede auf der Erde, allein der Bogen erhebt sich in den Himmel. Darum also: Friede sei mit dir!«

Es dauerte nicht lange, da traten Neugierige hinzu, die gern wissen wollten, was ein bekannter Nazarener wie Olinth und der Priester der Isis sich zu sagen hätten. Apaecides brach daher das Gespräch kurz ab und fügte leise hinzu: »Wir können uns hier nicht unterhalten, ich folge dir zum Ufer des Flusses. Dort ist ein Weg, der um diese Zeit einsam ist.«

Olinth nickte. Er ging durch die Straßen eiligen Schrittes, beobachtete aber scharf alle Leute, die ihm begegneten. Hier und da wechselte er einen ausdrucksvollen Blick, ein knappes Zeichen mit einzelnen Vorübergehenden. Das waren Nazarener wie er selbst. Er kannte alle diese Menschen, die meist armer Herkunft waren, aber sich gerade infolge ihrer Armut nach dem wahrhaftigen Wort Gottes sehnten. Er war glücklich, daß sich bereits so viele Menschen in diesem heidnischen Pompeji zu der neuen Heilslehre bekannten.

Eine Bootsfahrt

»Erzähle mir, Glaukus«, sagte Jone, als sie mit ihrem Freund im Boot den sanftströmenden Sarnus hinabfuhr, »wie du meinen Bruder Apaecides getroffen hast, bevor du mich aus den Händen des bösen Ägypters retten konntest?«

»Frag darüber Nydia«, antwortete der Athener, indem er auf die Blinde zeigte, die am Bootsende saß und sich dabei gedankenvoll auf eine Leier stützte. »Ihr bist du Dank schuldig, nicht uns. Sie hat mich wohl zuerst in meiner Wohnung gesucht und eilte dann, als sie mich nicht fand, in den Tempel zu deinem Bruder. Er begleitete sie zu Arbazes. Unterwegs begegneten sie mir, wie ich gerade in Gesellschaft einiger Freunde dahinschlenderte. Ich schloß mich ihnen natürlich sofort an. Nydia führte uns zur Gartentür des Ägypters, wir traten ein und kamen gerade recht, um dich zu befreien. Den Göttern Dank, daß wir zur richtigen Zeit eintrafen!«

Jone errötete. »Komm hierher«, sagte sie liebreich zur Thessalierin. »Du bist so gut zu mir gewesen wie eine Schwester.« Nydia wehrte das Lob ab.

Jone fuhr fort: »Ach, ich vergaß, daß du dich in dem ungewohnten Boot nicht recht auskennst, ich will zu dir kommen und dich holen, warte!«

Sie lief auf dem schwankenden Nachen zur Blinden hin und schlang ihren Arm zärtlich um deren Schultern.

Nydia war an diesem Morgen bleicher als sonst, und ihre Wangen erschienen noch farbloser, als die Neapolitanerin sie küßte.

»Wie kam es denn«, flüsterte Jone ihr zu, »daß du so sicher die Gefahr ahntest, der ich ausgesetzt war? Wußtest du etwas von dem Ägypter?«

»Ja, ich kannte sein heuchlerisches Doppelspiel.«

»Und wodurch?«

»Edle Jone, ich war früher die unglückliche Sklavin eines bösen Menschen, der mit dem Ägypter in Verbindung stand.«

»Und du gingst öfters in sein Haus?«

»Ich mußte dem Arbazes bei seinen Gelagen auf der Lyra vortragen und singen. Dabei hörte ich viel – zu viel. Arbazes spielt der Welt den Biedermann vor, den klugen Philosophen – in Wahrheit ist er ein abergläubischer Genußmensch. Er ist gefährlich, man muß ihm aus dem Weg gehen.«

Sie schwiegen. Die Barke schwamm in das offene Meer hinaus, das sich mit seinem sanften sonnenüberglänzten Spiegel weithin zum Horizont dehnte.

»Gestehe«, sagte Glaukus zu Jone, »daß ich recht hatte, dich für diesen schönen Tag aus deinem Zimmer zu locken.«

Er setzte sich wieder Jone gegenüber und fuhr fort: »Du wolltest mir übrigens erzählen, warum du mir dein Haus mehrere Tage lang verschlossen hattest.«

»Denke nicht mehr daran«, erwiderte Jone schnell, »man hat dich verleumdet – und ich war töricht genug, es zu glauben.«

»Wer war der Verleumder – etwa der Ägypter?«

Jone nickte schweigend.

Rasch versuchte sie Glaukus von seinen Grübeleien abzubringen und sagte: »Wie friedlich scheinen die Wölkchen am Himmel zu ruhen – und doch hatten wir in der vergangenen Nacht ein drohendes Erdbeben.«

»Ja«, fiel Glaukus ein, »es soll sogar stärker gewesen sein als das letzte Beben vor sechzehn Jahren. Das Land, in dem wir leben, birgt geheimnisvolle Schrecken in seinem Schoß. Plutos Reich, das sich unter unseren verbrannten Fluren ausbreitet, scheint im unsichtbaren Dämonenkampf zerrissen zu sein.«

»Es war furchtbar«, meinte nun auch Nydia, »der Boden regte und hob sich unter mir wie eine gigantische Schlange . . . Aber wir wollen nicht mehr an diese entsetzliche Stunde denken, ich will euch etwas auf der Lyra vorspielen. Musik paßt besser zu diesem Tag als die Erinnerung an das Erdbeben.«

Glaukus bat: »Ja, Nydia, sing uns eines deiner alten thessalischen Lieder vor. Vom Erdbeben wird darin nichts stehen – aber hoffentlich desto mehr von der Liebe!«

»Von der Liebe?« wiederholte Nydia, indem sie ihre großen toten Augen starr zur Ferne richtete.

»Ja«, meinte Glaukus und betrachtete innig seine Begleiterin Jone.

Nydia stellte inzwischen ihr leichtes und zierliches Instrument auf die Knie und sang nach einem kurzen Vorspiel eine alte verliebte Weise, die freilich recht traurig verklang.

»Ein süßes, aber schmerzliches Lied«, äußerte Glaukus, nachdem die Blinde geendet hatte, »du bist so jung, kleine Nydia, und weißt noch nicht, was für einen Himmelsglanz die Liebe verbreiten mag. Kennst du kein fröhlicheres Lied?«

»Ich singe, wie ich es gelernt habe«, antwortete Nydia und seufzte.

»Dann war wohl dein Lehrer unglücklich verliebt«, scherzte Glaukus.

Nun breitete sich vor ihnen in seiner ganzen schimmernden Unendlichkeit das Meer. Heiter wölbte sich der Himmel darüber. In den würzigen Geruch der Wellen mischte sich der sanfte Duft von Blütengärten und Orangenhainen, die dort die nahe Küste schmückten.

Und nun ergriff Glaukus selbst die Lyra. Während er mit seinen Blicken die Augen Jones suchte, sang er aus übervollem Herzen sein Lied. Es klang ganz anders als die Weise Nydias. Das war jetzt eine jubelnde Melodie!

Als die letzten Worte des Liedes über die See hinzitterten, erhob Jone ihre Augen. Sie trafen sich mit dem Blick des Geliebten. Kein Laut kam aus ihrem Mund. Ihre Augen sagten einander alles. Sie lächelten beide, sie waren glücklich, sie hatten die Welt vergessen, den Ägypter, das Erdbeben, das Meer, die Sonne – sie dachten auch nicht mehr an Nydia, die doch so nahe bei ihnen saß. Sie waren mit sich selber allein.

Da aber unterbrach die Blinde das Schweigen der Verliebten, als wollte sie ihnen das Glück der Einsamkeit nicht gönnen.

»Wollt ihr noch ein Lied hören?« fragte sie, »vielleicht gelingt mir doch eines, das heiterer ist.«

»Sonderbar«, sagte nun Jone, ohne auf den Vorschlag der Blinden einzugehen, »daß seit einigen Tagen dort die Wolke bewegungslos über dem Vesuv hängt. Sie ändert zwar ihre Form, aber immer wieder steht sie über dem Gipfel, fliegt nicht fort! Sieht sie jetzt nicht aus wie ein Gigant, der seinen drohenden Arm über Pompeji hin ausstreckt?«

»Ja, es ist wahr«, antwortete Glaukus betroffen. »Der Gigant scheint auf dem Scheitel des Berges zu hocken. Ein weißes fließendes Gewand weht um seine Schultern. Es sieht fast so aus, als würde er starr auf die Stadt herabblicken. Hm – und die andere Hand reckt er steil in den Himmel . . . sonderbar!«

Jone fragte: »Könnte das Erdbeben der vergangenen Nacht von den bösen Geistern des Berges stammen? Man sagt doch, daß der Vesuv in früheren Zeiten, so wie heute noch der Ätna, Feuer ausgeworfen habe. Vielleicht lauern die Flammen noch in der Tiefe.«

»Es ist möglich«, erwiderte Glaukus bedenklich.

Nydia fiel ein: »In den ausgebrannten Höhlen des Berges soll noch eine mächtige Zauberin wohnen. Vielleicht ist jene Wolke, von der ihr sprecht, nur der dunkle Schatten des Geistes, mit dem sich die Zauberin unterhält.«

»Du denkst an deine thessalischen Märchen«, lachte Glaukus.

Nydia sagte nichts mehr. Sie schien den Gesängen des Meeres zu lauschen, den plätschernden Wellen, dem Geraune des Windes.

Auch die beiden Liebenden schwiegen. Glaukus hatte seinen Arm um Jone gelegt, sie lehnte sich an seine Schulter. Wohl blickten sie mitunter zur finsteren Vesuvwolke hinauf, aber sie hatten keine Angst vor dem Giganten. Sie fühlten sich in ihrer Liebe wohlgeborgen.

Die Sonne stand steil über ihnen. Das Meer rauschte. Die Gärten dehnten sich an der Küste in einem grünen Saum. Die Stadt Pompeji aber gleißte mit ihren hellen Bauten dort stolz im Licht des weißen Tages.

Das Boot glitt leicht über die hüpfenden Wellen.

Die christliche Gemeinde

Der Nazarener Olinth hatte in Gesellschaft des Apaecides das Ufer des Sarnus erreicht. Munter rauschte der Fluß dem Meer zu. Er spiegelte in seinen Wellen die Gärten, Paläste und Tempel von Pompeji. Zahllose Fahrzeuge trieben auf seinen Gewässern.

Olinth schlug einen Fußpfad ein, der zwischen einer schattigen Baumpflanzung nur wenige Schritte vom Ufer entfernt hinlief.

Jetzt, da die Mittagssonne senkrecht durch die ausgedorrten Blätter fiel, war der Weg ganz verlassen, da die

Pompejaner erst abends nach der Hitze des Tages spazierengingen. Außer Olinth und Apaecides war hier niemand unterwegs. Die beiden setzten sich auf eine der Bänke, die zwischen den Bäumen standen. Nur träge wehte ein mattes Lüftchen vom Fluß herüber.

Olinth begann im Glaubenseifer des Christen: »Als wir uns das letztemal sahen, hast du mich so plötzlich verlassen. Warst du seitdem glücklich? Hat dein Herz unter diesem Priestergewand der Göttin Isis Zufriedenheit gefunden?«

Düster antwortete Apaecides: »Ach – du siehst vor dir einen unglücklichen und vernichteten Menschen. Von Kindheit an beneidete ich die heiligen Männer, die in Höhlen und einsamen Tempeln die Gemeinschaft mit überirdischen Wesen erlebten. So nahm ich denn, leicht verführt von den geheimnisvollen Weissagungen eines Betrügers, dieses Priestergewand. Aber ich sah, daß der Dienst am Altar der Isis nur Lug und Trug war. Noch einmal ließ ich mich von meinem Verführer, dem Ägypter Arbazes, einfangen. Nun aber habe ich ihn wirklich erkannt. Der Niederträchtige tut alles nur, um seine Lust und Machtgier zu befriedigen. Wohl trage ich noch auf meinem Leib das Priestergewand der Isis – mein Herz aber weiß nichts mehr von ihr. Darum bitte ich dich, Olinth, löse meine Zweifel, wenn du es vermagst!«

»Mich wundert es nicht«, antwortete der Nazarener, »daß du dem Irrtum, der Sünde und dem Zweifel anheimgefallen bist. Vor achtzig Jahren wußten die Menschen noch nichts vom Erlöser. Nun aber wurden die neuen Offenbarungen verkündet für den, der Ohren hat zu hören.«

Langsam und eindringlich mit der Überzeugungskraft eines Mannes, der vom glühenden Bekehrungseifer erfüllt ist, berichtete nun der Nazarener von den Verheißungen der heiligen Schrift. Er erzählte von den Leiden und Wundern des Christengottes, sprach vom Tod, der Auferstehung und Himmelfahrt des göttlichen Sohnes. Wie brannte sein Wort, als er von den Qualen der Hölle erzählte, wie leuchtete es, als er über die Freuden des Himmels frohlockte!

»Komm«, sagte schließlich Olinth, als er bemerkte, daß

seine Rede den Jüngling erschütterte, »komm mit in die kleine Halle, in der wir uns heute versammeln. Höre das Gebet der christlichen Gemeinde, nimm teil an unserem Opfer. Wir schlachten zwar an den Altären keine Tiere, aber ich glaube, daß unsere heilige Handlung Gott trotzdem wohlgefällig ist. Heute ist der Tag des Herrn, wir widmen ihn der Andacht. Obgleich wir uns gewöhnlich erst des Nachts versammeln, so sind doch sicher auch schon jetzt einige Glaubensfreunde an Ort und Stelle. Was für eine Freude wäre es, wenn ich ein verirrtes Lamm zur heiligen Herde führen könnte!«

Apaecides überlegte eine Weile. Er sah auf sein Gewand, dachte an Arbazes, schauderte vor der Erinnerung an den Ägypter und blickte nun zur freien Stirne des Nazareners hin, der so offenkundig um sein Seelenheil besorgt war.

Tief hüllte sich Apaecides in sein Gewand und sagte entschlossen: »Führe mich, ich folge dir!«

Freudig drückte Olinth ihm die Hand, ging dem Flußufer zu und rief einen Fährmann. Sie traten in das Boot, dessen Sonnendach sie gegen die sengenden Strahlen schützte. Sanft schaukelte der Kahn über die Wellen.

Alsbald erreichten sie das andere Ufer, an das sich die Vorstadt Pompejis mit kleinen und niedrigen Häusern lehnte. Hier stiegen sie aus. Olinth ging voran durch die verschlungenen Gäßchen, bis er zur verschlossenen Tür eines etwas größeren Hauses gelangte. Er klopfte dreimal, die Pforte ward geöffnet und sogleich wieder geschlossen, nachdem Apaecides seinem Führer über die Schwelle gefolgt war. Sie schritten über einen öden Vorhof und traten in ein Zimmer von mittlerer Größe. Olinth ging voraus zur nächsten Tür, klopfte wieder dreimal und rief: »Friede sei mit euch!« Eine Stimme von innen fragte: »Friede mit wem?« Olinth entgegnete: »Mit den Gläubigen!« Die Tür ward aufgetan. Etwa zehn bis zwölf Menschen standen oder knieten hier im Halbkreis um einen weiß verhangenen Tisch. Darauf stand ein in Holz geschnitztes Kruzifix.

Als Olinth eintrat, sahen die Versammelten her zu ihm, ohne ein Wort zu sagen. Er selber kniete sogleich nieder und betete.

Nach einer Weile erhob er sich, wandte sich an die Glaubensgenossen und sagte: »Liebe Freunde und Brüder, wundert euch nicht, daß ich einen Priester der Isis mitgebracht habe. Er hat lange unter den mit Blindheit Geschlagenen gelebt, allein der Geist ist über ihn gekommen, er möchte Gottes Wort hören.«

»Es sei ihm gewährt«, rief ein Greis mit schneeweißem Barte.

»Es sei gewährt«, riefen einstimmig die übrigen, meist Leute einfacher und niederer Herkunft.

Olinth begann wieder: »Wir verpflichten dich nicht zu schweigen, wir fordern keinen Eid wie vielleicht unsere schwächeren Brüder. Wir haben keine Angst vor dir, obwohl das Volk nach unserem Blute dürstet. Wir wehren dir nicht, wenn du uns der Menge verraten willst – klage uns an, verleumde uns, wir haben keine Angst vor dem Tod. Wenn es sein muß, lassen wir uns freudig dem wütenden Löwen vorwerfen oder auch ans Kreuz schlagen, uns schreckt nicht die Nacht des Grabes. Die Verbrecher fürchten den Tod, wir Christen aber hoffen, daß er uns zur ewigen Seligkeit geleitet.«

Die Versammelten murmelten beifällig.

»Du kommst zu uns als ein Berufener«, fuhr Olinth fort, »mögest du als ein Auserwählter unter uns bleiben!«

Und nun sprach er von der neuen Lehre und rührte mit seinen Worten nicht nur die anwesenden Frommen, sondern wiederum den abtrünnigen Isispriester.

Als seine Predigt über ein Kapitel der heiligen Schrift beendet war, hörte man leise klopfen. Das Erkennungswort ertönte, die Tür ging auf, und zwei Kinder, von denen das ältere sieben Jahre alt sein mochte, traten schüchtern herein. Es waren die Kinder des Hauseigentümers, der sich ebenfalls in der Versammlung befand. Der Älteste unter den Christen, der Greis mit dem schneeweißen Barte, empfing die Kinder mit offenen Armen, sie flogen zu ihm, hingen sich an seinen Hals, und die gefurchte Stirne des alten Mannes erheiterte sich, als er die Kleinen liebkoste. Er öffnete die Schriftrolle, ließ die Kinder das Gebet des Herrn nachsprechen. Dann sagte er ihnen in einfachen Worten, wie lieb der Heiland die Unschuldigen gehabt und wie er selbst einmal gefordert hatte: »Lasset die Kinder zu mir kommen und wehret ihnen nicht, denn ihrer ist das Himmelreich!« Mit frommer Wehmut blickte der Hausvater auf seine Kinder, er sprach mit gefalteten Händen ihre Gebete nach, und als sie nach dem Ende des Unterrichts ihn umarmten, drückte er sie zärtlich an seine Brust. Tränen der Freude flossen über sein Gesicht.

Apaecides aber dachte daran, was für verleumderische törichte Gerüchte in Pompeji umgingen. Wollten die Leute doch wissen, daß die Nazarener bei ihren Opfern die Kinder schlachteten! Unsinniges Zeug!

Jetzt öffnete sich eine Tür aus dem Inneren des Hauses, und ein hochbetagter Greis trat – auf einen Stock gestützt – in die Versammlung. Bei seinem Eintritt erhoben sich alle von ihren Sitzen, auf den Gesichtern spiegelte sich das Gefühl großer Hochachtung. Vom ersten Augenblick an empfand Apaecides eine aufrichtige Zuneigung zu dem Alten. In dieses fromme heitere Antlitz hatte wohl noch niemand ohne freudige Rührung geblickt. Die Züge waren von einem überirdischen Lächeln verschönt.

»Friede sei mit euch, meine Kinder«, sagte der Alte, indem er seine Hände segnend erhob. Die Kleinen sprangen ihm entgegen, er setzte sich nieder und nahm sie auf die Knie. Ein würdiges Bild: diese zarten, ins Leben aufwachenden Geschöpfe und der majestätische Greis, der bereits von der Glorie der Ewigkeit umleuchtet war.

»Vater«, sagte Olinth, »die Wunderkraft des Heilandes hat dich dereinst, als dein Herz bereits zu schlagen aufgehört hatte, wieder dem Grab entrissen. Du bist ein lebendiger Zeuge seiner Gnade und Macht – sieh, ein Fremdling ist in unserer Mitte, ein verirrtes Schaf ist zur Herde geführt worden.«

»Laß mich dich segnen!« sagte der Alte. Man machte Platz. Apaecides trat zu ihm hin, kniete nieder. Der Greis legte seine Hand auf das Haupt des jungen Mannes und betete still.

Verliebte Tage

Jone verbarg ihre Gefühle nicht länger vor Glaukus. Sie sprachen jetzt oft von ihren Empfindungen und den Hoffnungen der Zukunft. In traulichen Gesprächen verbrachten sie Stunden und Tage und erträumten sich frohe Zeiten. Sie hatten keine Sorgen und lebten nur ihrer Neigung, zudem der Athener Glaukus keinen Ehrgeiz zeigte, hier im römischen Staatswesen eine öffentliche Stelle zu bekleiden. Sie fühlten sich wie in einem goldenen Zeitalter und dachten nur daran, in der gegenseitigen Liebe das Glück zu finden.

Der Monat August war schon weit vorgerückt. Die Vermählung hatte man für den September festgesetzt. Die Haustür des Atheners war bereits der Sitte gemäß mit Blumengewinden geschmückt.

Die Vormittage verbrachten die Liebenden zumeist mit Musik und Vorlesungen, abends machten sie gern Fahrten auf die See hinaus, oder sie wanderten auf stilleren Weinbergswegen am verhängnisvollen Vesuv entlang. Vom Erdbeben hatte man nichts mehr gemerkt. Die lebensfrohen Pompejaner hatten die Warnung, die ihrem nahen schlimmen Schicksal vorausging, bereits wieder vergessen. Auch Glaukus hielt das Erdbeben nicht für ein drohendes Anzeichen, er dachte daran, daß gerade der schwankende Boden ihn vor dem Dolch des Ägypters gerettet hatte, und meinte daher, eine gnädige Gottheit habe das Beben bewirkt. Er brachte darum seiner heimatlichen Göttin Athene reichliche Opfer, ja selbst den Altar der Isis bekränzte er.

Von Arbazes hörten sie nur, daß er immer noch lebe. Während er sich wohl langsam erholte, ließ er das verliebte Paar ungestört. Niemand wußte, daß er auf furchtbare Rache sann.

Nydia war sowohl daheim wie auch bei den Ausflügen der Liebenden immer dabei. Das Paar hatte keine Ahnung von der stillen Glut, die das Mädchen verzehrte. Nydia konnte sich niemals über eine nachlässige oder gar schlechte Behandlung beklagen. Im Gegenteil: man gönnte der Blinden alle Freiheiten, die sie sich nur wünschen konnte, und behandelte sie eher als Vertraute denn als Sklavin. Wenn sie nicht gerade bei Glaukus oder Jone war, wanderte sie öfters, von ihrem Stab geleitet, durch die volkbelebten Straßen. Sicher wich sie jeder Gefahr aus und fand auch auf den verschlungensten Pfaden wieder nach Hause. Ihre größte Freude war es dann, das kleine Gärtchen des Glaukus zu besuchen und dort die Blumen zu pflegen. Zuweilen trat sie auch in das Zimmer, darin ihr Herr saß. Sie versuchte, sich dann mit ihm zu unterhalten, brach jedoch das Gespräch immer wieder plötzlich ab, da der Athener nur über Jone plaudern wollte.

Als sie zum erstenmal klar erkannt hatte, daß das Herz ihres Gebieters der schönen Jone gehörte, war sie von diesem Schlag wie betäubt gewesen. Nach und nach wurde ihr eifersüchtiges Gefühl immer brennender, ja mitunter flüsterte ein auflodernder Haß ihr böse Worte ins Ohr. Da sie blind war, sah sie in ihren dunklen Vorstellungen häufig quälende Bilder. Manchmal gönnte sie dem Athener die schöne Jone und spottete über sich, daß sie als Blinde sich doch niemals auf Glaukus Hoffnung machen dürfe. Dann aber wichen diese vernünftigen Überlegungen wieder wilden wahnsinnigen Anwandlungen, in denen die Unglückliche ihr körperliches Leiden bitter empfand und von den Qualen der Eifersucht beinahe überwältigt wurde. Sie fieberte, ihre Gesundheit wurde angegriffen, ihre Wangen wurden bleicher, ihr Gang matter, öfters stürzten ihr die Tränen ohne erkennbaren Grund in die erloschenen Augen . . .

Eines Morgens, als sie ihre gewöhnliche Arbeit im Garten des Glaukus erledigte, fand sie den Athener in der Säulenhalle mit einem Juwelier aus der Stadt. Der Bräutigam wählte einen Schmuck für seine Braut. Er hatte bereits deren zukünftige Gemächer hier im Hause einrichten lassen. In ihrem Ankleidezimmer legte er nun diese Juwelen nieder.

»Nydia«, rief Glaukus, »setze die Blumenvase auf den Tisch und komm hierher! Du sollst auch ein Geschenk von mir erhalten. Hier diese Kette sollst du als Andenken von mir tragen. So, halt still – jetzt hängt sie gut. Sag selbst, Servilius, kleidet sie nicht unsere kleine Nydia vortrefflich?«

»Wunderschön«, antwortete der Juwelier diensteifrig, »allein laß nur erst einmal dieses Gehänge in den Ohren der schönen Jone blitzen – dann, beim Bacchus, wirst du sehen, daß meine Kunst die glanzvolle Hoheit Jones noch zu erhöhen vermag.«

»Jone«, wiederholte Nydia, die lächelnd und errötend die Gabe des Glaukus angenommen hatte, »du wählst für Jone etwas aus?«

»Natürlich«, sagte der Athener, indem er die Edelsteine in der Sonne blitzen ließ, »ich suche ein Brautgeschenk für Jone, allein ich finde keines, das ihrer würdig wäre.«

Bei diesen Worten riß Nydia plötzlich mit Heftigkeit die Kette von ihrem Nacken und warf sie auf den Boden.

»Was ist das«, rief Glaukus betroffen, »gefällt dir die Kette nicht, habe ich dich beleidigt?«

»Du behandelst mich immer wie ein unmündiges Kind«, antwortete Nydia mit unterdrücktem Schluchzen und ging, so schnell sie es vermochte, einem Winkel am anderen Gartenende zu.

Glaukus dachte nicht daran, ihr nachzulaufen und sie zu beruhigen. Sie hatte ihn beleidigt. So fuhr er fort, die Juwelen zu besichtigen, lobte hier dieses Stück, tadelte jenes und ließ sich endlich überreden, die meisten Schmuckstücke zu kaufen.

Als er den Handel abgeschlossen und den Juwelier entlassen hatte, ging er auf sein Zimmer, warf den Mantel um, bestieg den Wagen und fuhr zu Jone. Bei dem Gedanken an ihre Schönheit hatte er das blinde Mädchen und die Beleidigung, die es ihm zugefügt hatte, längst vergessen.

Den Vormittag brachte er bei der Neapolitanerin zu. Sie unterhielten sich über ihre Reisen, über das Leben und Treiben in der römischen Kaiserstadt und machten Pläne, wie sie sich mit Poesie und Kunst später das Leben verschönen wollten. Sie waren lustig, musizierten, sangen ein wenig und freuten sich der sonnigen Stunden.

Gegen Mittag bestieg Glaukus wieder seinen Zweispänner und fuhr nun allein zu den Bädern, wo er für sich speiste und dann nach Hause zurückkehrte. Bei seinen verliebten Träumen bemerkte er das arme blinde Mädchen nicht, das im Garten noch immer auf der gleichen Stelle saß wie am Morgen. Kaum war er in sein Zimmer getreten und hatte sich sinnend auf das Ruhebett geworfen, als er fühlte, wie eine Hand leise an seinem Gewand zog. Nydia kniete vor ihm und reichte ihm einen Blumenstrauß, um Vergebung zu erbitten. In ihren umnachteten Augen standen helle Tränen.

»Ich habe dich beleidigt«, sagte die Blinde und schluchzte dabei, »sag, daß du mir vergibst, ich mache mir die bittersten Vorwürfe. Siehe, ich habe auch die Kette wieder umgehängt und will mich nie mehr von ihr trennen.«

»Liebe Nydia«, sagte Glaukus, hob sie auf und küßte sie auf die Stirne, »denk nicht mehr daran. Weshalb wurdest du denn plötzlich so böse? Ich habe keine Ahnung, was in dich gefahren ist.«

»Frag mich nicht«, sagte das Mädchen errötend, »ich bin launisch und fehlerhaft, du weißt, ich bin nur ein Kind, du sagst es selbst. Kann man aber wohl von einem Kind verlangen, daß es für jede Torheit, die es begeht, einen Grund angibt?«

»Nun, Nydia, wenn ich dich so betrachte, muß ich dir sagen, daß du eigentlich gar nicht mehr wie ein kleines Mädchen aussiehst. Du kommst jetzt schon in die Jahre einer jungen Frau und solltest dir eigentlich die Unarten eines Kindes abgewöhnen. Denke nicht, daß ich schelte. Ich sage dir das nur um deiner selbst willen.«

»Es ist wahr«, gestand Nydia, »ich muß lernen mich zu mäßigen, ich muß mein Herz verbergen und bändigen. Ich weiß wohl, daß dies die Pflicht der jungen Frauen ist – aber mir scheint oft solche Tugend nur Heuchelei zu sein.«

»Selbstbeherrschung ist kein Betrug, liebe Nydia, sie ziemt den Männern so gut wie den Frauen.«

»Selbstbeherrschung! Ein schweres Wort, eine schwierige Sache«, seufzte Nydia, »du hast aber dennoch recht. Wenn ich dir zuhöre, Glaukus, dann beruhigen sich meine verworrenen Gedanken, und oft fühle ich mich dann leicht und heiter. Verlaß mich nicht, Glaukus, ohne dich bin ich ganz schutzlos.«

»Dein liebendes Herz wird dein bester Führer sein, sobald du nur deinen Empfindungen gebieten lernst.«

»Ach – ob ich das jemals kann«, seufzte Nydia und weinte. »Findest du es denn so leicht, mit einer Leidenschaft fertig zu werden? Könntest du deine Liebe zu Jone verbergen?«

»Mit der Liebe, da ist es etwas anderes, mein Kind«, lächelte Glaukus.

»Das dachte ich mir auch«, antwortete Nydia schwermütig.

Nach einer Weile fuhr sie ruhiger geworden fort: »Willst du mir nicht meine armen Blumen abnehmen? Du kannst sie an Jone geben, wenn du willst.«

»Nein, liebe Nydia«, antwortete Glaukus freundlich, »ich will deine schönen Blumen nicht weiter verschenken. Setz dich hierher und binde mir einen Kranz, ich will ihn heute abend tragen, es ist ja nicht der erste, den mir deine zarten Hände gewunden haben.«

Voller Freude setzte sich das arme Mädchen neben Glaukus nieder und begann mit Anmut und Geschick den Kranz zu winden. Bald waren auf ihren jugendlichen Wangen die Tränen getrocknet. Ein stilles glückliches Lächeln spielte um ihren Mund. Gleich einem Kinde freute sie sich am Glück der Gegenwart. Sie war mit Glaukus versöhnt, er hatte ihr vergeben, sie saß an seiner Seite, er spielte mit ihrem seidenen Haar, sie spürte den Hauch seines Atems, und Jone war fern, Glaukus schien seine ganze Aufmerksamkeit der Blinden zu schenken. Ja, Nydia war glücklich und hatte alle Sorgen vergessen.

»Du hast schöne Locken«, sagte Glaukus, »deine Mutter war sicher einmal sehr stolz darauf.«

Nydia seufzte. Es schien, daß sie nicht als Sklavin geboren worden war. Aber sie scheute sich auch heute von ihrer Herkunft zu sprechen, obwohl man doch auch ihrer Bildung nach annehmen mußte, daß sie aus einem guten Hause stammte. Sie hatte sich einem Vogel gleich nach Pompeji verirrt, keiner wußte wirklich, aus welchem Ort sie kam. Sie hatte sich keinem geoffenbart.

Ablenkend meinte sie: »Winde ich auch nicht zu viele Rosen in den Kranz? Aber Rosen sind doch deine Lieblingsblumen!«

»Ja, und gewiß die Lieblingsblume aller, die Sinn für das Schöne haben. Die Rose ist die Blume der Liebe, der

Festlichkeiten. Auch auf den Gräbern duftet sie nach unserm Tode. Sie bekränzt unsere Schläfe beim heiteren Mahl, sie wird uns aufs Grab gestreut, wenn wir nicht mehr da sind.«

»Nicht an die Rosen auf den Gräbern sollst du denken«, sagte Nydia, »für dich sind die Blumen Zeugen der Freude!«

Sie hatte nun den Kranz vollendet und wußte ihn, ohne daß ihr die Augen helfen konnten, zart und mit geschickten Händen dem Freunde auf die Locken zu setzen.

Christliche Regungen

»Was für ein Glück für Jone, immer an der Seite des geliebten Glaukus zu sein!«

So sprach die blinde Nydia mit sich selber, als sie in der Abenddämmerung allein nach dem Hause ihrer neuen Herrin ging, zu dem Glaukus ihr bereits vorausgegangen war. Da ward sie plötzlich aus ihren Gedanken durch eine weibliche Stimme geweckt.

»He, Nydia, wohin gehst du? Du trägst keinen Korb. Hast du alle deine Blumen verkauft?«

Es war Julia, die Tochter des Diomed, die in der Begleitung ihres Vaters, des wohlhabenden Kaufherrn, daherkam. Beide kehrten von einem Abendessen zurück. Ein Sklave trug eine Laterne vor ihnen her.

»Ich weiß nicht, ob du dich an meine Stimme erinnerst«, sagte Julia, »ich bin die Tochter Diomeds.«

»Wohl erinnere ich mich deiner Stimme, edle Julia. Allein ich habe keine Blumen.«

»Ich hörte, Glaukus habe dich für die schöne Neapolitanerin gekauft, ist das wahr, du niedliche Kleine?«

»Ich bin im Dienst Jones«, antwortete Nydia ausweichend.

»Ist es dann war, daß Jone ...«

»Komm«, sagte Diomed zu seiner Tochter, während er sich fester in seinen Mantel hüllte, »der Abend wird kühl, und ich habe keine Lust, hier zu stehen, während du mit dem blinden Mädchen schwatzt. Laß sie doch in unser Haus kommen, wenn du ihr etwas zu sagen hast.«

»So geh mit uns«, sagte Julia im Ton einer Frau, die nicht gewohnt war, eine abschlägige Antwort zu erhalten, »ich habe viel mit dir zu reden, mein Kind.«

»Heute abend ist es schon zu spät«, antwortete Nydia, »ich muß nach Hause, ich bin nicht frei!«

»Würde die sanfte Jone dich schelten? Komm dann morgen und vergiß nicht, daß ich dich immer gut leiden konnte.«

»Ich werde deinen Wunsch erfüllen«, antwortete Nydia.

Inzwischen erinnerte Diomed seine Tochter aufs neue daran, daß er Eile habe, und Julia folgte ihm nun, ohne sich mit der Blinden aussprechen zu können . . .

Während Nydia auf dem Weg zu ihrer Herrin war, empfing Jone den Besuch ihres Bruders. Apaecides war hier ein seltener Gast. Mit seinen eigenen ernsten Gedanken beschäftigt, hatte sich der junge Priester wenig um seine Schwester gekümmert. Er grübelte religiösen Entscheidungen nach und hatte daher seit langem keine Zeit mehr gehabt, sich mit der Schwester in der vertrauten Art der Jugend zu unterhalten.

Jone dagegen hatte es schmerzlich empfunden, daß der Bruder so wenig Wert auf diese geschwisterlichen Aussprachen legte. Obwohl sie ihn immer wieder in Gedanken entschuldigte, fiel es ihr manchmal bei der fröhlichen Unterhaltung mit Glaukus ein, daß Apaecides sich so wenig mit ihren Hoffnungen und Erwartungen beschäftigte. Sie seufzte, wenn sie an die frühzeitig gefurchte Stirne des Bruders dachte, an seinen herben Mund, von dem jedes Lächeln verschwunden war, an sein bleiches Aussehen. Sie konnte es nicht recht glauben, daß die Götter, die die Erde doch zur Freude der Menschen geschaffen hatten, so finstere Priester haben wollten.

Heute aber, als Apaecides seine Schwester besuchte, lag eine ungewöhnliche Ruhe auf seinen Zügen, und in seinen Augen las man einen Seelenfrieden wie seit Jahren nicht mehr.

War diese Veränderung nur vorübergehend? War das nur eine trügerische Stille, die durch den leisesten Hauch gestört werden konnte?

»Mögen die Götter dich segnen, mein Bruder«, sagte Jone und umarmte ihn.

»Die Götter? Sprich nicht so! Es gibt vielleicht nur einen Gott!«

»Mein Bruder!«

»Wenn der erhabene Glaube der Nazarener wahr ist, wenn Gott der alleinige mächtige Herr des Himmels und der Erde ist, wenn die zahllosen Gottheiten, denen wir Altäre gebaut haben, nur böse Dämonen sind – was dann, Jone – was dann?«

»Ach – wenn es so wäre«, antwortete die Neapolitanerin, »wäre das nicht eine trübselige Welt! Wie – unsere Erde sollte mit einemmal entgöttert werden! Die Berge sollten ihre Oreaden, die Quellen ihre Nymphen verlieren? Oh, toter Staub und Ton würde aus der Erde! Nein, Apaecides, ich will keine leere öde Welt, über der irgendwo in unsichtbarer Ferne ein einziger Gott thront! Für mich ist gerade deswegen die Erde so schön, weil ich daran glaube, daß sie rings umher mit zahllosen Göttern und gottähnlichen Wesen bevölkert ist.«

Jone erzählte vom griechischen Götterhimmel, von den alten Mythen. In jedem Ereignis, in jeder Begebenheit spürte sie die Gegenwart einer Gottheit. Kein Becher ward an ihrer Tafel geleert, ohne daß man Bacchus anrief. Täglich bekränzte sie die schützende Gottheit ihres Hauses und vergaß nicht, den Laren zu opfern.

Apaecides erschrak bei dieser selbstbewußten und natürlichen Antwort seiner Schwester. Er hatte wohl den christlichen Glauben noch nicht förmlich angenommen, aber er war gerade dabei, den entscheidenden Schritt zu tun. Olinth hatte mit seinen überzeugungsstarken Worten tiefen Eindruck auf ihn gemacht. Nun antwortete er seiner Schwester heftig und wies ihre Ansichten als Aberglauben zurück.

»Ach, mein Bruder«, sagte sie, da sie ihn noch immer für einen Priester der Isis hielt, der mit seinen Glaubensanfechtungen nicht recht fertig wurde, »du bemühst dich vergebens, den Schleier der großen Göttin zu heben, du erliegst dieser Anstrengung. Komm zu mir, mein Bruder, mein einziger Bruder, gib mir deine Hand, ich will deine Stirn trocknen, schilt mich nicht, ich verstehe deine Worte nicht recht. Nur sei überzeugt, daß ich dich niemals kränken will.«

Apaecides zog die Schwester an sich und schaute sie zärtlich an, während er mit dunklem Ernst bemerkte: »Jone, soll ich denken, daß so eine schöne Gestalt, so ein freundliches Herz den ewigen Qualen der Hölle anheimfallen wird?«

»Die Götter mögen es verhüten«, sagte Jone und beugte fromm ihr Haupt.

Da Apaecides daraus erkannte, daß seine Schwester unverbrüchlich an die alten Olympier glaubte, stand er traurig auf, ging zur Tür, verweilte noch einmal und blickte wehmütig zu Jone zurück. Diese eilte ihm nach, sie versuchte ihn festzuhalten. Er umarmte sie in großer Gemütsbewegung, gewaltsam riß er sich hierauf los.

Und sagte: »Leb wohl, geliebte Schwester! Wenn wir uns wieder begegnen, sind wir für ewig geschieden. Laß dich an mein Herz drücken! Ach, wie schön war es früher, da wir beide noch Kinder waren! Nun ist auch dieses Band zerrissen.«

Mit solchen Worten verließ er das Haus.

In der Tat mußten die ersten Christen alle Bande, die sie mit den heidnischen Angehörigen verknüpften, zerreißen. Es war die größte und strengste Prüfung der Nazarener, daß sie sich nach ihrer Bekehrung von den nächsten Mitgliedern der Familie trennen mußten. Sie durften keine Gemeinschaft mit denjenigen haben, die noch dem Götzendienst anhingen. Doch gerade dieses Gesetz machte sie stark. Da sie durch eine solche Bestimmung von der übrigen Welt abgesondert wurden, schlossen sie sich desto fester aneinander an.

Als Glaukus bald nach dem Fortgehen des Apaecides erschien, fand er seine Verlobte in Tränen aufgelöst. Sie teilte ihm das Gespräch mit, das sie soeben mit ihrem Bruder gehabt hatte.

»Kennst du diese neue Sekte der Nazarener«, fragte sie, »von der mein Bruder sprach?«

»Oft genug«, erwiderte Glaukus, »habe ich von diesen Leuten gehört, aber es ist mir nicht genau bekannt, was sie eigentlich für wahr halten. Nur das eine fühlt man, daß wohl in ihrem Glauben recht strenge und finstere

Grundsätze verborgen sind. Die Nazarener sondern sich von uns anderen ab, sie haben keine Freude am Genuß des Lebens. Nun freilich sind es vielfach einfache Leute, die sich zu diesem neuen Gott bekennen, aber in meiner Heimat Athen halten selbst Männer von Ansehen und Geist zu ihnen. Dort fand die neue Lehre schon in meiner Kindheit großen Anklang. Ich erinnere mich noch sehr gut, daß mein Vater von einem wunderbaren Gast, der vor vielen Jahren nach Athen kam und Paulus hieß, uns Kindern oft erzählte. Mein Vater war in der zahllosen Menge, die sich vor der Stadt auf einem Hügel gelagert hatte, um jenen Weisen des Morgenlandes reden zu hören. Bei diesen Versammlungen vernahm man nicht das leiseste Gemurmel. Der Lärm, mit dem gewöhnlich unsere Redner empfangen werden, verstummte vor ihm. Als nun dieser geheimnisvolle Prediger auf dem Gipfel des Hügels weit über die Menge hinausgehoben dastand, erfüllte er jedes Herz mit heiliger Scheu, noch ehe er seine Lippen öffnete. Er war, wie mir mein Vater erzählte, ein Mann von hoher Gestalt und edlem Ausdruck. Er muß wunderbar ausgesehen haben, wenn die untergehende Sonne sein dunkelgelocktes Haar umleuchtete und umglänzte. Wenn er während der Rede den Arm erhob, tat er es mit der Majestät eines Mannes, der von einem der Unsterblichen begeistert worden war. Dieser gewaltige Prediger hat manchen in Athen für den neuen Glauben gewonnen, zuweilen sagte sogar mein Vater, daß an den Nazarenern etwas sein müsse, wenn solche Männer ihre Lehre verkündeten.«

Glaukus hielt inne, folgte aber alsbald der Bitte Jones, die noch mehr wissen wollte, und fuhr in seinem Bericht fort: »Ihr Männer von Athen, soll dieser Mann namens Paulus gesagt haben, ich fand bei euch einen Altar mit der Aufschrift: ›Dem unbekannten Gotte!‹ Ohne daß ihr es wißt, verehrt ihr dieselbe Gottheit, der auch ich diene. Ich will euch den unbekannten Gott offenbar machen.«

Noch mancherlei erzählte Glaukus von diesem Apostel Paulus, von seinem wundergewaltigen Wort, mit dem er die frühen Christen gewonnen hatte. Die ernste Art, mit der Glaukus von solchen Erfahrungen seiner Jugend berichtete, zeigte, daß diese Erlebnisse ehedem doch Eindruck auf ihn gemacht hatten. Er flocht in seine Sätze nicht ein einziges herabsetzendes Wort und sprach achtungsvoll von den Nazarenern.

Aufmerksam hörte Jone zu. Es war eine neue Welt, die sich ihr auftat. Noch dachten die beiden nicht daran, ihren Glauben an die alten Götter preiszugeben, aber sie unterhielten sich über die seltsame christliche Lehre, die nur *einen* Gott anerkannte, mit großem Ernst und wurden bei diesen Gesprächen sehr nachdenklich.

Der Gladiator Lydon

Die Haustür des reichen Kaufherrn Diomed stand offen. Der alte Sklave Medon saß unten an der Treppe, die zur Wohnung hinanführte. Die Villa lag außerhalb der Stadttore am Beginn der langen Gräberstraße. Dem Haus gegenüber befand sich eine Herberge, in der sich immer die Landbewohner zusammenfanden, wenn sie die Stadt aufsuchten. Hier hatten sie auch Gelegenheit, in einem weiträumigen Hof der Wirtschaft ihre Wagen und Karren unterzustellen und den Pferden eine Ruhepause zu gönnen.

Es war recht nett für den Türhüter Medon, daß er vom Haus seines Herrn Diomed aus das muntere Leben und Treiben beobachten konnte. Besonders an Festtagen war hier ein ständiges Kommen und Gehen, es gab immer etwas zu schauen. Und oft gab es auch eine unterhaltsame Plauderei.

Gerade kam wieder eine junge Frau, die einen Weinkrug in der Hand trug, am Hause Diomeds vorbei und wandte sich an den alten Medon: »Hast du schon die Neuigkeiten gehört?«

»Neuigkeiten? Was für Neuigkeiten?« fragte der Sklave.

»Ei nun, ein besonderer Besucher hat heute früh das Tor passiert. Du magst mir lange geschlafen haben.«

»Beim Herkules«, sagte der Alte, »was gibt's denn?«

»Nun, so höre: ein großer Tiger ist angekommen. Er ist für die Kampfspiele des Amphitheaters bestimmt. Ich schlafe bis zum Tiergefecht keine Nacht mehr ruhig. Ha, wird eine herrliche Sache!«

»Alberne Närrin«, sagte der Sklave bitter und verächtlich.

»Und du bist ein alter Brummkater. Hast wohl an unseren Vergnügungen keine Freude mehr. So ein Tiger ist allerliebst, besonders wenn man den richtigen Menschenfraß aus einem Gefängnis für ihn findet. Nun haben wir außer diesem Tiger noch einen Löwen, das bedenke! Verdammt – wenn wir dafür keine Verbrecher entdecken, müssen wir wohl oder übel die beiden Bestien aufeinander hetzen, und das schönste Schauspiel entgeht uns. Übrigens, da fällt mir ein: dein Sohn Lydon ist doch ein Gladiator! Ein handfester derber Bursche! Könntest du ihn nicht überreden, daß er mit dem Tiger kämpft? Tu es, du würdest dich um die ganze Stadt verdientmachen.«

»Fort mit dir!« sagte der Sklave im drohenden Ton. »Denke an deine eigene Gefahr, bevor du meinen Sohn ins Verderben hetzen willst.«

»Meine eigene Gefahr?« fragte verwundert die junge Frau. »Mögen die Götter mich schützen«, rief sie und berührte das Amulett, das sie am Halse trug. »Welche Gefahr sollte denn mir drohen?«

»Hat das Erdbeben vor etlichen Abenden dich nicht gewarnt? Hat es nicht dir und uns allen zugerufen: Bereitet euch für den Tod vor, das Ende aller Dinge ist nahe!«

»Ei Possen«, lachte die Frau und zupfte die Falten ihrer Tunika zurecht. »Du sprichst ja wie ein Nazarener, ich glaube, du bist selbst einer! Aber mit so einem Unglückspropheten, wie du es bist, möchte ich nicht länger plaudern, nein, dazu habe ich keine Lust. Gehab dich wohl, und möge Herkules uns bald einen Mann für den Löwen und einen für den Tiger senden!«

Mit heller Stimme trällerte die Frau ein Liedchen und hüpfte in die vollgedrängte Herberge hinüber.

»Mein armer Sohn«, sagte der zurückbleibende Sklave zu sich, »solchen abscheulichen Vergnügungen möchte man dich opfern! O du mein Heiland, schon deswegen bekenne ich mich zu deinem Namen, weil deine Lehre Freiheit und Liebe verkündet.«

Dem Greis sank das Haupt auf die Brust. Unbemerkt

näherte sich da raschen Schrittes vom Tore her ein wohlgebauter junger Mann. Der Alte hob die Augen erst dann, als das Wort »Vater« froh und hell vor ihm aufklang.

»Lydon, mein Sohn, bist du es wirklich?« fragte der Türhüter erfreut. »Eben dachte ich an dich. Ich sehe dich so selten.«

»Bald werden wir hoffentlich für immer zusammenbleiben können«, antwortete Lydon.

»Ja, gewiß, mein Sohn, aber nicht in dieser Welt!«

»Nicht solche Worte, Vater – sei guten Mutes! Im nächsten Wettkampf muß ich den Preis gewinnen, und dann erkaufe ich dir die Freiheit.«

»Du bist ein lieber Sohn«, sagte der Vater ernst, »du meinst es wirklich gut mit mir. Aber trotzdem ist deine Handlungsweise nicht zu rechtfertigen. Du willst dein Leben für die Freiheit deines Vaters wagen, das wäre zu verzeihen. Aber dein Sieg brächte einem deiner Nebenmenschen den Tod. Das verhüte Gott! Lieber will ich für immer Sklave bleiben als meine Freiheit durch ein solches Blutgeld gewinnen. Der Gott der Christen ...«

»Still, still, Vater«, unterbrach ihn Lydon, »du hast mit deinem neuen Glauben, von dem ich nichts verstehe, ganz sonderbare Vorstellungen von Recht und Unrecht angenommen. Verzeih, wenn ich dich beleidigen sollte. Aber überlege doch: Mit wem soll ich kämpfen? Wenn du die Rotte der Gladiatoren, mit denen ich jetzt deinetwegen verkehre, besser kennen würdest, so würdest du mir vielleicht danken, daß ich die Erde von diesem Gezücht befreien möchte. Es sind blutdürstige wilde Tiere, ohne irgendeine menschliche Regung. Sie können nichts anderes als gefühllos morden und furchtlos sterben. Ich glaube nicht, daß dein Gott deswegen zornig auf mich herabsieht, weil ich gegen solche Unmenschen kämpfe.«

Der arme Sklave fand nicht die Worte, um seinen Sohn widerlegen zu können. Trotz seiner Bedenken war er gerührt von dem guten Willen Lydons und drückte ihn an seine Brust.

»Beruhige dich, Vater«, redete Lydon ihm sanft zu, »ich habe mich bei deinem aufgeblasenen Gebieter Diomed nach dem Preis deiner Freiheit erkundigt. Da du schon alt bist und nicht mehr viel leisten kannst, hat er ihn nicht zu hoch berechnet. Ich hoffe, daß ich im Amphitheater das Doppelte verdiene und daß ich dir dann auch ein glückliches und sorgenfreies Alter bereiten kann.«

»Könntest du doch unseren Olinth hören!« seufzte der Alte, der von der braven Gesinnung seines Sohnes überwältigt war, andererseits aber seine christlichen Bedenken nicht unterdrücken konnte.

»Ich will gern einmal diesen Olinth hören, wenn du es verlangst, Vater, aber erst dann, wenn ich dich aus dem Sklavenstand befreit habe. Dann kaufen wir uns ein kleines Haus und etwas Gartenland dazu, ich kann dann vielleicht auch daran denken, zu heiraten, und ehe ein Jahr vergeht, schaukelst du einen freigeborenen Enkel auf deinen Knien. Nun aber muß ich fort, der Fechtmeister erwartet mich. Gehab dich wohl!«

Noch einmal drückte der Vater seinen Sohn ans Herz: »Ich segne dich«, sagte er inbrünstig, »möge der allmächtige Herrgott, der alle Herzen regiert, dich aus deinen Irrsalen auf den rechten Weg leiten!«

Mit raschen Schritten entfernte sich Lydon. Der Sklave blickte ihm wehmütig nach und fand erst dann wieder aus seinen Gedanken zurück, als ein junges Mädchen vor den Stufen des Hauses erschien. Es war Nydia.

»Darf ich eintreten?« fragte sie.

Der alte Sklave gab mit der Hand das Zeichen seines Einverständnisses, aber Nydia konnte ihn ja nicht sehen und mußte daher ihre Frage wiederholen.

Jetzt erst bemerkte der alte Medon, wen er vor sich hatte. Er ging hin zu dem Mädchen und führte es freundlich die Stufen zum Haus hinauf.

Julia und Nydia

Umgeben von ihren Dienerinnen weilte die elegante Julia in ihrem Ankleidezimmer. Es lag im Erdgeschoß, hatte eine schöne Aussicht auf den Garten und zeigte mit seiner prächtigen Einrichtung, daß Julias Vater Diomed als Kaufherr über ein stattliches Vermögen verfügte.

Auf dem Tisch, vor dem Julia saß, lag ein kleiner runder Spiegel von geschliffenem Metall. Sorgsam geordnet standen dahinter Salben und wohlriechende Wasser, Schminken und andere Schönheitsmittel. Daneben leuchteten aus zierlichen Elfenbeinkästchen Juwelen, goldene Nadeln und Ketten, Bänder und Borten. Es war alles nach dem eleganten Geschmack der römischen Damen gewählt. An den zackigen Ästen eines künstlichen Baumstammes, der aus Erz gegossen war, hingen kostbare Ringe.

Auf einem zweiten Tisch befanden sich Waschbecken und Krüge von getriebenem Silber. Daneben stand eine Lampe aus Metall. Sie stellte einen Amor dar, der auf einem Schwan ritt. Der Hals des Tieres war geschickt gewunden, so daß man den Docht durchziehen konnte.

In einem offenen Wandschränkchen sah man einige Schriftrollen, es waren ausgewählte Elegien des Catull, Tibull und Properz.

Nachlässig lehnte sich Julia in ihren Sessel, während eine Haarkräuslerin einen Berg von kleinen Locken auf ihrem Kopf aufbaute. Eine ältere Sklavin, die in früheren Jahren in den römischen Kaiserpalästen gedient hatte und daher die Toilettengeheimnisse der vornehmsten Damen kannte, führte während des Ankleidens die Aufsicht. Bald schien ihr diese Nadel nicht am rechten Ort zu sein, bald waren ihr jene Blumen nicht geschmackvoll genug gewählt. Mehrmals wurde die Tunika gewechselt, bis man sich endlich für eine blaßgelbe Farbe entschied, da diese am besten zu dem brünetten Teint Julias paßte.

Als nun Augenbrauen und Wangen gefärbt, der reiche Halsschmuck und die zierlichen Ohrringe wie auch die Armbänder angelegt waren, hielt die Sklavin ihrer Gebieterin den Spiegel vor und rief: »Nun, Julia, jetzt schau und sage, ob du dich jemals schon so schön fandest wie heute!«

Julia betrachtete sich wohlgefällig und ein wenig eitel, lehnte sich dann in den Sessel zurück und bat eine der Dienerinnen, ihr eine Elegie vorzulesen. Die Sklavin wählte ein Gedicht auf die Liebe.

Julia seufzte. Sie ließ gerade eine zweite Rolle öffnen und der Vorleserin überreichen, als Nydia – von einer Sklavin geleitet – in das Zimmer trat.

»Ich komme«, sagte Nydia, »wie du es gewünscht hast. Sag mir, was du von mir willst.«

»Sei mir willkommen, mein Kind, tritt näher und setze dich.«

Eine der Sklavinnen stellte einen Sessel neben Julia. Nydia nahm Platz, während sich die Dienerinnen auf einen Wink ihrer Herrin entfernten.

»Sag mir doch«, sagte Julia zu dem Blumenmädchen, »ist deine Gebieterin Jone wirklich so schön, wie man sagt?«

»Ich weiß nicht«, entgegnete Nydia, »ich glaube, sie ist sehr schön. Aber ich kann sie ja nicht sehen.«

»Ach – daran dachte ich nicht. Aber wenn du sie auch nicht siehst, so hörst du doch viel über sie. Die anderen Sklavinnen sprechen gewiß von ihr, was reden sie über Jone?«

»Die anderen sagen, daß Jone unvergleichlich schön sei.«

»Kommt Glaukus oft zu Besuch?« – »Täglich.«

»Wirklich täglich? Und – findet er sie auch so schön?«

»Ich glaube: ja! Er möchte sie doch bald heiraten.«

»Wie? Heiraten?« rief Julia. Sie war entsetzt und schwieg wie vom Donner gerührt. Wäre Nydia nicht blind gewesen, so hätte Julia durch ihre Erregung verraten, wie sie durch diese Heiratspläne des Glaukus verletzt wurde. Um sie kümmerte sich der Athener nicht mehr, die Nebenbuhlerin Jone schien den Sieg davongetragen zu haben.

Erst nach einer Weile fing Julia wieder an zu sprechen: »Ich höre – du bist eine Thessalierin.«

»So ist es!«

»Thessalien ist das Land der Zauberei, der Talismane und Liebestränke«, sagte Julia.

»Es ist dafür berühmt«, antwortete Nydia nachdenklich.

»Kennst du vielleicht einen solchen Liebeszauber?«

»Ich«, errötete Nydia, »ich – wie sollte ich dazu kommen? Nein, gewiß nicht!«

»Schade – es wäre nicht dein Nachteil gewesen, wenn du von solchen geheimen Tränken etwas verstanden hättest. Ich habe Geld genug, um dich freikaufen zu können.«

Nydia fragte: »Was könnte die schöne und reiche Julia veranlassen, diese Frage einer armen Sklavin vorzulegen? Du bist jung, reich und schön. Du brauchst doch keinen anderen Liebeszauber!«

»Nicht immer genügen Jugend, Reichtum, Schönheit – ich kenne einen ...«

»Und dieser eine?« fragte Nydia neugierig.

»Es würde dir nichts helfen, seinen Namen zu wissen. Kleines Mädchen, ich hätte allen Schmuck hergegeben, wenn ich so einen Liebestrank bekommen hätte. Wenn du selber schon einmal verliebt warst, wirst du mich vielleicht verstehen.«

»Es tut mir leid«, antwortete Nydia leise, »daß ich dir nicht helfen kann.«

»Sag mir nur noch das eine: Hast du vielleicht von einem morgenländischen Zauberer in unserer Stadt gehört, der so ein Tränklein mischen könnte? Ich meine nicht die gewöhnlichen Zeichendeuter und Marktschreier – nein, ein mächtiger Magier müßte das sein, aus Indien oder Ägypten, wo man mehr zu wissen scheint als hierzulande.«

Nydia besann sich und sagte dann mit leisem Schauder: »Aus Ägypten, jawohl! Wer in Pompeji hat nicht von dem Ägypter Arbazes gehört?«

»Arbazes? Ganz recht!« bemerkte Julia und legte nachdenklich die Hand an ihre Schläfe. »Der gehört wohl nicht zu den gewöhnlichen Wahrsagern. Wie ich hörte, versteht er sich auf den Lauf der Sterne und beherrscht die Elemente. Warum sollte er nicht auch die Geheimnisse der Liebe kennen?«

»Wenn ein Zauberer in Pompeji lebt, der mehr versteht als die gewöhnlichen Quacksalber, so ist es Arbazes«, meinte Nydia und griff voll Bangen nach ihrem Talisman.

»Hm – für Geld wird er nichts von seiner Kunst verraten, er soll sehr reich sein. Aber ich muß ihn vielleicht einmal persönlich aufsuchen.«

»Sein Haus ist gefährlich.«

»Wieso? Gefährlich?«

»Ein Haus mit sündhaften Gelagen und täuschendem Zauberwerk.«

»Ich habe keine Angst davor.«

Nydia schwieg.

Julia aber fuhr fort: »Noch heute will ich zu ihm, noch in dieser Stunde.«

»Nun, vielleicht triffst du ihn in einem guten Augenblick. Er ist beim letzten Erdbeben verletzt worden und seitdem an sein Lager gefesselt. Es kann sein, daß er deswegen umgänglicher ist.«

»Was hätte wohl die Tochter des reichen Kaufherrn Diomed zu fürchten«, sagte Julia voll Stolz, »ich will zu ihm.«

»Darf ich wiederkommen«, fragte Nydia teilnehmend und etwas neugierig, »ich hätte gern gehört, wie es dir bei Arbazes ergangen ist.«

Julia sagte: »Komm morgen um die gleiche Stunde, und du wirst alles erfahren. Hier nimm das Armband, ein kleiner Lohn für deine Mühe. Julia wird sich für alle Dienste, die du ihr erweist, dankbar zeigen.«

»Dein Geschenk«, antwortete Nydia, »kann ich nicht annehmen.« Sie legte das Armband auf die Seite. »Ich bin zwar noch jung und unerfahren – aber ich fühle doch mit allen, die einen anderen Menschen lieb haben, ohne daß ihre Liebe erwidert wird.«

»Du sprichst ja«, sagte Julia verwundert, »wie eine Freigeborene. Du verdienst die Freiheit. Vielleicht kann ich etwas für dich tun. Leb wohl für heute.«

Julia besucht Arbazes

Arbazes saß auf seinem Krankensessel in einem Zimmer, das sich mit einer Säulenhalle nach dem Garten hin öffnete. Seine Wangen waren noch immer bleich. Allein seine eiserne Gesundheit hatte sich von den schlimmen Folgen der Verletzung, die er durch das Erdbeben erlitten hatte, beinahe wieder erholt. Seine selbstgebrauten guten Mittel hatten sich trefflich bewährt.

Er war in tiefes Nachdenken versunken und brütete den letzten Ereignissen nach.

Da trat ein Sklave in das Zimmer, näherte sich demütig

und sagte: »Ein Fräulein, der Kleidung nach von hohem Stande, ist vorgefahren und bittet bei Arbazes um Gehör.«

»Ein Fräulein?« fragte der Kranke und richtete sich auf, »hm, jung, schön?«

»Das Gesicht habe ich nicht gesehen, es ist verschleiert.«

»Nun, laß sie herein«, sagte der Ägypter, der sich einredete, es könnte vielleicht Jone selber sein.

Aber schon der erste Blick auf die Eintretende überzeugte ihn, daß es sich nicht um Jone handelte. Zwar hatte sie dieselbe Größe und etwa die gleiche Figur wie Jone, sie schien auch ungefähr das gleiche Alter zu haben, aber sie hatte nicht die anmutigen Bewegungen, die bescheidene Zurückhaltung Jones.

»Entschuldige«, sagte Arbazes, »daß ich im Sessel sitzen bleibe – ich bin noch leidend.«

»Laß dich nicht stören, großer Ägypter«, antwortete Julia, »und vergib einem unglücklichen Mädchen, das bei deiner Weisheit Trost sucht.«

»Tritt näher, schöne Unbekannte«, sagte Arbazes, »sprich, was wünschest du?«

Julia setzte sich auf einen Sessel neben den Hausherrn und blickte voll Bewunderung im Zimmer umher, da die Pracht, die sie hier sah, sogar die prunkvolle Einrichtung im Haus ihres reichen Vaters bei weitem übertraf. Erstaunt war sie aber auch über den Ägypter selbst. Ein langes weißes Gewand wallte von seinen Schultern bis zu den Füßen. Dunkel funkelten aus seinem blassen Gesicht die Augen.

Sein stechender Blick schien den Gesichtsschleier Julias zu durchdringen und das Geheimnis ihrer Seele zu erforschen.

Mit tiefer leiser Stimme sagte er: »Was führt dich in das Haus des Fremdlings aus dem Morgenland?«

»Der hohe Ruf, den du genießt«, erwiderte Julia.

»Wodurch hätte ich einen solchen Ruf erworben?« fragte Arbazes selbstgefällig.

»Wie kannst du fragen? Ist deine Weisheit nicht allgemein bekannt?«

»Einige unbedeutende Kenntnisse mag ich besitzen«, entgegnete Arbazes, »allein, was braucht die Schönheit solche trockene Wissenschaft?«

»Oh, manchmal ist auch eine Frau froh, wenn sie etwas von den Geheimnissen der Natur erfahren kann.«

Julia zögerte nun nicht länger. Sie deutete an, daß sie wegen einer unglücklichen Liebesgeschichte gekommen sei, und erbat die Hilfe des Ägypters.

Arbazes betrachtete die junge schöne Besucherin, die nun den Schleier von ihrem Gesicht genommen hatte.

Er sagte: »Es ist mir unbegreiflich, wie eine Frau mit deinem Liebreiz Liebeskummer hat. Nun, vielleicht kann ich dir einen guten Rat geben. Aber sag mir zuerst: bist du, wie deine Kleidung es vermuten läßt, unvermählt?«

»Ja«, antwortete Julia.

»Du wünscht wohl eine reiche Heirat?«

»Ich bin reicher als der, der mich verschmäht.«

»Sonderbar – und du liebst ihn?«

»Ich weiß nicht, ob ich ihn liebe«, antwortete Julia stolz, »aber ich weiß, daß ich über eine Nebenbuhlerin zu siegen wünsche. Ich möchte, daß derjenige, der mich zurückgesetzt hat, sich in mich verliebt – und ich will, daß die Frau, die er vorgezogen hat, von ihm alsbald verachtet wird.«

»Ein echt weiblicher Wunsch«, bemerkte Arbazes, »aber willst du mir nicht erst einmal den Namen des Mannes verraten, der deine Gedanken so sehr beschäftigt? Welcher Pompejaner könnte so eine schöne junge Frau, wie du es bist, vernachlässigen?«

»Es ist kein Pompejaner – er stammt aus Athen!« antwortete Julia mit niedergeschlagenen Augen.

»Ha«, rief der Ägypter leidenschaftlich, »es gibt nur einen jungen Athener in Pompeji, auf den deine Worte zutreffen könnten. Sollte es Glaukus sein, von dem du sprichst?«

»Um der Götter willen – verrate mich nicht – dies ist sein Name.«

Der Ägypter sank auf seinen Sessel zurück, blickte starr auf das abgewandte Gesicht Julias. Er dachte angestrengt. Da plötzlich schien er einen bestimmten Plan gefaßt zu haben. Er beugte sich weit vor.

»Dein Anliegen«, begann Arbazes in feierlichem Tone, »rührt mich. Ich will deinen Wunsch erfüllen. Hör mich an! Ich kenne jemand, der dir helfen könnte. Am Fuße des

Vesuv, nicht ganz eine Stunde von der Stadt entfernt, wohnt eine mächtige Zauberin. Sie sammelt ihre Kräuter, wenn sie der Tau des Neumondes benetzt hat. Sie kennt auch die Tränklein für alle Liebesschmerzen. Suche sie auf und nenne ihr den Namen Arbazes. Sie fürchtet mich und wird dir daher den kräftigsten und wirksamsten Liebestrank bereiten, den du dir wünschen kannst.«

»Ach«, antwortete Julia, »wie soll ich den Weg zu ihr finden? Die Abhänge des Berges sind mit wilden Weinranken überwuchert, die Abgründe sind gefährlich. Ich wage es nicht, mich einem unbekannten Führer anzuvertrauen.«

»Wäre ich erst nur drei Tage weiter mit meiner Genesung«, entgegnete der Ägypter, indem er aufstand und im Zimmer mit schwankenden Schritten hin- und herging, »ich selbst würde dich begleiten. Hab ein wenig Geduld!«

»Ich kann nicht warten. Glaukus will sich in diesen Tagen noch mit der verhaßten Neapolitanerin vermählen.«

»Wie? Vermählen?«

»Ja, schon in den ersten Tagen des nächsten Mondes.«

»So bald? Du weißt es gewiß?«

»Die Sklavin Jones hat es mir selbst gesagt.«

»Das soll nicht geschehen«, rief der Ägypter heftig. »Hab keine Sorge, Glaukus soll dein werden! Wie aber gedenkst du ihm den Trank zu reichen?«

»Mein Vater hat ihn und die Neapolitanerin zu einem Gastmahl eingeladen. Übermorgen soll es stattfinden. Dabei wird sich die erhoffte Gelegenheit finden.«

»So sei es!« rief Arbazes triumphierend, »halte für morgen abend deine Säfte in Bereitschaft. Vor dem römischen Tor treffen wir uns in dem heiligen Haine des Silen, gleich bei der Statue des Gottes. Von dort aus werde ich dich selber zur Zauberin führen, mag es mir auch wegen meiner Krankheit noch so schwerfallen. Wir erwarten den Abendstern, damit uns die Dämmerung verbirgt. Beim Styx schwört Arbazes, der Herr des flammenden Gürtels: Jone soll niemals mit Glaukus vermählt werden!«

»Glaukus muß zu mir gehören«, vollendete Julia den Schwur.

»Du hast es gesagt!« erklärte Arbazes.

Obwohl Julia mit leisem Grauen an die unheimliche Verabredung dachte, war sie fest entschlossen, sich morgen zu dem bezeichneten Platz zu begeben.

Als Arbazes allein war, sprach er erregt: »Ihr hellen Sterne! Ihr lügt niemals. Ihr habt mir in derselben Stunde, in der ich darauf sann, mich an Glaukus zu rächen, diese Julia geschickt. Mit ihrer Hilfe werde ich dem Athener ein Tränklein einflößen, das für ihn bitterer sein wird als Gift!«

Langsam ging er hinaus in die Vorhalle und ließ sich dorthin von einem Sklaven einen Sessel stellen. Von hier aus spähte er ins Gewölk. Am fernen Horizont sammelte sich eine dunkle Wolkenmasse, die ein nahes Gewitter verkündete.

»Ein Gleichnis meiner Rache«, sagte er. »Der Himmel ist bis jetzt erst von wenigen Wolken bedeckt. Aber der Sturm ist nicht mehr fern.«

Die Höhle der Hexe

Glaukus und Jone unternahmen gern in den kühleren Abendstunden eine Wagenfahrt ins flache Land hinein.

Auch heute hatte der Athener seine Verlobte abgeholt, um in Begleitung einer Sklavin eine griechische Tempelruine vor der Stadt zu besuchen.

Der Weg verlief anfänglich zwischen Weingärten und Olivenpflanzungen hin. Später wurde er rauher und beschwerlicher, je mehr er sich zum Vesuv hinaufwand. Die Sonne, die sich dem Untergang zuneigte, warf lange Schatten über den Berg. Hier und da hörte man die Rohrflöte der Hirten unter Kastanienbäumen und immergrünen Eichen. Muntere Ziegen sprangen keck und neugierig von Gestein zu Gestein. Die Trauben glühten an den Rebstöcken im Purpur des späten Sommers. An den Orangenbäumen schimmerte die Goldfrucht. Über die Landschaft zogen am heiteren Himmel zarte Wölkchen dahin, so langsam, daß sie sich kaum zu bewegen schienen. Zuweilen öffnete sich der Blick auf den Meeresgolf, dessen wellenlose Fläche leichte Boote trug.

»Wie schön«, sagte Glaukus, während er das weite Land froh bewunderte, »wie schön, daß wir die Erde unsere Mutter nennen! Mit unerschöpflicher Liebe segnet sie ihre Kinder.«

In guter Stimmung kamen sie bei dem verfallenen Tempel an. Mehr noch als an den Ruinen erfreuten sie sich an der wundervollen Aussicht, die man von den alten Marmorstufen aus genoß. Jenseits der Insel Ischia tauchte gerade der Sonnenball mit verfließendem Feuer in die Fluten.

Lange blieben sie hier und bewunderten die Herrlichkeiten von Land und Meer. Aber unversehens verhüllte sich der Himmel mit schwarzen Wolken, ein jäher Sturm fing an zu wehen, dunkel rollte aus der Ferne der Donner heran. So überraschend und plötzlich war das Unwetter näher gekommen, daß Glaukus seinem Wegenlenker zu spät den Befehl zum Aufbruch erteilt hatte. Nun zuckten rote Blitze über den finsteren Himmel weg und flammten aus dem Nachtdunkel.

Schnell bestieg Glaukus mit Jone den zweirädrigen Wagen. »Fahr zu«, rief er dem Lenker zu, der neben den scheuen Maultieren hertrabte und die Tiere zu immer rascherem Lauf antrieb, da nun die Blitze gefährlich glühten und die Donner heftiger heranrollten.

»Fürchtest du dich?« fragte Glaukus die Geliebte, die sich innig an ihn lehnte.

»Du bist ja bei mir«, antwortete Jone.

Unglücklicherweise geriet da der Wagen auf der einen Seite in eine tiefe Furche. Ein querliegender Baumstamm verlegte den Weg, die Maultiere scheuten, jäh zerrten sie vorwärts, da brach ein Rad, und der Wagen fiel um. Glaukus arbeitete sich rasch aus dem umgestürzten Gefährt hervor und beeilte sich, Jone beizustehen, die persönlich ebenfalls keinen Schaden erlitten hatte. Mit einiger Anstrengung gelang es, den leichten Wagen aufzurichten, allein, was half es, das Rad war gebrochen, und der Regen fing an in vollen Strömen herabzufluten. Was war zu tun? Die Stadt war noch ziemlich entfernt – kein Haus, keine Hilfe in der Nähe!

»Eine Viertelstunde von hier«, sagte der Fuhrmann, »wohnt ein Schmied, ich könnte ihn aufsuchen, damit er uns das Rad wieder in Ordnung bringt – aber o Himmel, wie gießt es! Die edle Jone wird durch und durch naß, bevor ich wieder da bin.«

»So lauf nur«, sagte Glaukus, »wir wollen uns irgendwo unterstellen, bis du zurückkehrst.«

Glaukus hüllte die Geliebte in seinen Mantel und wollte sie eben unter das Blätterdach einer kräftigen Eiche führen, als der Blitz den Baum zerschmetterte. Besorgt blickte Glaukus umher, ob er einen ungefährlicheren Zufluchtsort entdecken könnte.

»Hier am Abhang des Vesuvs muß sich irgendwo eine Schlucht oder eine Höhle finden, in der uns vielleicht freundliche Nymphen aufnehmen«, sagte er wie zum Trost. Während er forschend umherblickte, bemerkte er dort im Nachtdunkel eine zitternde Flamme. Vielleicht kam sie aus der Höhle eines Hirten.

Glaukus und Jone gingen, von der Sklavin gefolgt, dem ungewissen Schimmer des flackernden Lichtes nach. Allein bald verloren sie im Unwetter den Weg. Wildes Gestrüpp hielt sie auf und verbarg ihnen von Zeit zu Zeit den hoffnungsvollen Schein. Mühsam kletterten sie über die verwitterten Lavamassen und kamen langsam der Flamme näher. Endlich standen sie vor der Öffnung einer Höhle. Felsblöcke lagen hier im wirren Durcheinander.

Die beiden Liebenden schauderten, als sie in das Innere der Höhle spähten. Tief im Hintergrund brannte ein Feuer. Darüber brodelte ein Kessel. Auf ehernem Dreifuß flimmerte eine blaue Glut. An den Wänden hingen zahllose Kräuter zum Trocknen. In der Mitte starrte ein scheußlich geformtes, dreiköpfiges Götzenbild: Es trug den Schädel eines Wolfes, eines Löwen und eines Schweines. Dem Feuer zunächst krümmte sich ein borstiger Fuchs, der die Fremden mit glühenden Augen anglotzte und dabei knurrend die Zähne fletschte.

Am scheußlichsten war freilich der Anblick der Höhlenbewohnerin selber. Das hochbetagte Weib saß vor dem Feuer. Der Widerschein der Flammen zuckte über ihr Gesicht. Regungslos starrte die Alte mit gläsernen Augen die Eintretenden an, die vor diesem aschefarbenen Gesicht, vor den blauen Lippen, dem aufgähnenden zahnlosen Mund, dem bärtigen Kinn und den herabzottelnden grauen Haaren zurückbebten wie vor einem Leichnam.

»Eine Tote«, sagte Glaukus erschrocken.

»Nein – sie regt sich, ein Geist, ein Gespenst«, stammelte Jone und hielt ihren Freund fest.

»Weh uns«, heulte die Sklavin, »fort, fort, es ist die Zauberin des Vesuvs. Die Hexe!«

»Wer seid ihr? rief eine hohe Geisterstimme, »und was sucht ihr hier?«

Der schauerliche Ton der Rufenden paßte zu dem furchtbaren Gesicht. Sicher wäre Jone in die mitleidlose Wut des Unwetters zurückgekehrt, wenn Glaukus sie nicht in die Höhle hineingezogen hätte.

»Wir sind Wanderer aus der nahen Stadt«, sagte der Athener, »der Sturm hat uns überfallen. Dein Feuer hat uns den Weg hierher gezeigt, und so bitten wir um Obdach an deinem Herd.«

Jetzt schlich der Fuchs näher an die Fremden heran, heulte entsetzlicher als zuvor und wies ihnen seine spitzen Zähne.

»Zurück!« rief das Weib. Gehorsam kroch der Fuchs auf die Seite, hielt aber sein wachsames Auge weiter auf die Fremdlinge gerichtet.

»Wenn ihr wollt«, sagte die Zauberin, »so kommt an das Feuer. Ich heiße außer Eule, Fuchs und Schlange kein lebendes Wesen hier willkommen, deshalb biete ich auch euch keinen Gruß. Tretet ohne weitere Umstände näher!«

Nun erhob sich die Alte von ihrem Sitz und stierte die Gäste an, während Glaukus seiner Gefährtin den durchnäßten Mantel abnahm, ihr auf einem Holzblock einen Sitz zurechtmachte und mit seinem Atem den Brand glutvoller entfachte.

Die furchtsame Sklavin, die jetzt etwas mutiger zu werden schien, setzte sich nahe am Eingang auf die Erde und nahm ihr triefendes Oberkleid ab.

»Ich fürchte, wir stören dich«, sagte begütigend Jone.

Die Alte antwortete nicht. Sie war wohl nur für einen Augenblick vom Tode aufgewacht.

»Haust du schon lange hier«, fragte Glaukus nach einer Weile.

Endlich ließ sich die Alte zu einer kurzen Antwort herbei: »Ach, ja – wohl schon lange.«

»Hm – ein zweifelhafter Aufenthalt!«

»Wohlgesprochen«, kreischte die Alte, »hier, unter uns, rauscht der Styx. Die Unterirdischen bereiten für euch, die ihr noch unter der Sonne wandelt, Unheil und Verderben vor, hihihi.«

Dabei klopfte sie mit ihren dürren Knöcheln auf den tönenden Boden.

»Du sprichst böse Worte«, sagte Glaukus, »wie sie einem Gast gegenüber nicht ziemlich sind. In Zukunft will ich mich lieber den Unbilden des Sturmes anvertrauen als bei dir Zuflucht suchen.«

»Daran wirst du gut tun . . . mich sollten nur die Unglücklichsten aufsuchen.«

»Und warum die Unglücklichsten?« fragte der Athener.

»Kennst du mich nicht? Kennst du die Alte vom Berge, die mächtigste Zauberin, nicht? Mein Gewerbe ist es, den Hoffnungslosen Hoffnung zu geben. Für die unglücklich Liebenden mische ich Liebestränke, für die Beleidigten Giftbecher, den Geldgierigen zeige ich vergrabene Schätze. Den Glücklichen aber und den Guten habe ich nichts anderes zu bieten als Verwünschungen und Flüche. So – und jetzt laßt mich in Ruhe!«

Sie versank aufs neue in tiefes Schweigen, so daß Glaukus sich vergebens bemühte, das Gespräch mit ihr wieder anzuknüpfen. Die Alte verzog keine Miene, ihr Gesicht blieb erstarrt, wie tot.

Zum Glück schien das Unwetter ebensoschnell vorüberzugehen, wie es gekommen war. Der Regen ließ nach. Jone und Glaukus warteten am Herd und hofften, daß es bald ganz zu stürmen aufhöre. Seitwärts im Winkel kauerte die zitternde Sklavin, während sich die alte Zauberin neben dem dreiköpfigen Götzenbild mit verzerrtem Gesicht krümmte.

Dort ringelte sich eine Schlange in den Lichtschein und richtete neben dem Sessel der Zauberin ihren Kopf empor. Es war wohl der rote Mantel Jones, der ihren Zorn erregte: Das eklige Tier blähte den Kamm auf und drohte auf Jone loszuschießen. Aber Glaukus ergriff rasch einen Feuerbrand, um einen Angriff abwehren zu können. Die

Schlange freilich wurde dadurch noch wütender und schnellte aus dem Winkel hervor und richtete sich vor dem Athener in ihrer ganzen Größe zischend auf.

»He, halte deine Bestie zurück«, rief Glaukus zur Alten hin, »oder du siehst sie auf der Stelle tot zu deinen Füßen.«

»Sie hat keine Giftzähne mehr«, antwortete die Hexe, die durch die Drohung des Atheners aufgeschreckt worden war.

Allein, es war schon zu spät. Die Schlange schnellte zu Glaukus hin. Geschickt wich der behende Grieche ihr aus, schlug zu und traf das Untier so derb auf den Kopf, daß es niederstürzte und sich in der Asche des Herdes kraftlos krümmte.

Die Alte sprang in höchster Wut auf und stellte sich Glaukus gegenüber. Ihr Gesicht war so gräßlich wie das einer Furie. Sie blickte ihn starr an, dann reckte sie ihre dünnen Arme hoch über das Haupt des Glaukus und rief in grauenvollem Ton: »Du hast in meiner Höhle Obdach und Wärme gefunden und hast mir Gutes mit Bösem vergolten. Das Gastrecht hast du verletzt und mir einen Hausfreund erschlagen, ein Tier, das selbst den Göttern heilig ist. Hör deine Strafe! Beim Mond, dem Gefährten der Zauberin, beim Styx, der unter unseren Füßen rauscht – ich fluche dir! Möge deine Liebe dir das Herz versengen. Möge die Hand, die du deiner Geliebten reichst, verdorren. Erinnern wirst du dich an die alte Prophetin vom Berge!«

Da fiel ihr der Athener in die Rede. »Halt ein«, rief er, »dein Fluch soll dir nichts nützen! Ich übergebe mich dem Schutz der Götter, ich verlache und verachte dich. Aber ein einziges Wort gegen meine Verlobte – und der Fluch deiner Lippen soll sich in ein Todesstöhnen verwandeln.«

»Ich bin schon am Ende«, lachte höhnisch die Alte, »in deiner Verwünschung ist auch deine geliebte Freundin eingeschlossen.«

Sie wandte sich jetzt von ihren Gästen ab und kniete am Herde nieder, wo sie aus der Asche die verwundete Schlange hochhob.

»O Glaukus«, rief Jone zitternd, »was haben wir getan! Laß uns von hier fliehen, das Unwetter ist ja vorüber. Gute Frau, vergib ihm, nimm den Fluch zurück, er wollte sich vor der Schlange ja nur verteidigen. Hier, diese gefüllte Geldbörse gehört dir, widerrufe deine unheilvollen Worte.«

Aber die alte Zauberin schrie heftig dagegen: »Fort mit dir, Glaukus, fort mit euch, den einmal gesprochenen Fluch können selbst die Schicksalsgöttinnen nicht wenden.«

»Komm Jone«, sagte Glaukus ungeduldig, »meinst du etwa, die Götter hören das ohnmächtige Rasen eines wütenden alten Weibes? Komm, folge mir!«

Ein Gelächter gellte durch die Höhle, nachdem das liebende Paar mit der Sklavin davongegangen war.

Glaukus und Jone aber atmeten erst dann wieder freier, als sie in der frischen Luft standen.

Das Gewitter hatte sich gelegt, zuweilen hörte man noch das entfernte Rollen des Donners, und ein Wetterleuchten verzitterte am Horizont.

Mit einiger Anstrengung erreichten die beiden die Straße wieder, sie fanden dort den reparierten Wagen und den Fuhrmann.

Vergebens bemühte sich auf der Heimfahrt Glaukus, seine Braut zu erheitern, und auch selber gelang es ihm nicht, seine gute Laune wiederzugewinnen.

Am Stadttor angelangt sahen sie sich durch eine von vier Sklaven getragene Sänfte aufgehalten.

»Das Tor wird geschlossen«, rief ein Wächter diesen vier Trägern zu, »ihr könnt nicht mehr in die Stadt eingelassen werden, wenn ihr zu spät zurückkehrt.«

»Beruhige dich, mein Freund«, rief aus der Sänfte eine Stimme, die Glaukus und Jone sofort erkannten. Arbazes verließ in der Sänfte die Stadt. »Ich kehre bald zurück«, äußerte er noch und ließ sich dann davontragen.

Glaukus sagte erregt: »Arbazes! Um diese Stunde? Warum verläßt er so spät die Stadt? Das bedeutet ganz gewiß nichts Gutes!«

»Ach«, antwortete Jone und brach in Tränen aus, »ich habe Angst vor einem Unheil, das unaufhaltsam näher heranzieht. Ihr Götter, bewahrt uns oder schützt wenigstens meinen Geliebten!«

Arbazes hatte nur das Gewitter abgewartet, um unter dem Schutz der Nacht die Zauberin des Vesuvs aufzusuchen. Von einigen getreuen Sklaven getragen, lag er ausgestreckt auf seiner Sänfte und grübelte seinen Rachegedanken nach. Da die Sklaven sich beim Tragen abwechselten, trabten sie wie schnelle Maultiere die sanften Steigungen des Berges hinan und gelangten alsbald zu einem schmalen Fußpfad, der unmittelbar zur Behausung der Zauberin führte. Hier ließ Arbazes die Träger halten, gebot ihnen, sich hinter den wilden Weinranken zu verbergen, und stieg dann, von einem tüchtigen Wanderstab unterstützt, weiter hinauf. Der Weg fiel ihm schwer, er merkte es, daß er immer noch nicht recht wiederhergestellt war.

Kein Tropfen fiel mehr vom beruhigten Nachthimmel herab. Durstig hatte der Lavaboden die herabströmenden Wassermassen eingesogen. Der Mond war wieder am Himmel aufgezogen und beleuchtete den unsicheren Pfad.

Vor dem Eingang zur Höhle stand Arbazes ein Weilchen still, um Atem zu schöpfen, dann schritt er mit gesammelter Kraft über die unheimliche Schwelle.

Der Fuchs sprang hervor und meldete seiner Gebieterin durch lautes Geheul den Gast an.

Die Alte hatte ihren Sitz wieder eingenommen und saß bleich wie ein Gespenst in grimmiger Ruhe da. Zu ihren Füßen lag auf getrockneten Kräutern die verwundete Schlange, die manchmal vor Schmerzen zusammenzuckte.

»Zurück«, rief die Alte, und der Fuchs legte sich lauernd zu ihren Füßen.

»Erhebe dich, Dienerin der Nacht und des Styx«, rief Arbazes gebieterisch, »ein höherer Meister in der magischen Kunst begrüßt dich, erhebe dich und heiße ihn willkommen!«

Die Alte erblickte jetzt die hohe Gestalt des Ägypters und sein dunkles Gesicht. Sie sah ihn mit starren Augen an, wie er in seinem orientalischen Mantel, mit übereinander geschlagenenArmen ernst und düster vor ihr stand.

»Wer bist du«, redete sie ihn endlich an.

Arbazes erwiderte stolz: »Ich bin der Meister, vor dessen Namen die Magier des Morgen- und Abendlandes sich beugen, dessen Ruhm vom Ganges bis zum Tiber, vom Nil bis zu den Tälern Thessaliens erschallt.«

Die Alte meinte: »Es gibt nur *einen* Mann, der auf einen solchen Ruhm Anspruch erheben könnte. Die Leute nennen ihn Arbazes, den Ägypter – bei uns Eingeweihten aber heißt er Hermes, der Meister vom flammenden Gürtel.«

»Sieh her«, sagte Arbazes, »er steht vor dir.«

Bei diesen Worten schlug er den Mantel zurück, und ein flammender Gürtel, der mit geheimnisvollen Zeichen bedeckt war, brannte um seinen Leib.

Hastig stand die Alte auf, warf sich dem Meister zu Füßen und rief in unterwürfigem Ton: »Ich verehre dich, den Meister vom flammenden Gürtel, nimm meine Huldigung an!«

Der Ägypter sagte: »Ich habe mit dir zu reden.«

Er setzte sich auf einen Holzblock und winkte der Alten, ihren Sitz wieder einzunehmen. Sie neigte demütig ihren Kopf und gehorchte.

»Wie mächtig auch unsere Kunst ist«, begann Arbazes, »so müssen wir dennoch zuweilen unsere Zuflucht zu natürlichen Mitteln nehmen. Selbst der Meister vom flammenden Gürtel beschwört den Mond nur zu großartigen außerordentlichen Zwecken. Versteh mich also recht. Du bist mit den tödlichen Kräften giftiger Kräuter vertraut. Nicht wahr, es ist so!«

»Mächtiger Hermes, ich kenne allerdings die geheimen Kräfte aller Kräuter, die hier am Vesuv gedeihen.«

»Nun hör zu: Morgen abend kommt ein eitles verliebtes Mädchen aus Pompeji zu dir. Sie möchte sich einen Liebestrank holen, um damit die verlorene Liebe ihres Freundes wiederzugewinnen. Gib diesem Mädchen statt des Liebestrankes eines deiner wirksamen Gifte. Der ungetreue Liebhaber soll in die Welt der Schatten hinunterpilgern.«

Die Alte erschauderte: »Wenn es sein kann, großer Meister, so verschone mich mit diesem Auftrag. Auch ich habe einmal vor vielen Jahren gewußt, was Liebe ist ... Zur Giftmischerin bin ich nicht geboren.«

Das verschrumpfte Gerippe der Alten zuckte. Arbazes blickte verwundert auf sie herab.

Dieses Scheusal, dachte er, hat also auch noch menschliche Regungen.

Er lachte höhnisch und meinte: »Solche Empfindungen geziemen der Jugend. Das Alter muß sich verhärten! Denke nicht mehr an das zärtliche Spiel deiner frühen Jahre, sondern höre mich! Ich verpflichte dich bei den Furien der Unterwelt zum Gehorsam. Mein Gebot heißt *Rache*! Ich will den jungen Laffen, der den Trunk schlürfen soll, aus dem Reich der Lebendigen vertilgt wissen. Er stört meinen Weg. Er kann sich keinerlei Verdienste rühmen – hat nur eine schöne Larve! Ich sage dir, dieser Athener, dieser Glaukus, wird den unterirdischen Mächten anheimfallen, er – muß – sterben!«

Mit jedem Wort hatte sich die Wut des Ägypters gesteigert. Wie ein Rasender schritt er in der Höhle auf und ab.

Da, als er den Namen des Atheners aussprach, fuhr die Alte plötzlich auf: »Glaukus – heißt er so?«

Ihre Augen glühten im Gedanken an die Begegnung, die sie kurz zuvor mit dem Athener gehabt hatte.

»Wohlan«, rief die Alte, »ich bin deine Sklavin und bereit, dir zu dienen. Allein höre: Wer Blutschuld auf sich lädt, verfällt den Mächten der Unterwelt. Uns stehen andere Mittel zu Gebot. Statt des tödlichen Giftes will ich ihm ein anderes reichen, das ihm das Leben nicht raubt, das aber sein Hirn verwirrt, seinen Verstand in Wahnsinn wandelt und ihn zum Narren, zum Verrückten macht. Ich glaube, daß auch durch dieses Tränklein deine Rache befriedigt wird.«

»Haha, du bist eine Zauberschwester, die meiner würdig ist. Das hast du fein ausgeklügelt. Viel gräßlicher als der Tod ist so ein Schicksal.«

Die Alte fuhr fort: »Dabei haben wir gar nichts zu fürchten. Es gibt tausend Ursachen, die einen Menschen zur Tollheit treiben können. Unsere Spur wird man nicht entdecken.«

»Zwanzig Jahre sollst du länger leben«, antwortete Arbazes dankbar, »ich will ins Antlitz der bleichen Gestirne eine neue Epoche deines Schicksals schreiben. Nicht umsonst sollst du dem Meister vom flammenden Gürtel gedient haben. Und hier, befreundete Sibylle, grab dir mit diesen goldenen Werkzeugen eine wärmere Zelle in deiner schaurigen Höhle aus.«

Bei diesen Worten ließ er eine Handvoll Goldstücke der Alten in den Schoß rollen, gierig griffen die dürren Hände danach.

»Leb wohl«, rief Arbazes, »versäume nichts, hab acht auf die Gestirne, wenn du den Trank bereitest und mischt.«

Ohne den Dank der Alten abzuwarten, schritt er davon, stapfte ins Freie und pilgerte den Berg hinab.

Die Hexe aber blieb im Höhleneingang stehen und blickte dem scheidenden Meister nach. Gespenstisch schien der Mond auf die davongehende Gestalt.

Nach einer Weile schlich die Alte in ihre Höhle zurück, suchte die Goldstücke zusammen, ergriff die Lampe und verschwand im tiefsten Winkel hinter einem Felsenblock. Ein ganz schmaler Gang senkte sich abwärts, als führte er in die Eingeweide der Erde. Hier lüftete sie einen Stein und legte die Goldstücke zu anderen gleißenden Schätzen, die sie beim Lampenschimmer mit ängstlichem Blick überzählte. Schweigend legte sie den Stein wieder darauf.

Sie lauschte. Unter ihren Füßen hörte sie in der Tiefe ein hohles Brausen.

Es knisterte. Durch einen Spalt quoll aus dem Boden Schwefelqualm.

»Die Schatten machen einen ungewohnten Lärm«, sagte die Alte und schüttelte verwundert die grauschmutzigen Locken. Als sie durch den geborstenen Felsen in die Tiefe sah, bemerkte sie tief unten dunkelrote flackernde Flammen. Sie züngelten gefährlich.

»Was kocht und braut ihr da unten«, murmelte die Zauberin, »was habt ihr in eurer Unterwelt für ein geschäftiges Getue?«

Endlich kehrte sie zu ihrem Platz in der Höhle zurück. Der Fuchs verkroch sich mit lautem Geheul in einer finsteren Ecke. Selbst die Hexe schauderte bei dem seltsamen Gewinsel des Tieres. Sie plapperte einen Zauberspruch und tappte hin zu ihren Kräutern, um die Aufträge des Ägypters zu vollziehen . . .

In derselben Nacht und zu derselben Stunde, da die Alte vom Vesuv unter beschwörenden Formeln den Gifttrank für Glaukus bereitete und die Götter der alten Welt bei ihrem unheiligen Werk anrief, empfing Jones Bruder Apaecides in der Gemeinde der Nazarener das Sakrament der Taufe.

Der verhängnisvolle Trank

»Hast du wirklich den Mut, Julia, heute abend mit dem Ägypter die Zauberin des Vesuvs zu besuchen?« fragte das blinde Blumenmädchen die Tochter des reichen Diomed.

»Warum nicht, Nydia?« meinte Julia unbekümmert.

»Hm, wenn dir schon vor der alten Hexe nicht graut, so solltest du doch gegenüber Arbazes vorsichtig sein.«

»Wie? Arbazes? Bei der Diana, ich habe niemals einen zuvorkommenderen Herrn gesehen als diesen Magier. Wenn er von der Sonne Ägyptens nicht so verbrannt wäre, könnte man sogar an seinem Gesicht Gefallen finden.«

Nydia erhob keine Einwände mehr. Doch äußerte sie die Bitte: »Laß mich mitkommen, Julia! Wenn ich dich auch nicht beschützen kann, so möchte ich dich doch nicht allein gehen lassen.«

»Ja, dein Vorschlag gefällt mir. Aber wir werden erst spät zurückkehren. Man wird dich vermissen.«

»Jone ist nachsichtig«, entgegnete Nydia, »ich brauche ihr nur eine Andeutung zu machen, daß ich den Abend gern bei einer meiner früheren Beschützerinnen zubringen möchte, dann wird Jone es sicherlich erlauben, dir gefällig zu sein.«

»Einverstanden! Ich lasse für dich ein Bett in meinem Schlafzimmer bereitstellen.«

Nach dieser Verabredung verließ Nydia das Haus Diomeds.

Auf dem Weg zu Jone begegnete ihr Glaukus. Er fuhr in seinem Wagen daher. Freundlich hielt er sein stattliches

Gespann an, um mit dem Blumenmädchen ein paar Worte zu sprechen.

»Sieh da, Nydia! Sag mir doch, wie geht es deiner Herrin? Ich hoffe, sie hat sich von den Folgen des Unwetters erholt.«

»Ich sah sie heute morgen noch nicht, doch wollte ich sie bitten ...«

»Nicht so nah, mein Kind, das Pferd könnte dich treten. Was wolltest du bitten?«

»Würde mir meine Gebieterin wohl erlauben, einen Tag bei der Tochter Diomeds zuzubringen? Sie wünscht es und war mir gewogen, als ich noch wenige Freunde hier hatte.«

»Selbstverständlich! Ich stehe ein für Jones Erlaubnis!«

»Dann möchte ich wohl über Nacht ausbleiben und erst morgen heimkehren«, sagte Nydia.

»Wie es dir und Julia gefällt. Empfiehl mich ihr! Leb wohl!«

Glaukus griff munter zur Peitsche, knallte – da zogen die Rosse seinen eleganten Wagen davon. Es ging zur Villa der schönen Jone ...

Als der Abend dämmerte, ließ sich Julia zusammen mit dem Blumenmädchen in der Sänfte zum Hain des Silen tragen. Dort unter den Bäumen befahl sie den Sklaven, die Sänfte abzusetzen. Sie stieg mit Nydia aus und erreichte bald die von dem Ägypter bezeichnete Stelle.

Auf einem grünen Rasenplatz stand die Statue Silens. Der heitere Gott lehnte sich an einen Baumstamm, hielt mit der Rechten über seinem Mund eine üppige Traube. Die Sterne flimmerten durch das Laub.

»Ich sehe den Magier gar nicht«, sagte Julia und blickte rings umher. In diesem Augenblick trat der Ägypter langsam aus einem nahen Gebüsch, er war in ein lang herabwallendes Gewand gehüllt.

»Sei gegrüßt, schöne Julia«, sagte er, »allein wer ist denn bei dir? Wir dürfen keine Begleitung haben.«

»Es ist nur das blinde Blumenmädchen, großer Magier«, antwortete Julia.

»Aha, Nydia«, sagte der Ägypter, »ich kenne sie wohl.«

Die Blinde trat ängstlich zurück.

»Du bist, wenn ich mich recht erinnere, in meinem

Haus gewesen«, bemerkte der Ägypter. Er trat ein wenig näher zu Nydia und flüsterte: »Wage es nicht, von Dingen zu sprechen, die du in meinem Haus gehört hast.«

Da er trotz dieser Warnung dem blinden Mädchen nicht recht traute, nahm er Julia auf die Seite und sagte zu ihr: »Die Alte vom Berge sieht nie mehr als zwei Menschen bei sich. Laß Nydia hier, bis wir zurückkommen. Du hast doch Vertrauen zu mir, das Mädchen ist uns nur eine Last.«

Julia hatte keine Angst, und so willigte sie sogleich ein, daß Nydia hier auf sie warten sollte. Die Blinde lagerte sich gehorsam unter einer dichtbelaubten Ulme auf das weiche Moos. Sie war von trüben Gedanken erfüllt, als sie einsam hier die Stunden vergrübelte.

Langsam verstrich die Zeit. Endlich hörte sie, wie sich Fußtritte wieder dem Baum näherten, wo sie verweilte.

»Dank den unsterblichen Göttern«, rief Julia, »endlich bin ich zurückgekehrt, und die furchtbare Höhle liegt hinter mir. Komm, Nydia, wir wollen schnell forteilen.«

Sie nahm die Blinde bei der Hand und lief mit ihr zu der Stelle, wo sie ihre Sänfte zurückgelassen hatte. Unterwegs sprach sie kein einziges Wort. Erst als sie mit dem Blumenmädchen wieder in ihrer Sänfte saß, fing sie an zu reden.

Sie sagte: »Oh, was für eine Szene! Welche entsetzliche Beschwörung! Und das totenbleiche Gesicht der Alten! Genug, nichts mehr davon! Ich habe den Zaubertrank, den ich wollte, erhalten. Er wird mir helfen, Glaukus wieder für mich zu gewinnen.«

»Glaukus?« rief Nydia.

»Habe ich es dir noch nicht gesagt? Nun, du sollst es wissen: Der schöne Grieche ist es, den ich liebe.«

Die Gedanken wirbelten durch den Kopf der Blinden. Oh, sie hatte, ohne es zu wissen, mitgewirkt, Glaukus von Jone zu trennen. Ihr Herz zuckte schmerzhaft. Nein, dieser Julia gönnte sie den Athener nicht. Die Blinde drückte sich in eine Ecke, damit Julia nicht sehen konnte, wie erregt sie war. Julia aber achtete gar nicht auf die Gemütsbewegung ihrer Begleiterin, sie sprach lebhaft weiter von der erhofften Wirkung des Trankes, von ihrem nahen Triumph über Jone.

Unterdessen gewann Nydia ihre Fassung wieder. Da zuckte ein jäher Gedanke durch ihren Kopf. Sie schlief heute nacht in demselben Zimmer wie Julia, sie konnte sich des Trankes bemächtigen!

Als sie zu Hause ankamen, erwartete sie bereits das Abendessen. Julia ließ die Schalen mit Syrakuser Wein füllen.

»Trink, Nydia«, sagte sie, »du wirst erkältet sein, die Nachtluft war kühl, und mir selber ist auf dem Berg das Blut zu Eis erstarrt . . .«

Sie leerte die Schale in durstigen Zügen. Aber Nydia berührte den Wein nicht.

Erregt von ihrem Vorhaben achtete Julia nicht darauf, sondern fuhr schwatzhaft fort: »Hoffentlich hat Glaukus, wenn er den Trank von mir bekommt, so viel Durst wie ich heute abend. Oh, könntest du das Tränklein nur sehen, kleine Nydia, es sieht so unschuldig aus wie kristallhelles Wasser, man traut ihm gar keine Wunderkraft zu.«

»Laß mich einmal das Gefäß halten«, bat Nydia, »ich möchte es befühlen.«

Julia reichte ihr das geheimnisvolle Fläschchen.

»Mir ist, als ob mir die Hand brenne«, sagte Nydia, indem sie das Fläschchen von einer Hand in die andere nahm. »Ist es auch fest verschlossen?«

»Du kannst es öffnen«, entgegnete Julia, »es ist ganz geruchlos. Wie seltsam, daß dies klare Wässerchen eine so unheimliche Macht besitzt.«

»Der Trank wirkt augenblicklich, sagst du«, fragte Nydia.

»Gewöhnlich, ja! Manchmal dauert es aber auch etwas länger.«

»Der Trank behält seine Wirkung, auch wenn ihn ein anderer als du dem Glaukus reichen sollte?«

»Wenn ihn Glaukus von einem häßlichen Scheusal erhielte, so würde er auch zu einer solchen Person in Liebe entbrennen.«

Julia war von dem Wein und von der Aufregung erhitzt und plauderte lebhaft und lustig daher. Sie war sich ihrer Sache sicher. Sie lachte laut und sprach von hunderterlei Dingen. Erst spät in der Nacht rief sie ihren Sklavinnen zu, sie auszukleiden. Als sie die Dienerinnen entlassen hatte und mit Nydia allein war, drückte sie das Fläschchen an ihr Herz und rief: »Geliebtes Tränklein, ich will erst dann mit mir zufrieden sein, wenn ich dich in den Becher des Atheners geschüttet habe. Hier unter meinem Kopfkissen sollst du liegen. Nun heller Geist, schenke mir liebliche Träume!«

Mit diesen Worten legte sie das Fläschchen unter das Kissen.

Nydias Herz pochte heftig.

»Warum trinkst du nur Wasser?« fragte Julia die Blinde, »dort auf dem Tischchen steht doch genug Wein! Du sollst dir an mir ein Beispiel nehmen.«

»Ich glühe«, sagte Nydia, »das Wasser kühlt mich. Ich will diesen Krug neben mein Nachtlager stellen. Er soll mich erquicken, wenn ich vor Durst nicht einschlafen kann. Und noch eins, schöne Julia! Ich muß dich morgen in aller Frühe verlassen, so befahl es Jone. Ich bin vielleicht fort, ehe du wach bist, darum sage ich dir schon heute Lebewohl!«

»Ich danke dir für deine Begleitung – und wenn wir uns wiedersehen, wirst du wohl schon Glaukus zu meinen Füßen finden.«

Sie legten sich nieder. Julia schlief bald ein. Sie war übermüdet von den Aufregungen des Tages und dem Genuß des Weines.

Nydia aber wachte. Sie lauschte auf die leisen Atemzüge Julias. Bald war sie sicher, daß ihre Gefährtin in den tiefsten Schlaf gesunken war.

»Jetzt, Venus, sei mir hold«, flehte Nydia, erhob sich lautlos von ihrem Lager, schlich zu Julias Bett hin und fand mit sicherem Gefühl bald, was sie suchte. Vorsichtig goß sie den kostbaren Liebestrank in ein leeres Gefäß, das sie auf dem Toilettentisch herausgesucht hatte, füllte das Fläschchen wieder mit reinem, klaren Wasser und legte es unter das Kopfkissen Julias zurück. Dann stahl sie sich mit ihrer Beute zu ihrem Lager hin und erwartete den anbrechenden Tag.

Als die Vögel draußen im Garten das aufgehende Tagesgestirn ankündeten, kleidete sie sich geräuschlos an, verbarg das gestohlene Tränklein wie ein Kleinod in ihrem Gewand, nahm ihren Stab und eilte aus dem Haus.

Der Türhüter Medon, der auch schon aufgewacht war und den Eingang bewachte, sagte ihr freundlich guten Morgen, als sie die Stufen herabstieg, die zur Straße führten.

Nydia hörte kaum hin. Sie dachte an Glaukus. Nun schien sie das Wundermittel, ihn zu gewinnen, endlich selber in der Hand zu haben.

Hoffnungsvoll, aber doch von manchem bangen Zweifel erfüllt, schritt sie in die erwachende Stadt Pompeji hinein.

Glaubenseifer der Nazarener

Olinth war ein leidenschaftlicher Verfechter des christlichen Glaubens. Sein feuriger Geist glaubte in Apaecides ein vom Himmel gesandtes Werkzeug zu erkennen, einen Prediger, der berufen war, das betrogene Volk über das Gaukelspiel des Isisdienstes aufzuklären. Ohne zu zögern, wollte Olinth die Begeisterung des Neubekehrten für diesen heiligen Zweck einsetzen. Er traf sich am Abend nach der Taufe im Hain der Cybele mit dem Jüngling.

Nachdem sie schweigend einen einsamen dichtbelaubten Gang erreicht hatten, nahm Olinth das Wort.

»Bei der nächsten feierlichen Befragung des Orakels«, sagte er, »wirst du ein Zeugnis des heiligen Geistes, der nun in dir wirksam ist, ablegen. Du wirst auf die Stufen des Tempels treten, dem Volk den Betrug der Isispriester laut verkündigen und die Menge auffordern, in den Tempel selbst einzutreten, um sich von den betrügerischen Vorrichtungen bei den Orakelsprüchen zu überzeugen. – Fürchte dich nicht: Der Gott, der den Daniel in der Löwengrube schützte, wird auch dich in seinen Schutz nehmen. Wir aus der Gemeinde des Herrn werden uns unterm Volk befinden, wir wollen die Zögernden antreiben, und ich selbst werde, wenn der erste Unwille über den Betrug der Isispriester laut wird, das heilige Kreuz auf den Altar der Isis pflanzen.«

Dem leidenschaftlich erregten Apaecides war dieser

Vorschlag willkommen. Er freute sich, daß er sich so bald schon in seinem neuen Glauben bewähren konnte.

Bereitwillig stimmte Apaecides zu. Dann trennten sie sich rasch, um die Vorbereitungen zu treffen und die übrigen Mitglieder der christlichen Gemeinde zu verständigen.

Schon am zweiten Tag nach dieser Besprechung sollte ein Fest der Isis begangen werden. Zuvor wollte man sich noch einmal im Hain der Cybele treffen, um die Durchführung des Planes im einzelnen zu bestimmen.

So hatten die Glaubensbrüder genau ihre Pläne festgelegt, aber sie hatten sich bei ihrer Besprechung nicht überzeugt, daß sie allein und unbelauscht waren.

Der Isispriester Calenus, der in der Nähe versteckt war, hatte alles gehört und erfahren. Kaum hatten die beiden Nazarener den dunklen Laubenweg verlassen, da schlich hinter einer Eiche der widerwärtige, an Geist und Körper verkümmerte Calenus aus seiner Verborgenheit hervor.

Er murmelte drohend: »Verdammter Apaecides, so bin ich dir nicht umsonst nachgegangen! Das konnte ich mir wohl denken, daß ein Isispriester mit einem Nazarener absonderliche Gespräche zu führen hätte. Unsere heiligen Mysterien wollen sie verhöhnen! Nun ich werde euch auch bei eurer zweiten Unterredung belauschen! Möge Osiris mein Gehör schärfen, damit ich eure Freveltat entdecke. Ich werde dann Arbazes rechtzeitig eure Verschwörung mitteilen. Er wird bestimmen, wie wir dieses verräterische Unternehmen vereiteln können. Fürs erste aber muß ich nun mein Geheimnis tief in der Brust verschließen.«

Mit diesen Worten zog Calenus seine Kapuze über den Kopf und schlich gedankenvoll nach Hause.

Vorbereitungen für ein Gastmahl

Heute war der Tag, an dem der reiche Kaufherr Diomed seinen Freunden ein Gastmahl geben wollte. Man erwartete den liebenswürdigen Glaukus, die schöne Jone, den diensteifrigen Beamten Pansa, den hochgeborenen Clodius, den Feinschmecker Sallust und eine Reihe anderer

Gäste. Namentlich ein paar verarmte Patrizier waren noch geladen, da der Plebejer Diomed gern mit Leuten besserer Herkunft Staat machte. Nahezu zwanzig Personen sollten die Tafel schmücken.

Klar, daß bei einer solchen Anzahl sich der Hausherr um die Vorbereitungen kümmern mußte. Schon früh am Tag war er aufgestanden, hatte die Tunika um den Leib gegürtet und watschelte nun in losen Sandalen schwerfällig von Gemach zu Gemach, um die notwendigen Anordnungen für das Fest zu treffen. Wenn ein Sklave es ihm nicht recht machte, half er mit einem Stockhieb nach. Er verschmähte es auch nicht, in die geheiligten Räume der Küche einzudringen, wo die Priester der irdischen Festlichkeit, die Herren Köche, ihres Amtes walteten.

Als Diomed in die Küche trat, wurden seine Ohren von dem Geklapper der Schüsseln und Pfannen angenehm berührt. Da gab es Schmortöpfe, Pastetenformen, Roste und Bratspieße aller Art. In einem tragbaren Herd aus Bronze, der wie eine kleine Festung mit vielen Türmen und gezackten Mauern besonders kunstvoll gearbeitet war, flackerte das Feuer. Da duftete bereits ein leckerer Braten, und aus den aufgesetzten Tiegeln dampfte es verheißungsvoll.

Diomed, der trotz seines Reichtums in vielen Dingen vom Geiz gepackt war, brummte in seinen Bart: »Der verwünschte Congrio! Dieser nichtsnutzige Oberkoch! Hat heute wieder eine ganze Legion von Köchen angenommen, sie werden uns am Ende den Brei verderben und mir die Rechnung versalzen. Wie sie schwitzen, diese durstigen Kehlen! Wehe meinen Weinkrügen! Was diese Aushilfsköche für lange Finger haben! Was sie für weite Taschen in ihrer Tunika tragen! Ich Unglücklicher!«

Die Köche taten so, als ob sie ihren Herrn gar nicht bemerkten, und arbeiteten mit verdoppeltem Eifer.

»Was für altes Gerümpel habt ihr in eurer Küche«, rief einer von den Gehilfen dem Oberküchenmeister zu, »da geht es doch ganz anders bei Sallust her, der hat eine Eierpfanne für fünfzig Setzeier und eine Kuchenform, in der die ganze Belagerung Trojas abgebildet ist.«

»Schweig, du Narr«, gab ihm der Oberkoch Congrio zur Antwort, »mein Herr ist kein solcher Verschwender, daß er auch in der Küche jede Mode gleich mitmacht. Er ist sparsam veranlagt.«

»Du lügst«, schrie Diomed ihm zu, »du allein kostest mich soviel, daß selbst ein Lukullus durch dich zugrunde gerichtet werden könnte. Komm hervor aus deiner Höhle, ich habe mit dir zu sprechen.«

Congrio blinzelte den anderen Gehilfen zu und gehorchte dann dem Befehl.

»Du Spitzbubengesicht«, rief ihm der erzürnte Herr zu, »wie kannst du mir all diese Schufte ins Haus bringen, lauter Diebesgelichter!«

»Ich gebe dir die Versicherung, Herr, daß das Leute von respektablem Charakter sind, die besten Köche von ganz Pompeji! Es hat genug Mühe gekostet, sie zu bekommen, indessen mir zu Gefallen . . .«

»Dir zu Gefallen? O du Galgenvogel! Ha, wieviel Münzen hast du mir entwendet, wieviel hast du mir beim Einkaufen unterschlagen, wieviel Speisen und Geschirr hast du auf die Seite gebracht, damit dir diese Burschen jeden gewünschten Gefallen tun, he?«

»Du trittst meiner Ehrlichkeit zu nahe, Herr, mögen die Götter mich verlassen, wenn ich . . .«

»Schwöre nicht«, rief Diomed, »die Götter könnten den Meineidigen niederschmettern, noch bevor das Essen fertig wäre. Genug davon! Nur soviel sage ich dir, hab ein scharfes Auge auf deine unsauberen Gehilfen und schwatze mir morgen nichts von zerbrochenem Geschirr und wundersam verschwundenem Silbergerät, sonst will ich aus deinem Rücken eine einzige große Beule machen. Achte auf die Hühner, daß sie nicht zu scharf gebraten werden. Du hast mir soviel Geflügel auf die Rechnung gesetzt, daß ein mäßiger Mann ein ganzes Jahr davon leben könnte. Sei bescheiden, Congrio, oder besser gesagt, schone meinen Geldbeutel!«

»Laß mich nur machen! Dein Gastmahl wird prunkvoll aussehen, aber doch auf deine Münzen Rücksicht nehmen.«

»Wenn das nur wahr wäre! Was duftet denn aus diesem Topf? Mir scheint . . .«

»Ach, nur Nachtigallenzungen, mein Gebieter, mit britischen Austern und Knoblauch.«

»O du heilloser Verschwender! Ich bin ruiniert! Nachtigallenzungen mit Austern! Hat man dergleichen schon erlebt? Nun geh jetzt, was stehst du noch da, eile dich, du mußt deine Augen überall haben, besonders in den Taschen deiner Gehilfen, streng dich an, übertriff dich selbst, meine Gäste sollen sehen, was meine Küche vermag. Es geht um mein Ansehen, meine Ehre!«

Der Küchenmeister zog sich in sein umdampftes Reich zurück, während der gestrenge Hausherr, der zwischen Sparsamkeit und äußerer Repräsentation hin- und herschwankte, seinen fülligen Leib den Prunkgemächern des Hauses entgegenwälzte. Hier stellte er fest: Alles glänzte aufs schönste, die Vorhänge waren abgestaubt, die Mosaikböden gleißten wie Spiegel, von den Springbrunnen wehte ein kühles Lüftchen, herrlich dufteten die Blumen aus den Vasen.

»Wo ist meine Tochter Julia?« fragte der Hausherr eine Sklavin. »Im Bad«, antwortete demütig die Dienerin.

»Gut, daß ich daran denke! Wie die Zeit vergeht! Ich muß ja auch noch baden.«

Apaecides besucht Jone

Als Apaecides am Tag nach der Besprechung mit Olinth aus einem unruhigen fieberhaften Schlaf erwachte, dachte er sogleich wieder an seinen gestrigen folgenschweren Entschluß. Keine Brücke führte zur Vergangenheit zurück. Er grübelte über die Forderung Olinths nach, die Mysterien der Isis, in die er eingeweiht war, zu enthüllen. Wenn er die Altäre, die er bedient hatte, und die Göttin, deren Priestergewand er getragen, in aller Öffentlichkeit preisgab, dann mußte er sich den furchtbaren unversöhnlichen Haß aller Verehrer der Göttin Isis zuziehen. Man würde ihm seine Tat als Gotteslästerung auslegen! Konnte er erwarten, daß ihn wenigstens seine Freunde, seine Schwester verstünden? Oh, in ihren heidnischen Augen war er wohl der heillos Abtrünnige, dessen Vergehen man im besten Fall als Raserei deuten konnte.

Wenn er den Worten Olinths folgte, dann setzte er sein Leben aufs Spiel. Aber vielleicht gewann er sich mit einer solchen öffentlichen Bekennertat das ewige Heil, das ihm in leuchtenden Farben soeben verkündet worden war. Der Himmel in seiner Glorie öffnete sich ja den Märtyrern – so sagten alle Christen.

Von Zweifeln erfüllt, aber doch zugleich vom Gedanken an die Seligkeit hochgemut gestimmt, schritt Apaecides, der das Priestergewand der Isis noch trug, vor dem Tempel der Göttin auf und ab. Manchmal schauderte er vor seinem Vorhaben zurück und fiel in düstere Gedanken, dann straffte sich wieder sein Körper, und er blickte herausfordernd die heidnischen Götterbilder an.

Da rief plötzlich eine heisere Stimme ihm zu: »Sei gegrüßt, Apaecides! Hast du gut geschlafen? Hat unsere große Göttin sich dir in Traumgesichten enthüllt?«

»Enthüllt vielleicht – aber nicht in Traumgesichten. Würde das Volk sie so genau kennen wie ich jetzt, so wären ihre Altäre wohl bald verlassen.«

Calenus, der seine rauhe Stimme vergeblich süß und mild formen wollte, erwiderte: »Das wäre wohl möglich, aber die Göttin ist weise genug, nur ihre Priester zu Vertrauten zu machen.«

»Es könnte aber eine Zeit kommen, in der das eigentliche Bild der Göttin ohne ihre Zustimmung enthüllt wird.«

»Das ist nicht wahrscheinlich, da sie schon so unzählige Menschenalter hindurch ihre Herrschaft behauptet. Was sich so lange Zeit bewährt, erliegt selten einem flüchtigen Augenblick. Für dich jedenfalls, mein Lieber, geziemen sich solche Reden nicht.«

»Du hast nicht das Recht«, antwortete Apaecides hitzig, »mir das Wort zu verbieten.«

»Nicht gleich so heftig, ich will keinen Streit mit dir anfangen. Hat dich denn der große Ägypter nicht davon überzeugt, wie notwendig es ist, daß wir untereinander in Eintracht leben! Nur wenn wir zusammenhalten, können wir das Volk täuschen und dann desto ungestörter von den Dummen leben.«

»Nun, du hast jedenfalls von Arbazes den richtigen Unterricht erhalten«, lächelte Apaecides bitter.

»Ich hätte ihn nicht so dringend gebraucht wie du! Ich bin von Natur aus ein bißchen leichtsinnig und vergnügungssüchtig. Aber du solltest achtgeben, daß du dir nicht das leichte schöne Leben eines Isispriesters verscherzt. Fürchte den Zorn der Göttin, wenn du den gefüllten Becher, den sie dir freigebig reicht, so unbesonnen von dir stößt.«

»Fürchte du vielmehr die Stunde, in der die Gräber sich auftun und Gericht gehalten wird über die Lebenden und Toten«, rief Apaecides mit feierlichem Ernst und verließ hierauf den verdutzten Calenus. Mit langsamen Schritten entfernte er sich und warf keinen Blick mehr zurück.

Zunächst wählte er den Weg zum Haus seiner Schwester Jone. Sie vor allem wollte er noch einmal sehen, ehe ihn der kommende Tag zur entscheidenden Tat rief.

Er fand Jone mit ihrer Dienerin Nydia im Garten der schönen Villa.

»Das ist nett von dir, daß du dich bei mir sehen läßt«, sagte Jone freudig, »wie habe ich mich danach gesehnt, meinen Bruder zu umarmen! Ich möchte gern mit dir sprechen. Ich habe oft Angst vor dem Ägypter Arbazes.«

»Oh, liebe Schwester. Wir haben uns beide in dem gottlosen Mann getäuscht. Aber ich hoffe, daß ich bald der ganzen Welt zeigen kann, was für ein Heuchler und Scharlatan dieser Ägypter mit dem ganzen Gefolge seiner Kreaturen ist. Aber jetzt nichts davon! Wir wollen uns dorthin in den Schatten setzen, wollen wenigstens auf kurze Zeit die böse Welt vergessen und nur daran denken, wie schön unsere gemeinsame Kindheit war.«

Bruder und Schwester saßen schweigend unter dem Laubdach einer Platane. Zu ihren Füßen dufteten die Blütenkelche, darauf wiegten sich die Schmetterlinge. In der Ferne glitzerte das unendliche Meer.

Nydia ging nach dem anderen Ende des Gartens, so daß die Geschwister jetzt allein waren.

»Geliebte Schwester«, begann Apaecides nach einer Weile in feierlichem Ton, »lege deine Hand auf meine Stirne, laß mich den Trost deiner Nähe fühlen! Sag auch ein paar Worte zu mir, denn ich liebe deine Stimme. Sie klingt für mich schöner als Musik. Nur um eines bitte ich dich, wenn du die zärtlichen Bilder unserer Kindheit streifst: Sag mir nichts mehr von den Göttern, die uns damals als heilig galten. An jede andere Szene aus unserer Kindheit will ich mich gern und froh erinnern – nur von den Göttern schweige!«

»Was soll ich da sagen«, seufzte Jone, »alle unsere frühen Erinnerungen sind mit den Göttern und ihren Tempelhainen verbunden, wir wurden religiös erzogen. Wenn ich nun jedes Wort darüber vermeide, verfälsche ich auch unsere gemeinsamen Jahre. Wir lebten doch gleichsam mit unseren Göttern.«

»Unsere Götter, sagst du und vergißt, daß ich dich gebeten habe, darüber zu schweigen.«

»Ja – willst du denn auch von der Göttin Isis nichts mehr hören?«

»Nein, weg mit ihrem Trugbild! Genug davon, Jone! Wir wollen jetzt nicht darüber streiten, wir wollen nicht reden und richten. Du würdest sagen, ich sei ein Abtrünniger geworden, ich selber aber müßte in dir eine Götzendienerin erblicken. Liebe Schwester, vergessen wir solche Namen und Gedanken für diese Stunde! Deine freundliche Nähe beruhigt meine Seele. Wenn ich so mit dir Hand in Hand sitze, ist mir, als wären wir wieder Kinder wie einst und der Himmel würde auf uns herab mit gleicher Liebe lächeln. Erinnerst du dich, wie wir in kindlicher Unschuld Blumen an den Quellen pflückten? So möchte ich auch einmal mit dir Hand in Hand in die Gärten des Himmels einziehen, wo wir uns dann mit unverwelklichen Blütenkränzen schmücken können.«

Jone verstand den Sinn dieser Worte nicht recht. Aber sie war von dem ernsten Ton des Bruders gerührt.

»Ich denke gern an unsere Kinderjahre«, sagte sie, »soll vielleicht Nydia uns ein kleines Lied der Erinnerung vorsingen?«

Apaecides nickte. Da ließ Jone eine Lyra aus der Säulenhalle bringen und rief Nydia heran. Die Blinde sang zur Begleitung des Instrumentes ihre kleinen zärtlichen Lieder, kannte auch manche Strophe, wie sie die Kinder so vor sich hinsingen, und entzückte auf diese Weise den Apaecides, der heute besonders empfindsam zu sein schien. Er vergaß wohl die harte Entscheidung, vor die er als neubekehrter Nazarener gestellt war, und erfreute sich bald an einem Lied der blinden Sängerin, bald an einem traulichen Gespräch mit seiner Schwester.

Schließlich sagte er ruhig und ernst: »Jone, es ist möglich, daß man bald meinen Namen beschimpft und mich verleumdet. Würdest du einem solchen Gerücht Glauben schenken und mich für einen verbrecherischen Menschen halten?« – »Niemals, mein Bruder, niemals!«

»Du glaubst doch auch, daß die Menschen für ihre guten Taten belohnt, für ihre bösen Handlungen bestraft werden?«

»Ja, das glaube ich!«

»Und weiter: Bist du nicht auch überzeugt, daß der wahrhaft Gute bereit sein muß, für die Tugend alles zu opfern?«

»Wer dies tut«, sagte Jone, »stellt sich den Göttern gleich.«

»Und nun noch eine Frage: Du willst Glaukus heiraten. Sag, liebst du ihn so tief wie dein eigenes Leben?«

»Ja«, sagte Jone errötend, »ich liebe ihn noch mehr als mein eigenes Leben.«

»Könntest du für ihn in den Tod gehen? Ich habe gehört, daß Frauen, die wahrhaft lieben, auch dazu fähig sind.«

»Ich könnte für Glaukus alles tun. Ja, ich könnte für ihn auch in den Tod gehen, wenn es sein müßte.«

»Genug! Wenn Frauen schon zu einer solchen Opferbereitschaft fähig sind, dann müssen die Männer noch mehr Mut zeigen.«

Apaecides sagte nichts mehr. Sein Gesicht war von göttlicher Begeisterung beseelt. Ernst, gedankenvoll und feierlich ruhte sein Auge auf Jone. Er küßte sie brüderlich, preßte sie noch einmal an sein klopfendes Herz und verließ gleich darauf mit schnellen Schritten das Haus.

Stumm blickte Jone dem Bruder nach. Ihre Sklavinnen erinnerten sie wiederholt, daß es Zeit sei, sich zum Gastmahl Diomeds umzukleiden und zu schmücken. Lange hörte sie nicht auf diese Mahnungen. Ihre Gedanken waren noch bei dem Bruder.

Erst nach geraumer Zeit erwachte sie aus ihren Träumen und ging mit den Dienerinnen in ihre Gemächer.

Ein glanzvolles Gastmahl

Der Feinschmecker Sallust war mit Glaukus auf dem Weg zum Hause Diomeds. Trotz mancher selbstsüchtiger Eigenschaften war Sallust gar kein so übler Bursche. Er zeigte sich als guter Freund und pflegte bei seinen Geschäften den Mitbürgern nicht zu schaden. Nur hatte er sich mit einer gewissen Starrheit die Philosophie der Epikureer in den Kopf gesetzt und glaubte, er sei es seiner Bildung schuldig, durch Wort und Tat nach dieser Lehre zu leben. Wie die anderen Epikureer bildete er sich ein, ein philosophischer Kopf müsse vor allem auf sein Wohlleben bedacht sein. Glaukus fand sich mit den Eigenheiten seines Freundes ab und mochte ihn gut leiden, da Sallust im Grund eben doch ein ganz netter Kerl war.

Wie sie so auf dem Weg dahinschlenderten, sagte Sallust: »Dieser Diomed ist zwar ein alter Gauner, aber er hat wie alle Menschen auch ein paar gute Seiten. Bei ihm sind die angenehmen Eigenschaften in seinem Weinkeller zu finden.«

»Na – seine Tochter ist auch nicht zu verachten!«

»Das ist wohl wahr – aber du bist wohl nicht mehr so sehr an ihr interessiert. Mir scheint, Clodius hat nun ein Auge auf sie geworfen.«

»Er würde dem alten Diomed als Schwiegersohn gewiß willkommen sein – unser Freund Clodius!«

»Unser Freund, sagst du? Was für gutherzige Burschen sind wir doch, daß wir uns mit so einem Taugenichts befassen.«

»Das Vergnügen führt Leute der verschiedensten Art zusammen. Clodius unterhält mich.«

»Und schmeichelt dir! Gleichzeitig betrügt er dich und uns.«

»Ist er wirklich ein falscher Spieler?«

»Kein Zweifel! Er ist ein Römer aus gutem Haus – aber er hat zuviel Geld ausgegeben. Nun muß er ein standesgemäßes Leben aufrechterhalten – und das kostet Geld. Also ergaunert er es sich im Spiel.«

»Nun – ich selber habe das Würfelspiel aufgegeben. Ja, gewiß, Sallust, wenn ich erst mit Jone verheiratet bin, will ich die Torheiten meiner Jugend wiedergutmachen. Auch du hast doch noch etwas anderes auf der Welt zu tun, als die Jahre mit leeren Vergnügungen zu vergeuden.«

»Ach«, entgegnete Sallust mit einem traurigen Lächeln, »was können wir denn viel tun? Das Leben ist kurz! Jenseits des Grabes ist es Nacht. Es gibt nur einen Spruch der Weisheit für uns sterbliche und schnell vergängliche Menschen, und der heißt: genießen!«

»Beim Bacchus! Zuweilen zweifle ich aber, ob unsere Vergnügungen wirklich den richtigen Lebensgenuß verschaffen.«

»Ich bin ein mäßiger Mann«, entgegnete Sallust, »und verlange durchaus nicht das Höchste vom Leben. Wenn wir ehrlich sind, gleichen wir den Verurteilten und berauschen uns an der Schwelle des Grabes mit Wein und Myrrhen. Täten wir es nicht, dann würden wir trübsinnig. Ich gestehe, daß ich beinahe selber ein Kopfhänger geworden wäre. Erst seitdem ich mich an die Flasche halte, ist mir ein neues Lebensglück aufgegangen.«

»Aber das viele Trinken führt dich nur schneller dem unwillkommenen Tod entgegen.«

»Die Unterwelt wäre mir gar nicht so unsympathisch, wenn sie wie ein richtiger Keller mit Wein wohlgefüllt wäre.«

»Ich glaube, du würdest noch mit Zerberus deine Späße machen. Bei alledem halte ich dich noch für den ehrlichsten meiner lustigen Zechkumpane und für den einzigen, der mich in der Not nicht aufsitzen ließe.«

»Vielleicht – wenn ich nicht gerade mit Austernessen beschäftigt bin. Aber genug der gescheiten Worte! Wir stehen vor dem Haus unseres Gastgebers.«

Die Freunde stiegen die Stufen hinauf und wurden in der Vorhalle von Diomed empfangen.

Der Hausherr führte sie in einen großartigen Saal, wo ihnen Julia in einem prachtvollen, mit Gold und Perlen durchwirkten weißen Gewand gegenübertrat. Kaum hatte sie die beiden Gäste begrüßt, als der Ädil Pansa mit seiner Gattin, Lepidus, Clodius und ein römischer Senator fast zur gleichen Zeit hereinkamen. Auch die anderen Gäste ließen nicht mehr lange auf sich warten. Nur Jone vermißte man noch.

Glaukus war schon mehrmals ans Fenster getreten, um nach der Geliebten zu sehen. Er wurde noch unruhiger, als die Tochter des Hauses sich zu ihm stellte und ihn in ein Gespräch verwickelte.

»Ist es«, fragte Julia, »in Athen Sitte, daß man sich um die alten Bekannten, die man häufig besucht hat, auf einmal gar nicht mehr kümmert?«

»Nein, gewiß nicht, schöne Julia.«

»Und doch scheint mir das eine Angewohnheit meines verehrten Freundes Glaukus zu sein.«

»Meine Freunde werde ich niemals meiden«, sagte der Grieche nachdrücklich.

»Und darf sich Julia darunter zählen?«

»Es würde selbst für den Kaiser eine Ehre sein, eine so liebenswürdige Freundin zu besitzen.«

»Du weichst meiner Frage aus«, erwiderte Julia. »Gut – sprechen wir von etwas anderem: Gehörst du nicht auch zu den Bewunderern der schönen Neapolitanerin Jone?«

»Zwingt uns nicht jede Schönheit zur Bewunderung?«

»Ach, wie fein umgehst du den Sinn meiner Fragen! Aber sag mir aufrichtig: Darf ich mich wirklich zum Kreis deiner Freunde zählen?«

»Wollte Julia mich so begünstigen, so würde ich den Göttern ein Opfer bringen.«

»Was hast du eigentlich? Du schaust mir ja gar nicht in die Augen. Dauernd siehst du zum Fenster hinaus. Was gibt's denn?«

Im gleichen Augenblick betrat Jone den Raum. Durch eine schnelle Bewegung verriet Glaukus, wie froh er war, daß Jone endlich auftauchte. Julia merkte natürlich, daß der Athener plötzlich ganz verändert war, aber sie ließ sich ihre eifersüchtige Anwandlung nicht merken und ging als Tochter des Hauses dem neuen Gast zur Begrüßung entgegen.

Im leichten Geplauder verbrachte man noch einige Minuten, dann wurde zu aller Freude das Zeichen zum Beginn des Mahles gegeben. Diomed, der etwas umständlich war, hatte einen Ausrufer bestellt, der jedem seinen Platz anwies. Man speiste an drei hufeisenförmig aufgestellten Tischen, deren äußere Seiten von den Gästen eingenommen wurden, während der Innenraum unbesetzt blieb, damit die Dienerinnen schnell und leicht aufwarten konnten. Zuerst wurden die Ehrenplätze verteilt, dann nahmen auch die jüngeren Leute Platz. Der Hausherr war so aufmerksam gewesen, Glaukus nicht von Jone zu trennen.

Die Sessel waren mit Schildpatt belegt, die Federkissen mit babylonischer Seide überzogen. Auf den Tischen standen Götterbilder aus Bronze, Elfenbein und Silber. Von der Decke herab hingen Kränze aus Rosen, und da es noch früh am Tage war, hatte man die Fensterläden geschlossen und die Kandelaber angezündet. Wohlgerüche dufteten von den im Saale aufgestellten Dreifüßen. Schwere silberne und goldene Prunkgefäße standen auf dem Schenktisch.

Zuerst huldigte man den Hausgöttern und vor allem der Vesta, die im Hause Diomeds besondere Verehrung genoß. Sklaven bestreuten dann den Boden mit Blumen und brachten den Gästen liebliche Blütenkränze.

Wie es bei solchen Gelagen üblich war, ernannte der Hausherr einen der Gäste zum König des Festes. Er wählte dazu den Feinschmecker Sallust, der für diesen Ehrenrang alle Voraussetzungen mitbrachte.

Sallust sagte voll Würde: »Die tapferen Trinker werden an mir einen gnädigen König haben. Gegen die faulen Zecher aber werde ich unerbittlich sein.«

Nachdem der erste Gang aufgetragen war, versäumte Sallust nicht, die Gäste zum Trinken, die Sklaven aber zum Einschenken zu ermahnen. Der Hausherr Diomed schien bereits seine Wahl zu bereuen, da er mit Schrecken erkannte, wie schnell sich eine Amphora nach der andern leerte.

»Nicht zu hitzig, mein gestrenger König«, versuchte Diomed zu scherzen, »wenn wir zu schnell trinken, richten wir uns zugrunde.«

Aber Sallust rief wie ein leibhaftiger König: »Verräter! Ich dulde keinen finsteren Brutus! Niemand trete meiner Königswürde zu nahe, niemand mißachte mein Gebot, das da lautet: Erstens trinken, zweitens trinken, drittens trinken.«

So wurde die Gesellschaft durch den schnellen Weingenuß immer lustiger und gesprächiger. Glaukus und Jone benutzten die Gelegenheit der allgemeinen lauten Unterhaltung, um vertraulich miteinander zu flüstern. Freilich, der Aufmerksamkeit Julias entging das zärtliche Geplauder nicht, mit glühendem Blick beobachtete sie die beiden Liebenden.

Nach dem üppigen Mahl wurde der Nachtisch aufgetragen. Zur Erfrischung sprühte von der Decke ein sanfter Staubregen von wohlriechendem Wasser herab.

»Nun gebt uns aber auch einen Gesang zum besten«, rief Jone dem Festkönig Sallust zu, »denn bei einem so heiteren Gelage dürfen die Musen nicht fehlen.«

Sallust ließ sogleich eine siebensaitige Lyra bringen und intonierte einen Lobgesang auf Bacchus, in den die anderen Gäste beschwingt und begeistert einstimmten.

So wurde selbst das Herz des zurückhaltenden Gastgebers Diomed gerührt. Er gab seinen Sklaven Anweisung, diesmal von dem wohlverpichten Chier- und Syrakuserwein einige langhalsige Kruken heraufzuholen. Gleichzeitig gingen Lyra und Myrtenzweig von Hand zu Hand, jeder Gast mußte sich zu einem Lied bequemen.

Die Sonne begann schon zu sinken, als die muntere Gesellschaft an den Aufbruch dachte. Da jedoch erhob Diomed Einspruch, er hatte sich nun erst den rechten Appetit angetrunken und bat seine Gäste mit lauter Stimme, noch etwas dazubleiben, weil er zum Abschluß des Festes eine kleine Unterhaltung vorbereitet habe.

Er winkte einem Sklaven. Dieser brachte ein Kästchen, darin in verschlossenen Kapseln kleine Geschenke lagen. Jeder der Gäste zog ein Los, und danach wurde ihm sein Gewinn ausgehändigt. Unter Scherzen und Lachen wurden so die kleinen Gastgeschenke verteilt.

Die allgemeine Heiterkeit wurde jedoch durch einen Vorfall unterbrochen, der von vielen als dunkles Vorzeichen angesehen wurde. Glaukus nämlich zog den Hauptgewinn, eine aus Alabaster gearbeitete Statue der Fortuna. Als Jone ihn bat, ihr die Plastik zu zeigen, glitt die Figur aus seinen Händen und zerbrach am Boden in viele Stücke.

Die Gäste erschraken. Einige riefen sogar sofort den Schutz der Götter an.

Nur Glaukus selber blieb gleichmütig.

Er sagte tröstend zu Jone, die erblaßt war: »Ich nehme den Wink des Schicksals an. Das alabasterne Bild ist unter meinen Händen zerbrochen. Aber ich habe dafür ein lebendiges Bild aus Fleisch und Blut gewonnen.«

Nun lenkte auch Sallust von dem kleinen Zwischenfall ab, er bekränzte noch einmal seine Schale und sagte in einem heiteren Trinkspruch dem Hausherrn den Dank der versammelten Gäste. Daraufhin ließ man mit einem weiteren Zutrunk den Kaiser hochleben. Und schließlich wurde ein Abschiedsbecher dem Merkur geweiht. Der sollte allen eine sanfte Ruhe zur Nacht schenken.

Nach den üblichen Huldigungen vor dem Altar der Hausgötter wurde schließlich die Tafel aufgehoben.

Die Sklaven legten den Gästen die Sandalen an, breiteten die Mäntel um die Schultern und empfingen mit höflichem Dank ihr Trinkgeld. So leerte sich nach und nach das Haus Diomeds.

Als Glaukus seinen Arm Jone bot, um sie heimzubegleiten, trat Julia dazwischen und sagte scherzend: »Noch sind eure Hochzeitsfackeln nicht angezündet, und so mußt du, verehrter Glaukus, wohl erlauben, daß ich Jone in meiner Sänfte nach Hause tragen lasse. Darin ist allerdings nur für Jone allein Platz.«

Im gleichen Augenblick trat ein Sklave herein und meldete, daß die Sänfte bereitstehe. Da konnte Jone die höfliche Geste nicht mehr zurückweisen, sie bemühte sich um ein dankendes Wort und folgte dem Sklaven auf die Straße.

Als nun auch Glaukus sich rasch verabschieden wollte, hielt ihn Julia im Portikus einen Augenblick zurück und sagte zu ihm: »Noch ein Wort! Da deine Hochzeit, wie ich höre, so nahe bevorsteht, möchte ich dich nicht ohne ein Geschenk aus unserem Hause fortgehen lassen.«

»Wenn du erlaubst, will ich morgen . . .«

»Nein, nein«, unterbrach ihn Julia, »was man heute geben will, soll man nicht auf morgen verschieben. Komm, folge mir auf mein Zimmer!«

Ohne auf die ablehnende Gebärde des Atheners zu achten, zog sie ihn in ihr Gemach, das durch matten Lampenschimmer erhellt war.

»Dieses goldene Armband«, sagte sie, »mit einem

Onyx, auf dem man Amor als Schmetterlingsjäger abgebildet sieht, habe ich für Jone – und diese mit Rubinen besetzte Schale für dich bestimmt.«

Glaukus war überrascht über die schönen Geschenke. Das hatte er nicht erwartet. Er sagte mit einiger Verlegenheit seinen Dank. Auch Julia schien ein wenig gehemmt zu sein, doch faßte sie sich bald, goß aus einem nahestehenden Krug etwas Wein in die Schale und sagte: »Da sich Fortuna heute von dir gewendet hat, so möge dafür Victoria, die diese Schale schmückt, dir günstig gesinnt sein. Ich trinke zu Ehren deiner Braut!«

Sie berührte den Kelch mit ihren Lippen und reichte ihn dann dem Athener. Die Sitte erforderte, daß Glaukus nun den ganzen Inhalt leerte.

Julia, die keine Ahnung hatte, welchen Streich Nydia ihr gespielt hatte, beobachtete ihn mit glänzenden Augen. Obgleich die Zauberin vom Vesuv ihr gesagt hatte, daß der Zaubertrank manchmal auch erst später wirkte, glaubte sie dennoch, daß sie selbst mit ihrem lockenden Lächeln die Entscheidung des Atheners beschleunigen könne. Als aber Glaukus noch einige Zeit bei ihr verweilte, ohne daß sie auch nur die geringste Veränderung bei ihm wahrnahm, fühlte sie sich ihrer Sache gar nicht mehr so recht sicher.

Sie ließ sich aber keinerlei Enttäuschung merken, vertrieb gewaltsam ihre Zweifel und sagte zu sich selbst: »Warte bis morgen! Morgen wird Glaukus nicht mehr so zurückhaltend sein. Dann wird er wohl wieder zu meinen Füßen liegen. Weh dir, Jone!«

Der Liebestrank

Als Glaukus in seinem Haus ankam, fand er die blinde Nydia in der Säulenhalle des Gartens. Er trat eben zwischen die duftenden Beete, als die ersten Sterne am nächtlichen Himmel zu flimmern begannen.

»Sieh da, mein Kind, hast du auf mich gewartet?« sagte er.

»Je nun, ich begoß die Blumen. Da muß man Geduld haben, bis die Sonne nicht mehr am Himmel steht – und dann hab' ich mich ein wenig hier ausgeruht, da es im Haus so schwül ist.«

»Ja, es war ein heißer Tag«, sagte Glaukus, »der viele Wein ist mir ins Blut gegangen. Willst du wohl so gut sein und mir ein Glas Wasser mit Eis bringen lassen?«

Nydia, die schon die ganze Zeit darauf gesonnen hatte, wie sie den entwendeten Liebestrank ihrem Gebieter Glaukus einflößen könnte, fand durch diese Frage unerwartet schnell die Gelegenheit, die sie so sehr herbeigesehnt hatte.

Hastig sagte sie: »Ich will dir selber gleich etwas zu trinken bringen. Aus Honig und gekühltem Wein will ich dir etwas Erfrischendes bereiten, wenn es dir recht ist.«

»Tu das, mein Kind.«

Nydia ging. Nach wenigen Minuten kehrte sie mit der gefüllten Schale zurück. Sie schritt so vorsichtig, daß sie nicht einen Tropfen verschüttete. Aber ihre Hand zitterte, als Glaukus ihr den gefährlichen Trunk abnahm. Was hätte die Blinde darum gegeben, wenn sie nur für eine Stunde das Licht ihrer Augen gehabt hätte. Jetzt, da er den Becher trank, mußte ja in seinen Blicken die Liebe aufdämmern. Oh, es wäre wohl die große Seligkeit gewesen, wenn man diesen Augenblick hätte schauen können.

Als Nydia hörte, wie Glaukus mit gierigen Lippen den kühlenden Trank schlürfte, konnte sie sich kaum aufrecht halten. Sie hielt sich an einer Säule fest. Ihr Gesicht, das vorher wie Purpur geglüht hatte, war jetzt so weiß wie Schnee. Ihr Mund war geöffnet, ängstlich lauschte sie auf das nächste Wort, das der Athener sprechen würde.

Noch während Glaukus trank, blickte er zu Nydia hin und erkannte beim Schimmer der Lampe ihr verändertes Gesicht.

»Was hast du?« rief er besorgt, »bist du krank?«

Er setzte die Schale nieder, um Nydia zu helfen – da rann ein kalter Schauer durch sein Herz, darauf zuckte ein betäubender Funken durch seinen Kopf. Der Boden schien fortzugleiten, es war ihm, als schwebten die Füße in der Luft, und er selber ward von einem Lachkrampf erschüttert. Er schlug dabei in die Hände und tanzte in wilden Sprüngen. Er fühlte, wie das Blut in heißer Wallung durch die Adern strömte, es schwoll an, als wollte es ihm das Herz, die Schläfe und alle Gefäße zersprengen. Fürchterlich brauste es in seinen Ohren, es wurde ihm finster vor den Augen. Zwar erkannte er wie im Nebel noch immer die Säulen und Wände, aber die darauf gemalten Figuren tanzten wie Schatten auf und nieder. In tollen Sätzen raste der Kranke durch den Raum, er kannte sich selbst nicht mehr und gehorchte den geheimen Kräften, die durch den Zaubertrank in sein Blut geflossen waren.

Das wilde und fürchterliche Lachen hatte Nydia wie aus einem Starrkrampf aufgeschreckt. Konnte sie auch seine rollenden Augen, seine entsetzlichen Gebärden nicht sehen, so hörte sie doch seine abgebrochenen wahnwitzigen Worte und seine närrischen Sprünge. Voller Furcht suchte Nydia ihn zu fassen, sie umklammerte seine Knie.

»O sage mir«, rief sie leidenschaftlich, »sage mir, ob du mich haßt?«

»Bei der sternenflammenden Göttin«, rief Glaukus in seiner Raserei »ein schönes Land, dieses Zypern! Hehe ... sie schenken uns Blut statt Wein! Sie haben dem Faun die Adern geöffnet, ha, wie das quillt und sprudelt! Komm hierher, lustiger Alter, auf deinem Ziegenbock! So – so – nun wird es schon stiller, die bewegten Zweige werden wieder ruhiger, die grünen Wogen des Waldes schlummern ein, kein Atemzug regt sich in den Blättern, ich sehe, wie sich die lieblichen Träume mit zusammengelegten Flügeln in den Silberpappeln wiegen. Sieh, welche Gewalt stiehlt sich aus jenem Gebüsch hervor? Gleich dem Mondschein schwebt sie herüber, ein Kranz von Weinlaub schmückt ihr Haupt, sie schwingt den Thyrsusstab, sie winkt mir, allein kein Lächeln ist auf ihren Lippen. Wehe, wehe – es ist eine der wilden Mänaden, sie wird mich erfassen, sie wird mich töten! Wehe, wehe! Wo soll ich mich verbergen?«

»Glaukus, mein Herr und Gebieter, erkennst du mich nicht mehr?« rief Nydia, als sich Glaukus verstecken wollte. »Ich sterbe vor Entsetzen, wenn du nicht wieder zu dir kommst, Glaukus.«

Die sanft flehende Stimme schien für kurze Zeit den Tobenden zu beschwichtigen. Glaukus legte seine Hände auf Nydias weiches Haar, er blickte sie forschend an, und da war es, als würde sein zerrüttetes Gedächtnis plötzlich das Bild Jones schauen. Aufs neue erfaßte ihn die Raserei.

»Verdammt«, brüllte er, »wenn ich wie Herkules die Welt auf meinen Schultern trüge, ich würfe sie in das alte Chaos zurück, wenn ich dafür ein einziges Lächeln von dir, süße Jone, erhalten könnte. Wie? Du liebst mich nicht mehr? Oh, glaube dem Ägypter nicht, der schwarze Mann belügt dich! Hu, du Nachtgespenst, was drängst du dich zwischen mich und meine Geliebte. Das Grinsen auf deinen Lippen erwürgt das schuldlose Lamm. Dein Name ist Orkus, allein die Menschen nennen dich Arbazes! Siehst du, ich kenne dich, du Schatten der Nacht, kein Zauber kann dich mehr retten.«

»Bei allen Göttern«, rief Nydia, »Glaukus, vergib mir!«

Sie ließ seine Knie los und sank ohnmächtig nieder.

»Wer ruft?« schrie Glaukus auf, »das war Jones Stimme! Auf! Ihr zu Hilfe! Wo ist mein Schwert? Ich komme, um dich zu retten.«

Er stürzte zum Haus hinaus, die Straße entlang. Das Gift brannte furchtbar in seinen Adern. Die ruhigen Bürger traten scheu oder lächelnd zurück, da sie glaubten, er sei vom Wein berauscht. Bald hatte er die volkreichen Straßen hinter sich und gelangte in den einsamen Hain der Cybele, wo sich auch Apaecides und Olinth in dieser Nacht treffen wollten.

Ein Mord

Arbazes war äußerst begierig, zu erfahren, ob Julia dem verhaßten Nebenbuhler Glaukus bereits den verräterischen Trank gereicht hatte. So begab er sich noch spät am Abend in das Haus Julias. In seinem Gürtel trug er, wie es üblich war, die Schreibtafel und einen Griffel, der aus Metall gefertigt und dolchartig zugespitzt war. In seinen

Mantel gehüllt und von einem Stock unterstützt, nahm er den Weg zur Villa Diomeds.

Es war eine herrliche Mondnacht. Zahllose Sterne glitzerten aus dem blausamtenen Gewölbe. Mit sanftem Licht sanken die Strahlen des Mondes auf den uralten Zypressenhain der Cybele herab. Die hohen Bäume warfen drohende Schatten auf den Grund, während die Sternlichter durch die Zweige freundlich glitzerten. Dazwischen stand der kleine runde Tempel mit seinen Säulen aus schwarzem Marmor und dem Bild der ernsten Göttin.

Wie ein Fuchs schlich der Isispriester Calenus zu dem kleinen Tempel hin, er bog dort die Zweige zurück und kroch in ein Versteck.

In dem Hain war nun alles wieder still und einsam, nur aus der Ferne hörte man die Stimmen einiger Nachtschwärmer und das Musizieren lustiger Gesellschaften, die während der milden Sommernacht die Straßen durchzogen, um sich im hellen Mondenschein zu ergehen.

Nun betrat auch Arbazes den heiligen Hain. Er war kaum hundert Schritte gegangen, als Apaecides, der sich auf dem Weg zu einer geheimen Unterredung mit Olinth befand, an ihm vorüberstreifte.

»Apaecides, auf ein Wort«, rief ihm der Ägypter zu. »Als wir uns das letztemal sahen, warst du nicht eben freundlich zu mir. Mein einziger Wunsch seitdem war, dich zu sprechen – denn ich möchte nicht gern einen so treuen, liebevollen Zögling und Freund verlieren.«

Beim Ton dieser Stimme fuhr Apaecides zurück, dann stand er still und rief mit bitterer Verachtung: »Gemeiner Betrüger, so bist du also beim letzten Erdbeben dem Tod doch noch entgangen. Denke aber nicht, daß du mich nun abermals in deine schändlichen Netze verstricken kannst.«

»Still, junger Freund«, entgegnete Arbazes mit verhaltenem Zorn, »nicht so laut – denn wenn ein anderer dergleichen hörte, du könntest . . .«

»Willst du mir etwa drohen? Oh, die ganze Stadt soll es hören!«

»Beruhige dich. Du hast eine Wut auf mich, weil ich deine Schwester beleidigt habe. Bitte, hör mich nur einen Augenblick an! Du hast recht, ich habe deiner Schwester gegenüber nicht gut gehandelt. Wahnsinn der Liebe und

Eifersucht trieben mich an, ich habe meine Torheit inzwischen bitter bereut. Vergib mir! Ich will die Beleidigung wiedergutmachen, ich will um die Hand deiner Schwester werben. Bedenke, daß auf diese Weise der gute Ruf Jones, die sich so unbedacht in mein Haus begab, wieder gerettet werden kann. Gib mir deine Schwester – und mein ganzes Leben soll den Irrtum eines Augenblicks versöhnen.«

»Wollte ich auch in das Undenkbare einwilligen«, sagte Apaecides, »so bist du doch meiner Schwester so verhaßt, daß sie schon die Luft verabscheut, in der du atmest. Und ich? Zittere, Arbazes, die Stunde naht, in der deine falschen Götter enthüllt werden. Dein unheiliges Leben soll der Öffentlichkeit bekannt werden, deine betrügerischen Orakel will ich vernichten und dann mithelfen, den Tempel der Isis in Trümmer zu stürzen.«

Zitternd und bleich vor Wut blickte Arazes umher, er schien sich überzeugen zu wollen, daß niemand zugegen sei, dann raunte er dem Jüngling zu: »Sieh dich vor, Apaecides! Was hast du im Sinn? Überlege wohl, bevor du antwortest: Sprichst du im Zorn oder hast du schon einen festen Entschluß gefaßt?«

»Ich spreche als Anhänger des alleinigen wahren Gottes, der am Kreuz gestorben ist und zu dem ich mich bekenne«, antwortete der neubekehrte Christ feierlich, »zittere, finsterer Zauberer, ehe die Sonne dreimal ins Meer sinkt, wirst du alles wissen!«

Die wilden Leidenschaften des Ägypters waren aufgewühlt. Ein Gedanke jagte den andern. Vor ihm stand der Bruder Jones, der ihm die Hand der Schwester verweigerte, der Freund seines Todfeindes Glaukus, der Verräter, der Abtrünnige, der mit frevelhafter Hand den betrügerischen Schleier der Göttin lüften wollte. Arbazes fühlte: Seine Liebe, sein Ruf, sein Tempel, ja selbst sein Leben waren bedroht. Aus Apaecides' Worten merkte er, daß der Isispriester bereits zum Christentum übergetreten war. Er kannte den rücksichtslosen Glaubenseifer der Nazarener. An einsamer Stelle stand ihm der Feind gegenüber. Der Ägypter griff nach dem Dolch. Eben standen sie am Tempel, noch einmal blickte der Ägypter lauernd umher, dann faßte er seinen Gegner gut ins Auge, und eben, als

Apaecides ihm den Rücken zukehrte, stürzte er sich auf den Verhaßten und durchbohrte ihn.

Lautlos sank der Jüngling an der Schwelle des Tempels nieder.

Arbazes starrte mit bestialischer Freude den gefallenen Feind an. Dann aber bedachte er, welcher Gefahr er sich selber aussetzte, und wischte das Blut von seinen Händen. Eben war er im Begriff weiterzugehen, als er einen Unbekannten in sonderbaren Sprüngen auf sich zukommen sah. Arbazes trat seitwärts und erkannte im hellen Mondlicht das verstörte Gesicht des Atheners. Der unglückliche Glaukus sang unsinnige Worte, aus Oden und Trauerspielen bunt durcheinander gewoben.

»Ha«, dachte der Ägypter, der sogleich den wahren Zustand des Griechen und die furchtbare Ursache für diese Geistesverwirrung erkannte, »der Trank der Giftmischerin und dein Schicksal führen dich hierher, damit ich zwei Feinde mit einem Schlag vernichten kann.«

Wie ein Tiger lauerte Arbazes seitwärts im Gebüsch und überlegte fieberhaft, auf welche Weise er sich auch dieses Gegners bemächtigen könnte.

Der Mond schien hell genug, so daß der Athener trotz seines Wahnsinns den auf dem Weg liegenden Leichnam erblicken mußte. Eine Weile stand er still und legte die Hand an seine Stirne, als ob er sich besinnen wollte, dann kniete er neben dem Toten nieder, strich ihm über die kalten Wangen und flüsterte ihm zu: »He, warum schläfst du so fest? Wach auf! Es ist Zeit, nach Haus zu gehen, wach auf!«

Während er sich bemühte, den Leichnam aufzurichten, stürzte Arbazes aus seinem Hinterhalt hervor, warf sich auf Glaukus, drückte ihm seinen blutverschmierten Dolch in die Hände und schrie laut um Hilfe. Bald kamen Bürger herbei und stimmten in das Geschrei mit ein. Es dauerte nicht lange, da erscholl der Ruf »Hilfe, Mord« immer lauter in die Straßen Pompejis hinein.

»Nehmt den Leichnam auf«, rief der Ägypter, der Glaukus noch immer am Boden festhielt, »und laßt den Mörder nicht entrinnen!«

Sie hoben den Ermordeten auf. Wie groß war ihr Schrecken, wie fürchterlich ihr frommes Entsetzen, als sie in dem Toten einen Priester der hochgeehrten Isis erkannten! Noch mehr aber erstaunten sie, als sie den vermeintlichen Mörder betrachteten!

»Ist es möglich?« riefen die Danebenstehenden, »Glaukus ein Mörder?«

»Eher würde ich –« flüsterte einer seinem Nachbarn zu, »den finsteren Ägypter für den Täter halten.«

Zuletzt kam auch die Polizei. Ein Aufseher drängte sich mit wichtiger Miene durch die Menge und rief: »Wo ist der Mörder?«

Man zeigte auf Glaukus. Der Aufseher schüttelte den Kopf.

Er sagte: »Der da sieht eher aus, als wäre er beinahe selber ermordet worden. Wer klagt ihn an?«

»Ich«, sagte Arbazes stolz vortretend. Seine Juwelen und goldenen Spangen blitzten beim Schein der Fackeln dem Polizeiaufseher so grell in die Augen, daß er an der Wahrhaftigkeit des Zeugen nicht im mindesten zweifelte.

»Verzeihung«, murmelte der Beamte respektvoll, »dürfte ich wohl um deinen Namen und um Angabe der näheren Umstände bitten?«

»Arbazes ist mein Name, dir gewiß nicht unbekannt! Als ich durch den Hain heute nacht ging, sah ich vor mir zwei Leute im heftigen Wortwechsel. Der eine schrie sehr laut und machte so tolle Gebärden, daß man ihn entweder für betrunken oder für wahnsinnig halten mußte. Da – ich sah es im hellen Mondschein – zückte dieser Bursche den Dolch, ich eilte herzu – aber es war schon zu spät. Der Stoß war geführt! Nun ergriff ich den Mörder und hielt ihn solange fest, bis die anderen Leute herzukamen.«

Der Aufseher befahl: »Sprich, Gefangener, es ist am besten, wenn du ein volles Geständnis ablegst.«

Glaukus lachte laut auf: »Es war ein lustiges Stückchen«, rief er dann, »die Alte vom Berge hetzte die Schlange auf mich und das Goldfischchen flog davon. Was war da zu machen?«

Er lachte markerschütternd. Dann aber schluchzte er jäh auf, stöhnte, »ach, ich bin krank, Erbarmen, es brennt mir die Seele aus dem Leib, helft mir, helft!« Entsetzlich aufheulend sank er den Umstehenden in die Arme, sein Schrei verröchelte, er wurde ohnmächtig.

»Er rast«, bemerkte der Aufseher, »gewiß hat er in seiner Raserei den Priester erstochen. Ist einer der Leute ihm im Lauf des Tages begegnet?«

Einige sagten aus, daß sie ihn am Vormittag wohl und munter gesehen hätten – andere, daß er am Abend wie toll an ihnen vorübergerannt sei.

»In jedem Fall«, sagte der Aufseher, »muß er vor den Prätor geführt werden. Das Verbrechen ist entsetzlich! Mord an einem Priester der Isis und noch dazu an der Schwelle des Tempels der Cybele!«

Die Menge wurde bei diesen Worten aufs neue vom Abscheu über die verwerfliche Tat erfüllt.

»Kein Wunder«, bemerkte einer, »daß vor kurzem die Erde gebebt hat. Sie wollte eben ein solches Ungeheuer nicht mehr tragen.«

»Fort mit ihm, ins Gefängnis!« riefen mehrere.

»Der wird dem Tiger nicht entgehen«, kreischte ein Weib, »schafft ihn gleich ins Amphitheater!«

»Futter für den Löwen«, grölte die Menge.

»Bringt eine Bahre«, gebot Arbazes, »um den Toten hinwegzutragen. Ein Priester der Isis darf nicht wie ein erstochener Gladiator von unwürdigen Händen getragen werden. Priester der Isis müssen ihn aufnehmen und in das Heiligtum der Göttin schaffen.«

Gehorsam eilten sogleich einige nach dem Tempel der Isis, um von dort die Priester herbeizuholen. Andere bemühten sich um eine Bahre.

Da drängte sich durch den Menschenhaufen, der sich inzwischen angesammelt hatte, ein Mann von rüstiger Gestalt. Es war Olinth! Er trat dicht an den Leichnam heran und erkannte zu seinem größten Entsetzen in dem Ermordeten seinen bekehrten Freund.

Er starrte auf den Toten und sagte: »Also ermordet! Hat dein heiliger Eifer dir so bald die Märtyrerkrone verschafft? Ha, nur zu gewiß ist es: Sie haben deinen edlen Vorsatz ausgekundschaftet und wollten verhindern, daß ihre Schande offenkundig wird.«

Er wandte sich um. Da stand feierlich hoch gereckt der Ägypter. Der Christ erschauderte, als er den ärgsten Feind seines Glaubens erkannte. Bald aber faßte er sich, hob den rechten Arm gegen Arbazes und rief laut: »Wer ist der

Mörder? Ägypter, tritt vor! So wahr der Herr lebt, ich glaube, du hast ihn erstochen.«

Trotz des Fackelscheines konnte man nicht erkennen, wie jäh auf dem erschrockenen Gesicht des Ägypters die Farbe wechselte. Im Schutz der Nacht gewann Arbazes alsbald wieder die Kühnheit, kaltblütig dem Nazarener entgegenzutreten.

Er sagte stolz: »Ich kenne meinen Ankläger sehr wohl und weiß, weshalb er mich auf so schändliche Weise zu verleumden wagt. Bürger von Pompeji, vernehmt: dieser Mann da ist einer der eifrigsten Nazarener oder Christen, wie sie sich auch nennen. Was Wunder, daß er in seiner Bosheit sich vermißt, einen Ägypter anzuklagen, als hätte ausgerechnet ich einen Priester der Isis ermordet!«

»Wir kennen ihn, wir kennen den Verräter«, riefen mehrere Stimmen. »Ja, das ist Olinth, der Nazarener, der Tempelschänder!«

»Friede, Friede, meine Freunde«, rief Olinth mit würdiger Haltung, »laßt mich auch zu Wort kommen! Dieser ermordete Priester der Isis, mit Namen Apaecides, bekannte sich zu dem christlichen Glauben, er entdeckte mir die Schändlichkeiten des Ägypters und die Betrügereien, die im Isistempel vor sich gehen. Gerade in diesen Tagen wollte er alles offenbaren. Mein Freund Apaecides hatte keinen Feind außer diesem Ägypter Arbazes, der es unter allen Umständen verhindern wollte, daß sein Schwindel ruchbar wurde. Darum ist auch Arbazes allein der Mörder!«

Soeben nahte ein Zug der Isispriester mit einer Bahre, um den Leichnam aufzunehmen.

»Zurück, ihr Götzendiener«, rief Olinth, »euch gehört dieser Leichnam nicht mehr. Apaecides ist ein Christ geworden. Darum müssen wir Christen ihm die letzte Ehre erweisen. Ich fordere seine irdische Hülle im Namen Christi zurück, da der Heiland auch die Seele des Toten in seinen ewigen Frieden aufgenommen hat.«

Olinth sprach diese Worte in so feierlichem Ton, daß selbst die erbitterte Menge sich zurückhielt. Sie stand da im Schein der flammenden Fackeln zwischen den dunklen Zypressen und murrte erregt, ohne recht zu wissen, was nun zu tun sei.

Noch einmal trat der Polizeiaufseher dazwischen und forderte Olinth auf, zu sagen, wie er seine Anklage beweisen könne.

Olinth schwieg.

Da lachte Arbazes voll Verachtung, brüstete sich und sagte laut: »Laßt ihn hier bei dem Heiligtum der Cybele, bei der ältesten und ehrwürdigsten Göttin schwören, daß der Isispriester Apaecides sich tatsächlich zum christlichen Glauben bekannt hat.«

»Eitler Tor«, rief Olinth, »ich verachte eure Götzen. Wie könnte ich, ein Christ, bei eurer Göttin Cybele schwören!«

»Wehe dem Tempelschänder, er beleidigt unsere Göttin«, rief die Menge, »die Erde wird uns verschlingen, wenn wir solch einen Verruchten im heiligen Hain dulden. Fort mit ihm, er soll sterben!«

»Zu den wilden Tieren mit ihm«, riefen andere.

Der Aufseher aber sagte zu Olinth: »Nazarener, wenn du nicht an die Cybele glaubst, bei welcher anderen Gottheit willst du schwören?«

»Bei keinem eurer steinernen Götzen!«

»Fort, fort mit ihm, zu den Bestien«, schrie nun die Menge.

»Oh, ihr Verblendeten und Blinden«, rief Olinth mit erhobener Stimme. »Schaut doch eure Göttin! Von Menschenhänden ist sie gemacht, und so können auch Menschenhände sie in Trümmer schlagen.«

Bei diesen Worten sprang er die Stufen des Tempels hinan, und ehe ihn jemand zurückhalten konnte, stürzte er die Bildsäule vom Marmorsockel herab, die steinernen Stücke barsten.

»Seht da, eure Göttin«, rief Olinth, »sie mag sich helfen, wenn sie kann!«

Nunmehr aber stieg die Wut des Volkes aufs höchste. Ohne das Dazwischentreten der herbeigekommenen Wache wäre der Täter in Stücke gerissen worden.

»Zurück«, rief der Aufseher, »diesen Gotteslästerer übergeben wir dem Gericht. Bindet ihn ebenso wie den rasenden Mörder Glaukus und führt beide vor den Prätor.«

Die Isispriester traten jetzt heran und legten den Leichnam auf die Bahre. Auch Calenus war unter den Priestern. Er blickte den Ägypter mit bedeutsamer Miene an, als ob er sagen wollte: Arbazes, ich kenne den wirklichen Mörder!

Das Volk hatte jetzt nur Augen für die beiden Gefangenen. »Endlich gibt es richtige Kampfspiele«, frohlockten sie, »nun soll es lustig im Amphitheater zugehen! Da haben wir ja jetzt einen Partner für den Löwen und einen für den Tiger. Das gibt ein Spektakulum. Ha, kein Pompejaner wird sich ein solches Schauspiel entgehen lassen!«

Glaukus in Gefahr

Wieder eine südliche, sommerwarme Nacht. Durch die Straßen der Stadt wogten die Menschen.

Auch Clodius, der spieleifrige Freund des Glaukus, war noch unterwegs. Gerade bog er beim Tempel der Fortuna hastig um die Ecke und rannte dabei gegen einen wohlbeleibten Bürger, der mit einem Schreckensruf zurückprallte. Es war der reiche Kaufherr Diomed, der auf dem Heimweg in seine Villa begriffen war.

»Hast du keine Augen im Kopf«, entsetzte sich Diomed, der mit Mühe und Not wieder sein Gleichgewicht fand, »noch einen solchen Stoß, und ich fliege zum Hades hinab.«

»Ach, Diomed, ich bitte tausendmal um Vergebung. Ich hatte gerade soviel andere Gedanken im Kopf. Ja, was sagst du zu unserem Freund Glaukus, wer hätte sich so etwas träumen lassen?«

»Dumme Geschichte! Sag, Clodius, wird seine Sache wohl vor den Senat kommen?«

»Ohne Zweifel, sein Verbrechen ist entsetzlich!«

»Ist er denn öffentlich angeklagt worden?«

»Selbstverständlich!«

»Das Schrecklichste ist mir, daß er kurz zuvor noch in meinem Hause war.«

»Du bist doch dafür nicht verantwortlich zu machen. Dein Wein war gar nicht sonderlich stark. Nun, hoffentlich wird das Urteil noch gefällt, ehe die Zeit der Kampfspiele naht.«

»Die Kampfspiele! Gute Götter!« erwiderte Diomed mit gelindem Schauer. »Glaubst du, daß man ihn zum Kampf mit den wilden Tieren verurteilen könnte? So jung und so reich!«

»Ei nun, er ist ja doch nur ein Grieche, und übrigens glaube ich, daß auch sein Geld zur Neige ging. Solange solche Ausländer volle Taschen haben, mag man sie dulden. Geht es ihnen aber schlecht, so brauchen wir uns keine großen Gedanken über sie zu machen.«

»Und der Tempelschänder? Der Nazarener oder wie sie ihn sonst nennen.« – »Der arme Schelm! Er wird den Klauen des Tigers schwerlich entgehen.«

Sie plauderten noch einige Zeit über die beiden Unglückseligen und verabschiedeten sich dann mit flüchtigem Gruß. Clodius schritt mit einem lustigen Liedchen, das er so vor sich hinpfiff, davon. Schon nach kurzem merkte er, daß jemand mit eiligen Schritten ihm folgte. Er wandte sich um und sah in das dunkle Gesicht des Ägypters.

»Heil dir, edler Clodius«, rief Arbazes, »dürfte ich dich wohl bitten, mir das Haus Sallusts zu zeigen?«

»Es ist nur ein paar Schritte von hier, weiser Arbazes. Gibt denn Sallust so spät noch einen Schmaus?«

»Davon ist mir nichts bekannt. Ich gehöre auch nicht zu der Gesellschaft, die er zu sehen pflegt. Indessen weißt du, in seinem Hause fand der Mörder Glaukus Aufnahme.«

»Der gutmütige Epikureer glaubt an seine Unschuld. Er hat Bürgschaft für ihn geleistet und darf ihn deshalb bei sich beherbergen. Allein, weshalb willst du ihn aufsuchen?«

»Ei nun, edler Clodius, wenn wir ihn vor der Todesstrafe retten könnten, so wäre dies gut. Die Verurteilung eines Reichen ist immer eine Schmach für die ganze gute Gesellschaft. Ich wünsche wohl ihn zu sprechen, denn ich höre, daß er wieder zu sich gekommen ist. Vielleicht entdeckt er uns die Gründe, die ihn zu der entsetzlichen Tat bewogen haben. Unter Umständen kann man dann auch für seine Verteidigung etwas tun.«

»Wie menschenfreundlich du bist, Arbazes!«

»Menschenliebe allein führt uns zur Weisheit«, erwiderte der Ägypter heuchlerisch. »Aber, wo finde ich nun das Haus Sallusts«?

»Ich will es dir zeigen, wenn du mir erlaubst, dich einige Schritte zu begleiten. Vielleicht erfahre ich von dir etwas über die arme Jone. Sie ist ja wirklich vom Schicksal verfolgt: Der Ermordete ist ihr Bruder und der angebliche Mörder ihr Bräutigam. Die Ärmste!«

»Unglückliche Jone! Ich bin ihr bestellter Vormund und habe mir soeben bei dem Prätor die Erlaubnis erwirkt, sie nach der Bestattung ihres Bruders in mein Haus aufnehmen zu dürfen. Dort soll sie, wenn es den Göttern gefällt, gut aufgehoben sein.«

»Wirklich – wie menschenfreundlich, edler Arbazes! Aber hier ist bereits das Haus Sallusts. Wenn ich dir wieder einmal gefällig sein kann, ich bin immer zu deinen Diensten.«

»Gern werde ich mich an deine Freundlichkeit erinnern. Leb wohl!«

Als jetzt der Ägypter die Stufen zum Haus Sallusts hinaufsteigen wollte, sah er auf der Schwelle des Hauses eine dunkle Gestalt sitzen, die in einen Mantel gehüllt war.

Arbazes rief unwillig: »He, steh auf, du verlegst mir den Weg.«

»Weh mir«, rief eine weibliche Stimme, »ich kenne dich, deine Sprache ist mir wohl bekannt.«

Es war Nydia. Die Blinde kauerte da im Mondlicht.

»Was schaffst du hier so spät«, schrie Arbazes erbost, »das schickt sich doch nicht, daß sich ein Mädchen nachts auf der Straße herumtreibt! Fort mit dir, nach Hause!«

Leidenschaftlich warf sich Nydia dem Ägypter zu Füßen, umklammerte seine Knie und rief: »Oh, du gefürchteter und mächtiger Mann, rette ihn, rette ihn! Er ist nicht schuldig, ich bin es! Drinnen liegt er krank, sterbend, und ich bin schuld daran! Sie lassen mich nicht hinein zu ihm, sie stoßen das blinde Mädchen fort! Heile du ihn! Du kennst gewiß ein Kraut, einen Zauber, ein Gegengift. Denn ein giftiger Trank ist es ja, der ihn wahnsinnig gemacht hat.«

»Still, Kind! Um Julias Ruf zu schonen, müssen wir

darüber schweigen. Ich will jetzt den Mörder besuchen – und wenn es möglich ist, ihn zu retten, will ich es tun. Du aber geh nach Hause!«

Arbazes machte sich von Nydia los und klopfte heftig an die Tür. Der Pförtner öffnete. Arbazes nannte seinen Namen und sagte, daß er im Auftrag des Prätors mit Sallust zu sprechen habe.

Der Diener führte den Ägypter in das Speisezimmer Sallusts, wo dieser mit einem Freigelassenen gerade tafelte.

»Sei gegrüßt, Arbazes«, sagte der Epikureer, »was führt dich in so später Stunde zu mir? Willst du einen Becher Wein mit uns trinken?«

»Ich komme nicht zu meinem Vergnügen, edler Sallust. Geschäfte riefen mich her. Sag, wie befindet sich dein kranker Freund? Man erzählt in der Stadt, er habe seinen Verstand wiedergewonnen?«

»Nun wohl«, entgegnete Sallust, »seine Nerven sind aber immer noch erschüttert. Sonderbar ist bei alledem, daß Glaukus gar nicht zu sagen vermag, woher die plötzliche Geistesstörung gekommen ist. Er beharrt auf seiner Überzeugung, daß er mit dem Mord nichts zu tun habe.«

Arbazes meinte ernsthaft: »Mancher Umstand könnte in dem Verfahren gegen deinen Freund nachsichtiger gewertet werden. Unter der Voraussetzung freilich, daß er ein freies und volles Geständnis ablegt. Dann würde wohl auch der Senat sich zu einem milderen Urteil herbeilassen. Ich habe deshalb mit dem Prätor Rücksprache genommen und die Erlaubnis zu einer Unterredung mit dem Gefangenen erhalten. Morgen soll er, wie du weißt, schon vor Gericht gestellt werden.«

»Wohlan, versuch es, ihn zum Sprechen zu bewegen.«

»Die Nacht rückt vor, ich muß dich bitten, mich jetzt zu dem Gefangenen führen zu lassen.«

Sallust rief nach einem Sklaven. Dieser geleitete den Ägypter zu jenem Zimmer, in dem Glaukus von zwei schlaftrunkenen Wächtern beaufsichtigt wurde. Die Tür war geöffnet. Da lag auf einem Bett der einst so viel bewunderte Athener in einem bejammernswerten Zustand. Blaß war sein Gesicht, die Wangen waren eingesunken, aus tiefen Höhlen blickten unstet die Augen.

Schweigend setzte sich der Ägypter ans Lager.

Nach einer kleinen Weile sagte er im milden Ton: »Glaukus, erkennst du mich wohl? Wir waren Feinde! Aber dein Unglück hat mich gerührt, ich komme zu dir in einsamer Nacht als dein Freund.«

Glaukus starrte seinen Besucher an. Plötzlich aber sprang er mit einem heftigen Schrei auf, wich entsetzt in eine Ecke des Zimmers zurück und sagte: »Träume ich noch immer?«

»Nein, Glaukus, du bist wach! Beim Haupt meines Vaters, du siehst einen Menschen vor dir, der bereit ist, dein Leben zu retten. Hör mich an: Ich weiß, was du getan hast. Aber ich kenne auch den Grund, der dir selber unbekannt ist. Du hast einen Mord verübt, Mord an einem Priester! Bleib ruhig, fahre nicht auf, ich sah es mit eigenen Augen, allein ich kann dich retten, ich kann beweisen, daß du keine Verantwortung dafür trägst, weil du nicht frei denken und handeln konntest. Aber ich kann nur dann etwas für dich tun, wenn du ein volles Geständnis ablegst.«

Glaukus erwiderte heftig: »Was sind das für Worte! Ich hätte den Apaecides ermordet? Sah ich nicht, wie er blutig am Boden lag? Und du willst mich überreden, daß ich ihn ermordet hätte? Mensch, geh, geh – ich will dich nicht mehr sehen!«

»Nicht zu rasch, Glaukus, besinne dich! Höre, wir entschuldigen die Tat, die du im Wahnsinn begangen hast. Du erinnerst dich doch gewiß noch, daß du mit Apaecides in den Hain der Cybele gingst. Du gerietest dort mit ihm in einen Wortwechsel, da er dich zu überreden suchte, auch ein Christ zu werden. Ja, er wollte dir seine Schwester nur dann geben, wenn du den neuen Glauben annimmst. Da stürztest du dich in wahnsinniger Wut auf ihn – so war es doch – das mußt du gestehen, wenn wir etwas für dich tun sollen.«

»Was redest du da? Ich hätte Streit gehabt mit Jones Bruder? Eher will ich den tausendfachen Tod erdulden, als so eine Lüge gestehen!«

»Nimm dich in acht«, drohte Arbazes, »dir bleibt keine andere Wahl. Entweder du legst ein Geständnis ab, oder du mußt mit dem Löwen kämpfen!«

Glaukus wandte sich voll Abscheu ab.

»Gestehe und du bist gerettet«, drängte abermals Arbazes.

»Nimmermehr«, rief Glaukus heftig, »du kennst nicht die stolze Seele eines Atheners. Fort aus meinen Augen, ich werde ohne Furcht und ohne Schande dem Tod entgegengehen.«

»Denk an die Klauen des Löwen, an das Geschrei des Volkes im Amphitheater, an deinen zerrissenen unbegrabenen Leichnam – all dem könntest du entgehen, wenn du . . .«

»Kein Wort mehr davon! Ich ekle mich vor deinem Anblick! Früher habe ich dich gehaßt. Jetzt verachte ich dich!«

»Ich gehe«, sagte Arbazes kalt, »noch zweimal sehen wir uns, vor Gericht und im Amphitheater. Bis dahin, leb wohl!«

Der Ägypter schlug seinen Mantel wieder um die Schultern und verließ das Zimmer. Im Speisesaal fand er Sallust noch beim Becher.

Arbazes erklärte dort: »Es gibt keine Hoffnung für Glaukus.«

»Sag das nicht«, erwiderte Sallust, »ein so guter Zechkumpan muß auf jeden Fall gerettet werden.«

»Wir wollen abwarten«, entgegnete der Ägypter. Er wünschte gute Nacht. Der Türhüter ließ ihn hinaus. Draußen schreckte Nydia auf, als sie die Schritte erkannte.

»Wirst du ihm helfen?« rief sie und wollte den Ägypter festhalten.

»Kind, folge mir in mein Haus! Um seinetwillen möchte ich mit dir sprechen.«

»Und du willst ihn retten?«

»Fasse meinen Mantel und folge mir. Es kann noch alles gut werden.«

Ich muß dieses Mädchen fortschaffen, dachte Arbazes bei sich, sonst schwatzt sie am Ende über den Liebestrank. Die eitle Julia wird sich schwerlich selbst verraten – aber diesem kleinen Blumenmädchen ist nicht zu trauen.

Ein Leichenbegängnis

Um diese Zeit herrschte im Hause Jones tiefe Trauer. Es war die Nacht, die der Bestattung des Ermordeten vorausging. Die Leiche war vom Tempel der Isis in die Wohnung Jones gebracht worden. So hatte die Unselige zur gleichen Zeit vom Tod ihres Bruders und von der Anklage erfahren, die man gegen ihren Verlobten aussprach. Der Schmerz drohte sie zu überwältigen. Sie glaubte nicht einen Augenblick, daß Glaukus der Mörder sei. Als sie erfuhr, daß Arbazes zuerst als Kläger aufgetreten war, erklärte sie, daß kein anderer als Arbazes selber den Priester erstochen habe.

Sie drückte dem geliebten Bruder die gebrochenen Augen zu, ließ ihn in reines Linnen kleiden und bestreute den einbalsamierten Leichnam mit Blumen. Der Sitte gemäß bekränzte sie auch die Pfosten des Hauses mit Zypressenzweigen. Sie selber trug keinerlei Schmuck, und das Haar, das sonst in geordneten Flechten den Kopf schmückte, wallte aufgelöst über Nacken und Schulter.

Am dämmernden Himmel schwand ein Stern nach dem andern, langsam zog sich die Nacht vor dem anbrechenden Tag zurück, als die Trauergäste sich vor dem Haus Jones versammelten. Man begann eine leise feierliche Musik zu spielen. Ein Chor weiblicher Stimmen vereinte sich zu einem Klagegesang.

Als das Lied beendet war, nahmen die Träger die mit einem Purpurtuch bedeckte Bahre auf ihre Schultern. Langsam setzte sich der Zug in Bewegung. Voraus zogen die Musiker, ihr gedämpftes Spiel wurde nur zuweilen vom mächtigen Ruf der Leichentrompete unterbrochen. Die gemieteten Klageweiber brachen zwischen ihren Liedern in lautes Geheul aus. Durch die Stimmen der alten Frauen vernahm man auch Gesang und Geschrei von Knaben. Im gemessenen Abstand folgten die Priester der Isis in weißen Gewändern, sie schritten barfuß dahin und trugen Kornähren in den Händen. Hinter ihnen folgte die Bahre. Zu beiden Seiten trug man die Bildnisse des Verstorbenen sowie Darstellungen seiner Verwandten und Ahnherrn. Hinter der Bahre folgte, von ihren Sklavinnen umgeben, die Schwester des Toten. Jone bemühte sich um Fassung, damit sie die letzte Liebespflicht an ihrem armen Bruder erfüllen konnte. Ihre Gestalt war in einen lang herabwallenden Schleier gehüllt. Keine ungestüme Klage vernahm man von ihren Lippen, durch keine unbeherrschte Gebärde verriet sie ihren Schmerz. Teilnehmende Freunde und Neugierige beschlossen den Zug, der nun nach der Gräberstraße unterwegs war.

Es dauerte nicht allzu lange, da kamen sie am Beginn der Totenstraße an einem freien Platz an, der rings von Zypressen bestanden war. Hier hatte man bereits einen Scheiterhaufen aufgerichtet. Fichtenholz war da übereinander geschichtet. Nun stellte man die Bahre auf die dürren Zweige.

Hierauf traten die Trauergäste zurück. Jone allein stieg noch einmal die Stufen hinan und nahm schluchzend von ihrem toten Bruder Abschied.

Zugleich brachen drunten auf dem Platz die Klageweiber in lautes Geheul aus.

Da trat der Oberpriester der Isis zu Jone hin, geleitete sie vom Scheiterhaufen herab und reichte ihr die Fackel, mit der sie den Holzstoß anzünden sollte.

Unter Trauermusik und Gesang schlugen die flackernden Flammen aus dem dürren Holz, ein Windstoß entfachte sie, und alsbald prasselte die Feuersäule um den Sarg und verzehrte rauchend und lohend den Toten.

Jone aber saß entfernt und allein. Sie verbarg das Gesicht in ihren Händen, war ganz in ihren Kummer vergraben.

Krachend brach der Holzstoß zusammen, noch einmal schossen die Flammen mit erneuter Wut empor, der Wind fegte hinein. Es dauerte eine Zeitlang, bis das steile Feuer kleiner wurde, hie und da noch einmal emporzuckte und schließlich niedrig dahinschwelte und erlosch.

Die Priester der Isis besprengten nun die eingebrannte Stätte mit Wein und sammelten dabei die Asche in einer silbernen Urne. Diese stellten sie in einem der benachbarten Grabmäler an der Straße aus. Das Grabmal selber bedeckte man mit Kränzen und Blumen und entzündete zahlreiche Lampen.

Langsam verteilte sich das Trauergefolge. Jone war die

letzte, die mit ihren Dienerinnen die ehrwürdige Stätte verließ . . .

Als in der folgenden Nacht die Pompejaner bereits im tiefen Schlaf lagen, sammelte sich hier jene christliche Gemeinde, in der Apaecides die Taufe empfangen und das Bekenntnis auf das Evangelium abgelegt hatte. Die Nazarener hielten für den Ermordeten die Totenfeier ab. Sie sahen in ihm einen Märtyrer und beteten daher innig an seinem Grabmal. Fromm machten sie das Zeichen des Kreuzes und legten als Sinnbilder des neuen Glaubens Palmenzweige nieder.

Jone in Gefangenschaft

Als Jone nach dem Begräbnis in die einsamen Hallen ihres Hauses zurückgekommen war, grübelte sie wieder über das furchtbare Schicksal ihres Verlobten. Nach wie vor war sie von seiner Schuldlosigkeit überzeugt. Dagegen konnte sie den immer lauter werdenden Verdacht gegen Arbazes nicht mehr unterdrücken. Sie entschloß sich, den Prätor aufzusuchen, um für ihren verhafteten Bräutigam eine gerechte Untersuchung zu erbitten. Von ihren Dienerinnen erfuhr sie jetzt erst die Gerüchte, die in der Stadt über den Wahnsinnsanfall des Glaukus umherliefen. Sie hörte auch, daß er sich in dem Haus des Sallust aufhalte und daß sein Verhör bevorstehe.

»Gute Götter«, rief sie, »ich muß mich beeilen und Glaukus zeigen, daß ich ihn für unschuldig halte. Auf mich muß man hören, ich bin ja die Schwester des Ermordeten! Wenn sie aber mein Wort nicht gelten lassen und Glaukus in die Verbannung schicken oder zum Tod verurteilen, so will ich sein Schicksal mit ihm teilen.«

Sie eilte hinaus auf die Straße und war noch unentschlossen, ob sie zuerst den Prätor aufsuchen oder zu Glaukus gehen sollte.

Da begegnete ihr plötzlich unweit ihres Hauses eine Gruppe von Männern, die eine verschlossene Sänfte trugen.

Ein stattlicher Herr trat jäh aus der Mitte der Träger hervor und kam auf Jone zu. Wie erschrak sie, als sie den Ägypter Arbazes erkannte!

»Schöne Jone«, sagte dieser verbindlich, »meine liebe Pflegebefohlene, vergib mir, wenn ich dich in deinem frommen Kummer störe. Allein der Prätor, der um deine Ehre besorgt ist, fürchtet, du könntest ohne Not in das nahe Verhör verwickelt werden. Er möchte dir weitere Aufregungen ersparen, er ist wirklich väterlich um dich besorgt. Daher hat er dich der Obhut deines gesetzlichen Vormundes anvertraut, das heißt, er hat mir befohlen, dich in meinen Schutz zu nehmen. Sieh hier die von ihm ausgefertigte Vollmacht!«

»Finsterer Ägypter«, rief Jone und musterte mit verächtlichen Blicken den aufdringlichen Menschen, »geh mir aus dem Weg! Du hast meinen Bruder erstochen! Und deiner Obhut, deinen Händen, die noch vom Blut meines Bruders rauchen, will man die Schwester anvertrauen? Oh, du erbleichst! Dein Gewissen klagt dich an. Nun zitterst du doch vor dem Blitzstrahl des rächenden Gottes. Fort aus meinen Augen! Achte meine Trauer!«

»Dein Kummer verwirrt dir den Verstand«, entgegnete Arbazes und bemühte sich, seine Ruhe wiederzugewinnen. »Ich vergebe dir und will dir die bösen Worte nicht nachtragen. Du wirst in mir wie immer deinen treuesten Freund finden. Die offene Straße ist indes weder der richtige Ort, um mit dir zu verhandeln, noch die geeignete Stelle, dich zu beruhigen. Erlaube, mein süßes Kind, daß wir dich in Sicherheit bringen.«

Er winkte den Sklaven, kümmerte sich weder um den Hilfeschrei Jones noch um die Rufe ihrer Begleiterinnen, umfaßte Jone mit starkem Arm und übergab sie seinen Trägern. Noch einmal riß sich die Überraschte mit aller Kraft los. Diesmal aber packten die Sklaven nicht mehr so sanft zu wie vorher, ihr Griff war derb und gewaltsam, so daß Jone wie ohnmächtig niederglitt. Nun hatten die Sklaven keine Mühe mehr. Sie hoben ihre Gefangene ohne Anstrengung in die Sänfte, Arbazes nahm neben ihr Platz und hielt sie dort fest in seinen Armen. Rasch eilten die Träger mit ihrer Beute dem entlegenen Haus des finsteren Ägypters zu.

Die Ränke des Mörders

Nun hatte Arbazes in seinem geheimnisvollen Haus zwei Gefangene: das blinde Blumenmädchen und die schöne Jone. Die beiden wußten aber nicht, daß sie unter dem gleichen Dach festgehalten wurden. In entlegenen Gemächern lebten sie, wohlbewacht von den Sklaven des Ägypters.

Arbazes beschäftigte sich mit Nydia, um sich darüber klar zu werden, wie er sie in seinem bösen Spiel einsetzen könne. Die Blinde gestand ihm in ihrer Verzweiflung, daß nicht Julia, sondern sie selbst Glaukus den verhängnisvollen Trunk gereicht habe.

Dieses Geständnis bestärkte den Ägypter in seinem Entschluß, Nydia gefangenzuhalten, bis das Gericht über den Verhafteten entschieden hatte. Die Kleine wußte zuviel: Sie kannte die Vorbereitungen des Liebestrankes und konnte genaue Aussagen machen, warum Glaukus so plötzlich und unvermutet den Wahnsinnsanfall erlitten hatte.

Wenn sie frei wäre, würde sie alles tun, um ihren angebeteten Herrn durch ein offenes Bekenntnis zu retten. Es wäre äußerst peinlich, wenn bekannt würde, daß Arbazes selber bei der Hexe des Vesuvs gewesen war und von dort mit Julia den Zaubertrank geholt hatte. Nydia würde sich bei ihrem Geständnis auf keinen Fall schonen, ihr ging es nur um das Wohl ihres Gebieters, mochten die Leute über sie selber denken, was sie wollten.

Mit heuchlerischer Sanftheit sagte Arbazes zu der Blinden: »Liebe Kleine, du mußt vorläufig hier bleiben. Es ziemt sich nicht für dich, nachts durch die Straßen zu ziehen und um Glaukus zu jammern. Ich habe Mitleid mit dir, ich will alles aufbieten, um die böse Geschichte mit dem gestohlenen Zaubertrunk wiedergutzumachen. Verweile einige Tage bei mir, und du wirst sehen, daß ich deinen Herrn aus seiner mißlichen Lage befreien werde.«

Ohne Nydias Antwort abzuwarten, verließ er schnell das Zimmer, schob den Riegel vor und übertrug die Sorge für die Gefangene einem Sklaven, der in diesem Flügel des Hauses die Aufsicht führte.

Sich selbst gönnte Arbazes keine Ruhe. Von seinen Dämonen wurde er unstet durch die Gemächer getrieben. Immer wieder kehrten seine Gedanken zum Mord und zu der Gefahr, als Täter entdeckt zu werden, zurück.

Nein, auch Jone durfte zunächst nicht freigelassen werden. Man mußte verhindern, daß sie sich in das Verhör des Angeklagten einmischte. Zu leicht könnte sie die Feindschaft, die zwischen Glaukus und dem Ägypter bestand, enthüllen. Wenn die Richter eine Spur entdeckten, würden sie diese rücksichtslos weiterverfolgen.

Jone mußte hier im Haus bleiben. War erst der Schmerz um ihren Bruder Apaecides sanfter geworden, war erst Glaukus durch ein Urteil unschädlich gemacht, so schloß sich die alleingelassene Jone vielleicht doch noch an ihren Vormund und Beschützer Arbazes an, den sie in der ersten Aufwallung so jäh zurückgewiesen hatte.

Diese Hoffnungen erschienen dem Ägypter besonders deswegen berechtigt, da er auch aus den Sternbahnen günstige Zukunftsaussichten für sich herauslas.

Oft genug freilich regte sich auch in der Brust dieses verhärteten Menschen die Furcht, doch noch als Missetäter entdeckt zu werden. Dann packte ihn das Grauen, und die heitere Luft Kampaniens lastete schwer auf seiner Brust. Er sehnte sich danach, die Stadt Pompeji zu verlassen, und beschloß daher, mit seiner gesamten Habe und mit Jone, seinem köstlichsten Schatz, nach irgendeiner entlegenen Küste zu fahren, sobald Glaukus verurteilt war.

Schon wiegte er sich in der seligen Vorstellung, die Geliebte nach dem Lande seiner Väter zu führen, und dort als Sproß des echten Herrschergeschlechtes Anspruch zu erheben auf den ägyptischen Königsthron.

Aus diesen eitlen Träumen wurde Arbazes durch die Aufforderung gerissen, dem Verhör des Atheners beizuwohnen ...

Dort im Gerichtssaal blickte er in das bleiche entstellte Gesicht des unglücklichen Glaukus, der freilich würdevoll und todesverachtend Rede und Antwort stand.

Während Arbazes mit heuchlerischem Mitleid sein Zeugnis gegen Glaukus ablegte, ließ er doch so viele giftige Bemerkungen in seine Rede einfließen, daß die zuhörenden Isispriester ergrimmten und sich schworen, die Begnadigung des Atheners zu verhindern. Notfalls wollten sie sogar das Volk aufwiegeln, um jede mildere Stimme im Senat zum Schweigen zu bringen.

Nach dem Verhör eilte Arbazes in seiner quälerischen Unrast zu Julia und teilte ihr mit, daß nicht sie selbst, sondern Nydia den verhängnisvollen Trank kredenzt habe. Mit Freude erkannte der Ägypter, daß ihm von Julia keine Gefahr drohte. Ihr eitles Herz hatte wohl das Ansehen und den Reichtum des Atheners geliebt – aber für ihn selbst hatte sie nichts mehr übrig. Jetzt, da Glaukus im Unglück war und jäh bei den leichtgläubigen Pompejanern seine ehrenvolle Stellung eingebüßt hatte, ließ sie ihn ohne die geringste mitleidige Regung fallen, ja sie empfand sogar ein Gefühl der Befriedigung und der Genugtuung. Glaukus hatte sie früher zurückgestoßen und so ihre Eitelkeit verletzt, nun sollte er vom Schicksal seine Strafe erhalten.

Leichtsinnig wie sie war, zeigte sie sich nicht unempfindlich gegen die ersten Huldigungen, die ihr der Falschspieler Clodius widmete.

So schienen die Sterne dem Ägypter Arbazes recht zu geben. Ihre Aspekte waren ihm günstig. Nydia und Jone waren in seinem sicheren Gewahrsam, und Julia schwieg aus eigenem Antrieb. Wer hätte sonst eine Spur auf ihn lenken können? Glaukus, der vermeintliche Mörder, würde in Kürze dem Groll der Isispriester und der Wut des blutgierigen Volkes erliegen.

Arbazes lächelte. Bös' glitzerten dabei seine Augen.

Nydia als Zauberin

Als Nydia nach der letzten Unterredung mit Arbazes merkte, daß der Ägypter nicht wieder zu ihr zurückkehrte, wurden ihr die Stunden immer unerträglicher. Sie tappte mit ausgestreckten Händen umher und suchte einen Ausweg aus ihrem Kerker. Da sie die Tür verschlossen fand, schrie sie laut.

»Heda, Mädchen«, antwortete der wachhabende Sklave, während er öffnete. »Hat dich die Tarantel gestochen? Was ist denn los?«

»Wo ist dein Herr? Laß mich hinaus!«

»Ach, du armes Ding! Du kennst anscheinend unseren Arbazes immer noch nicht. Er hat befohlen, dich eingesperrt zu halten, und ich bin dein Wächter. Aber ich will dir's ein bißchen gemütlicher machen, und vor allem sollst du etwas zu essen und zu trinken haben.«

»Weh mir«, rief händeringend Nydia, »was kann der große Arbazes mit einem so armen Geschöpf, wie ich es bin, vorhaben?«

»Ich weiß es nicht. Vielleicht bist du als Gesellschafterin für deine Herrin bestimmt, die man auch hierhergebracht hat.«

»Was sagst du? Jone ist hier?«

»Ach freilich! Das arme Fräulein! Ich fürchte, es gefällt deiner Gebieterin hier nicht zum besten. Allein beim Kastor! Arbazes ist gegen Damen sehr artig.«

»Willst du mich zu Jone führen?«

»Ich habe dazu keinen Befehl.«

»Ist denn was Unrechtes dran, wenn ich Jone besuche?«

»Das weiß ich nicht. Wenn dir aber so sehr an Gesellschaft gelegen ist, so will ich gern ein wenig bei dir bleiben. Du als Thessalierin kannst mir gewiß die Zeit mit Wahrsagen oder Zauberei vertreiben, und ich könnte dir die neueste Mordgeschichte von Glaukus oder sonst dergleichen erzählen. Ja, ja, dem wird die Sache teuer zu stehen kommen.«

»Von wem sprichst du?«

»Ei nun, von dem Athener, der den Priester Apaecides erstochen hat.«

»So habe ich doch recht gehört! Wer könnte es wagen, ihm auch nur ein Haar zu krümmen?«

»Ha, der Löwe oder der Tiger! Denn mit einer von diesen beiden Bestien wird er ja wohl Bekanntschaft machen müssen.«

Nydia schrie laut auf, fiel dem Sklaven zu Füßen und jammerte, daß es hätte einen Stein erbarmen mögen.

Sie flehte: »O sag mir, du scherzest. Du hast doch nicht die Wahrheit gesagt, sprich, rede!«

»Beim Jupiter, blindes Mädchen, ich verstehe nichts von den Gesetzen, vielleicht ist es auch nicht so schlimm. Aber Arbazes ist halt sein Ankläger, und das Volk verlangt einen Partner für die wilden Tiere. Reg dich doch nicht weiter auf, was kümmert dich der Athener!«

»Er ist mein Wohltäter!«

Sie bedeckte das Gesicht mit beiden Händen, Tränen rannen über ihre Wangen. Ihre Gedanken waren bei Glaukus. So – Arbazes war der Ankläger! Würde er sie hier gefangen halten, wenn er nicht fürchtete, daß sie draußen in der Freiheit allerlei zugunsten des Glaukus unternehmen könnte! Ja, ihre Aussage war wichtig. Sie mußte das Bekenntnis ablegen, daß sie selbst ihrem Herrn den furchtbaren Zaubertrank gereicht hatte. Alles Unheil kam ja daher, daß Glaukus in jener Nacht den Dämonen ausgeliefert war und sich selber nicht an die wahren Zusammenhänge erinnern konnte.

So sann Nydia angestrengt darüber nach, wie sie sich aus der Gefangenschaft befreien konnte, um draußen vor dem pompejanischen Gericht für ihren Herrn Zeugnis abzulegen!

Aber bei dem Sklavenwächter verfingen keine Bitten – nur mit List konnte ein Weg gefunden werden. Während die Blinde in langen Stunden tausenderlei erwog, fiel ihr ein, daß der Wächter ihre thessalischen Zauberkünste gerühmt hatte. Vielleicht konnte man ihn damit fangen.

Als der Wächter wieder einmal zu ihr ins Zimmer kam, sagte sie zu ihm: »Du hast dich nach meinen Fähigkeiten, zu zaubern oder wahrzusagen, erkundigt! Merk auf: Die Nacht ist die beste Zeit, in der wir die Beschlüsse des Schicksals zu erkennen vermögen. Sag, was willst du von mir wissen?«

»Nur das eine«, bemerkte der Sklave, »ob es mir gelingen wird, soviel zu sparen, um mir und meiner geliebten Frau die Freiheit erkaufen zu können. Ich möchte mir nämlich dann eine Salbenbude einrichten und mit falschen Locken handeln. Man verdient dabei recht anständig. Sag mir also, was du von meiner Zukunft weißt.«

»Warum fragst du mich nach Dingen, die du eigentlich viel leichter und sicherer gleich von deinem Herrn erfahren könntest?«

»Oh, der würde mich übel behandeln, wenn ich ihn merken ließe, daß ich an meine Freiheit dächte. Er entläßt niemand so leicht aus seinem Dienst, da er die Schwätzereien der Diener fürchtet.«

»Nun – dann kann ich dir vielleicht doch helfen. Ich erinnere mich, von einem besonders gearteten Brunnen im Garten deines Herrn gehört zu haben. Ich könnte am Wallen des Wassers vielleicht spüren, ob dein Wunsch in Erfüllung geht.«

»Ein Brunnen ist wohl da, von einem Kastanienbaum beschattet. Doch weiß ich nicht, wie das mit der Zauberei dort ist.«

»Das laß meine Sorge sein! Führe mich, wenn die Plejaden am Himmel sichtbar werden und das Schwert des Orion funkelt, in den Garten zu dem Brunnen, und ich will dir deuten, was die Götter über dich verhängt haben. Aber schweigen mußt du, das ist das einzige Gebot!«

»Stumm will ich sein wie ein Fisch!«

Nydia machte eine kleine Pause, dann fragte sie so leichthin: »Und wie steht es mit dem Gericht gegen Glaukus?«

»So viel ich höre, können sich die Richter noch immer nicht einigen.«

»Und Jone?«

»Beim Bacchus! Sie hat noch alle ihre Kräfte beisammen. Heute früh hat sie meinen Herrn so in Zorn gebracht, daß er ihren Namen nicht aussprechen kann, ohne wütend zu werden. Als er aus ihrem Zimmer kam, sah er aus wie das blaue Donnerwetter.«

»Wo ist denn eigentlich ihr Zimmer?«

»Ach, im oberen Stock. Aber leise – ich darf ja davon eigentlich zu niemandem ein Wort sagen. Also lebe wohl – bis die Plejaden und der Orion am Himmel stehen.«

Ein Mörder und ein Erpresser

Der Abend, an dem Glaukus zum zweitenmal verhört werden sollte, brach an, als der Isispriester Calenus auf dem Weg zum Ägypter Arbazes war. Er schlich durch das geheime Gartentor herein, in dessen Nähe Nydia dem Sklaven sein zukünftiges Schicksal zeigen wollte.

Leise sprach Calenus zu sich selbst: »Hoffentlich treffe ich den mächtigen Meister vom flammenden Gürtel jetzt noch in seiner Wohnung. Heute wird er in mir einen Zauberer finden, der ihm überlegen ist. Vielleicht muß er sich zum erstenmal beugen – vor mir! Seine Ehre, sein Leben sind jetzt in meiner Gewalt, wir wollen sehen, wie hoch er sich selber einschätzt.«

So im Selbstgespräch schritt er durch den offenen Hof in die Vorhalle, wo einzelne Lampen brannten. Hier trat ihm plötzlich aus einem Seitengang Arbazes entgegen.

»Sieh da, Calenus, du hier? Suchst du mich?« fragte der Ägypter.

»Dem weisen Arbazes gilt allerdings mein Besuch, und ich darf hoffen, daß ich nicht zu ungelegener Zeit komme.« – »Gewiß nicht!«

»Sollen wir in ein Zimmer eintreten?«

»Wenn du willst, gerne! Aber die Nacht ist so schön, die kühle Luft erfrischt mich, ich würde eigentlich vorschlagen, daß wir in den Garten gehen, wir sind dort ebenso allein wie im Zimmer.«

»Von Herzen gern«, antwortete der Priester.

Langsam gingen die beiden in den Garten hinab. Es duftete aus den Büschen und Beeten.

»Eine erquickliche Nacht«, sagte Arbazes. »So sternenhell wie jene erste Nacht, die ich vor zwanzig Jahren hier auf römischem Boden erlebte, als ich an dieser Küste landete. Ja, zwanzig Jahre sind schon vergangen. Wir werden alt, Calenus. Und müssen glücklich sein, wenn wir sagen können: wir haben gelebt!«

»Nun, du kannst doch mit deinem Leben zufrieden sein. Du hast zahllose Reichtümer, bist gesund, hast Glück in der Liebe – und jetzt erlebst du noch den Triumph über deinen Feind!«

»Du meinst den Athener? Morgen wird sein Todesurteil gesprochen, der Senat muß es bestätigen. Aber du irrst – ich habe keinen Haß gegen diesen Mörder!«

»Mörder?« wiederholte Calenus langsam und faßte dabei den Ägypter scharf ins Auge.

Die Sterne schienen bleich herab, in ihrem fahlen Licht standen dunkel die Baumschatten des Gartens.

Die Miene des Ägypters veränderte sich nicht, hochmütig blickte er zu Calenus hin.

Der aber fuhr fort: »Du klagst Glaukus als Mörder an – obwohl niemand besser weiß als du, daß der Athener schuldlos ist.«

»Erkläre dich deutlicher«, entgegnete Arbazes kaltblütig.

»Hör zu«, sagte Calenus leise, »ich war zur Zeit der Tat im Gebüsch hinter dem Tempel der Cybele. Ich habe alles gehört, alles gesehen. Ich sah auch, wie dein Stahl den Apaecides durchbohrte. Nun – ich tadle die Tat keineswegs. Apaecides war ein Feind unseres Glaubens geworden.«

»So – du hast alles gesehen«, fragte Arbazes mit gespieltem Gleichmut. »Ich habe mir so etwas Ähnliches gedacht . . . Du warst wohl allein?«

»Ganz allein«, erwiderte Calenus, betroffen von der Ruhe des Ägypters.

»Was wolltest du eigentlich hinter dem Tempel?«

»Ich hatte erfahren, daß um diese Stunde der abtrünnige Apaecides sich mit dem Nazarener Olinth treffen wollte, um zu verabreden, wie sie die Mysterien unserer Göttin Isis vor dem ganzen Volk enthüllen könnten.«

»Hast du irgendeiner lebenden Seele anvertraut, daß du dort warst?«

»Nein.«

»Wie? Sogar dein Verwandter Burbo, der Gastwirt, weiß nichts davon?«

»Er weiß nichts davon, bei den Göttern!«

»Und warum hast du mir bisher nichts davon gesagt? Warum hast du bis zu dem Tag gezögert, an dem man den Athener verurteilt? Warum hast du mir bisher das nicht ins Gesicht gesagt, daß ich der Mörder des Apaecides bin?«

»Weil – weil –«, stotterte Calenus verwirrt.

Arbazes unterbrach ihn eisig lächelnd und klopfte ihm dabei leutselig auf die Schultern: »Weil du wünschtest, daß ich erst vollständig in die Geschichte verwickelt werde. Jetzt könntest du mich gleichzeitig des Mordes und des Meineides anklagen, nicht wahr? Du willst mir zeigen, daß es dir ein Leichtes ist, die Wut des blutdürstigen Volkes gegen mich zu lenken. Du meinst: wenn sich der Rachen des Löwen nicht für Glaukus auftut, so könnte er doch mich packen, ist es nicht so?«

»Arbazes«, entgegnete Calenus verstört, »wahrhaftig, du bist der große Zauberer, du kennst die verborgenen Regungen.«

»Das ist so mein Beruf«, sagte Arbazes mit feinem Lächeln. »Wohlan denn, schweige – wenn alles vorüber ist, will ich dich reich machen.«

»Verzeih mir, großer Arbazes«, sagte der Priester kriecherisch und habsüchtig zugleich. »Es wäre gut, wenn du dem Gott des Schweigens schon im voraus ein Opfer bringen wolltest.«

»Komm morgen wieder, wenn es Tag ist.«

»Warum es auf morgen verschieben . . .«

»Gut«, sagte der Ägypter entschlossen, »wieviel soll ich dir zahlen?«

»Was ich auch forderte, ich würde das Leben und das Vermögen des großen Arbazes immer zu gering anschlagen.«

»Ich muß diese Schmeichelei wohl gelten lassen, allein ich fordere dich auf, deinen Preis zu nennen, und zwar jetzt.«

»Wer so wie du in seiner Schatzkammer unzählige Kisten mit Gold und Juwelen verwahrt, der könnte wohl einmal einem armen Priester vergönnen, sich dort nach Gefallen die Taschen zu füllen.«

»Einverstanden, Calenus! Ich handle nicht gern. Komm, du warst von jeher mein alter ehrlicher Freund. Dir kann nichts daran liegen, daß du mein Leben gefährdest. Nun, und ich will dir auch nicht den verdienten Freundeslohn vorenthalten. Du sollst mit mir in meine unterirdische Schatzkammer hinabsteigen, deine Augen an den glänzenden Reichtümern weiden. Soviel du in deinem faltenreichen Gewand unterbringst, magst du dann mit dir nehmen.«

»Erhabener, großmütiger Herr und Gebieter! Kannst du mir wohl den so ungerechten Zweifel an deinem Edelmut verzeihen?«

»Still! Folge mir! Wir steigen zur Schatzkammer hinunter.«

Geheimnisse im Hause des Arbazes

Ungeduldig erwartete Nydia die Ankunft ihres Wächters. Als er endlich hereinstapfte, hatte er sich im Keller seines Herrn gehörig Mut angetrunken.

»Du bleibst lange aus«, rief Nydia ihm entgegen, »hast du nun alles für unser Unternehmen vorbereitet?«

»Vorbereitet? Was muß man da noch vorbereiten?«

»Ja, glaubst du etwa, daß die Geister, die ich beschwören will, freiwillig aus den Lüften herabsteigen? Sie verlangen genauso ihre Opfer wie die anderen Götter und legen uns außerdem noch allerlei Prüfungen auf.«

»Opfer und Prüfung! Das sind zwei Dinge, auf die ich freilich nicht vorbereitet bin.«

»Eine Schale mit Wein und ein Körbchen mit Feigen werden vorerst genügen.«

»Nun, diese Opfergaben hatte ich eben dir zugedacht. Es wird von dir allein abhängen, sie den Geistern zu überlassen. Aber wie steht es mit den Prüfungen?«

»Nur eine einzige hast du zu bestehen: Du mußt die Augen geschlossen halten und darfst dabei nichts reden.«

»Das wird kaum gehen. Wenn ich den Mund schließe, muß ich die Augen aufreißen, und wenn ich die Augen zumache, will der Mund nicht zubleiben.«

»Für beides laß nur mich sorgen. Komm hierher, setz dich auf den Boden, nimm die Schale mit Wein in die eine, das Fruchtkörbchen in die andere Hand, und steh nicht eher auf, bis der Dämon dir die Gaben abgenommen hat. Bis dahin müssen wir beide schweigen. Ein einziges Wort würde dir und mir das Leben kosten.«

Der Sklave gehorchte, setzte sich etwas bange nieder und richtete den Blick unverwandt auf Nydia. Diese nahm ihren Stab zur Hand, zog um den zitternden Wächter magische Kreise, nahm dann ein dichtes wollenes Tuch, band damit die Augen des Mannes zu und legte zugleich eine Binde um seine Ohren. Hierauf schlich sie leise zur Tür, öffnete sie behutsam, tastete sich hinaus, verschloß die Tür von außen und eilte, so schnell sie es vermochte, davon.

Eine gute Weile hatte der Sklave am Boden gesessen. Die Arme, in denen er Schale und Körbchen hielt, fingen an zu zittern und herabzusinken. Mehrmals war es ihm gelungen, die wankende Schale wieder ins Gleichgewicht zu bringen. Allein jetzt verließen ihn seine Kräfte, die Hand sank, und der Wein floß auf die Fliesen.

»Das mögen mir schöne Geister sein«, rief er entrüstet, »die nicht einmal Durst haben und sich die Schale eine Stunde vorhalten lassen, ohne sie mir abzunehmen. He, Nydia, löse mir die Binde, ich will nichts mit deinen Geistern zu tun haben! Wie? Keine Antwort? Du schweigst noch immer? Oder höre ich nichts, weil du mir die Ohren zugleich mit den Augen verbunden hast? Antworte mir doch, ich will nichts mehr von diesen Zauberwesen wissen. Du willst nicht? Gut, dann werde ich mir selbst zu helfen suchen.«

Hastig riß er die Binde von den Augen. Aber wie groß war sein Erstaunen, als er sich allein im Zimmer fand!

»Oh, die blinde Wetterhexe«, rief er wütend, »sie hat mich schändlich betrogen, na warte nur, weit sollst du in unserem Labyrinth nicht kommen!«

Er wollte ihr nachlaufen, da fand er die Tür von außen verschlossen. Er erschrak. Ihr Götter, was für eine schwere Strafe mußte er befürchten, wenn Arbazes diesen Vorfall erfuhr!

Während der Wächter so als Gefangener sein Schicksal beklagte und darüber nachsann, auf welche Weise er die Flüchtige wieder einholen könnte, hatte Nydia mit der ihr eigenen Gewandtheit den geheimen Gang erreicht, der zum Garten führte. Sie stieg eine schmale Treppe hoch, die ihr von den früheren Besuchen im Hause des Ägypters bekannt war. Plötzlich jedoch hörte sie hinter sich in dem dumpfen Gewölbe Schritte und erkannte alsbald die Stimme des gefürchteten Ägypters. Ein vorspringender Strebepfeiler gab ihr zur rechten Zeit Gelegenheit, sich zu verstecken, in wahrer Todesangst fühlte sie, wie das lange Gewand des Hausherrn und die Toga seines Begleiters an ihr vorüberrauschten . . .

Die kleine Lampe, die Arbazes trug, warf einen matten Schein in das unterirdische Kellergelaß, in das nun der Ägypter den Priester Calenus hineinführte. Die niedere Decke wurde von kurzen dicken Pfeilern getragen. Nackt und rauh waren die Wände. Die aufgescheuchten Kröten und Molche guckten die Eindringlinge groß an und schlüpften schnell in ihre feuchten Klüfte zurück.

Calenus schauderte, als er umherblickte und die dumpfe Luft einatmete.

»Hab keine Angst«, flüsterte Arbazes dem Isispriester vertraulich zu, »diese rauhen Abgründe bergen die Schätze, durch die wir uns das Leben zu verschönern wissen.«

Calenus fragte: »Wohin führt die dunkle Empore? Dort wird es so finster, als ginge es zum Hades hinab.«

»Keineswegs! Komm nur mit. Hier herein führt unser Weg!«

»Der muntere Glaukus«, bemerkte Calenus im Weitergehen, »wird schon morgen in ein Kämmerchen kommen, das noch feuchter und dumpfer ist als hier dein Keller.«

»Desto mehr Platz wird er dann im Amphitheater haben, wenn er dem Löwen vorgeworfen wird. Wenn ich daran denke, daß ein einziges Wort von dir ihm die Freiheit und mir den Tod geben könnte, fühle ich mich dir, lieber Calenus, wirklich unendlich verpflichtet, daß du mich nicht verrätst.«

»Das *eine* Wort soll nie über meine Lippen kommen. Ich kann meinen Mund halten, haha, zudem, wenn mein Schweigen mit Gold aufgewogen wird.«

»Ich vertraue ganz deiner Verschwiegenheit. Ich werde dich königlich belohnen. Aber halt – hier stehen wir vor der richtigen Tür.« Der Ägypter schloß beim dürftigen Lampenschimmer eine eherne Pforte auf.

»Tritt ein, Freund Calenus«, sagte Arbazes, »ich halte die Lampe hoch, damit du den Schatz besser übersehen kannst.«

Der ungeduldige Calenus ließ sich nicht zweimal einladen, begierig und lüstern tappte er vorwärts. Kaum aber war er über die Schwelle getreten, als die kräftige Faust des Ägypters ihn in den Kellergrund hinabstieß und die Tür hinter ihm zuwarf.

Arbazes brach jetzt, da er seinen Gegner unschädlich gemacht hatte, in ein wildes Hohngelächter aus.

Calenus selber war durch den Stoß mehrere Stufen hinabgestürzt. Nachdem er wieder auf die Beine gekommen war, taumelte er zum Eingang zurück, schlug mit der geballten Faust gegen die eiserne Tür und schrie fürchterlich. Nichts Menschliches war mehr in dieser Stimme, sie klang wie das Geheul eines wilden Tieres.

»Laß mich heraus«, stöhnte er auf, »laß mich heraus, ich will ewiges Schweigen geloben. Hab Mitleid! Erbarmen!«

Die Worte verhallten. Sie erreichten nicht mehr das Ohr des Ägypters, der bereits wieder zu seinen Gemächern unterwegs war. »Ha«, lachte er, »für diesen Kerl ist eher eine Rückkehr aus der Unterwelt als aus meinem Kerker möglich. Einige Tage Geduld – und Calenus wird nie mehr sprechen können. Ich aber werde dann mit Jone und meinen Schätzen auf und davon segeln. Bei der Göttin Isis! Eine Schale Falernerwein wird einem nach so einer Geschichte gut tun.«

Der gewissenlose Ägypter hüllte sich fester in sein Gewand und kehrte zu den oberen Gemächern zurück . . .

Welche Worte hatte Nydia vernommen! Morgen schon sollte das Urteil über Glaukus gefällt werden, und da lebte noch einer, der ihn retten konnte, und dieser eine atmete nur wenige Schritte vom Schlupfwinkel Nydias entfernt! Die Blinde hörte sein Geschrei, seine Flüche, seine Gebete. Die Worte tönten aus der dumpfen Tiefe her. Wie im Fieber stürmten die Gedanken auf Nydia ein. Sie allein kannte das Schicksal des Eingekerkerten. Wenn es ihr gelang zu entfliehen und den Prätor zu erreichen, dann mußte es möglich sein, den geliebten Glaukus zu retten. Denn der Gefangene, der dort im dumpfen Keller verzweifelt gegen die Tür hämmerte, würde den Mund auftun und gewiß für Glaukus sprechen, wenn er erst wieder frei wäre.

Nydia taumelte wie im Schwindel, fast vergingen ihr die Sinne, mit Mühe hielt sie sich aufrecht. Sie lauschte. Von Arbazes war nichts mehr zu hören, er hatte mittlerweile gewiß schon den unterirdischen Gang verlassen. Da kroch Nydia weiter und stand endlich vor der Tür, die Calenus in sein düsteres Gefängnis einschloß. Die Blinde legte ihre Lippen ans Schlüsselloch der dicken Eisentür, und nun vernahm der Gefangene deutlich, daß ihn jemand bei seinem Namen rief.

Calenus schauderte in seinem furchtbaren Verließ. Sein Blut schien ihm zu gerinnen. Welches geheimnisvolle, übernatürliche Wesen konnte ihn hier in der Finsternis anrufen?

»Wer ist da?« brüllte er aus seinem Kerker.

Nydia antwortete: »Hör zu! Ich habe euer Gespräch mit angehört. Ich werde selbst hier im Hause des Arbazes festgehalten. Wenn es mir gelingt, zu entfliehen, dann will ich auch dich befreien. Aber du mußt mir vorher ein paar Fragen beantworten.«

»Oh, du gesegnete Stimme«, tönte es aus dem Verlies, »rette mich!«

»Antworte zuvor! Sag, hörte ich recht, vermagst du den Athener Glaukus zu schützen?«

»Ja – das kann ich! Gerade deswegen hat mich der falsche Ägypter hier eingesperrt. Er will mich hier verhungern und vermodern lassen!«

»Der Athener wird des Mordes beschuldigt. Kannst du die Anklage widerlegen?«

»Befreie mich nur, und das edelste Haupt in Pompeji ist nicht sicherer als seines! Ich war bei der Tat zugegen, ich habe gesehen, wie Arbazes den Dolchstoß geführt hat. Ich kann den eigentlichen Mörder überführen.«

»Und wirst du für Glaukus Zeugnis vor Gericht ablegen, wenn du erst frei bist?«

»Ja, ich will es! Und wäre der Styx zu meinen Füßen. Rache will ich an dem falschen Ägypter nehmen.«

Nydia antwortete: »Halte in Geduld und Hoffnung aus! Die Götter, die mich hierhergeleitet haben, werden mich durch alle Gefahren sicher führen. Ja, ich fühle es, daß ich dich befreien werde.«

»Aber sei vorsichtig, liebe Unbekannte, sei klug!

Wende dich ja nicht an Arbazes, er ist kalt wie Marmor. Geh zum Prätor oder zu einem Freund des Atheners, sag, was du weißt, bring Leute herbei mit Brecheisen und Beilen. Die Zeit hat Flügel, ich muß verhungern, verschmachten, wenn du nicht eilst. Du weißt nicht, wie furchtbar es hier ist. Die Luft ist verpestet, die Skorpione lauern mir auf – ach ...«

Schnell unterbrach ihn Nydia: »Leb wohl – und behalte deine Hoffnung!«

Eilig verließ sie den Eingekerkerten. Mit vorgehaltenen Händen fühlte sie an den Pfeilern entlang, bis sie den Ausgang in die oberen Räume gefunden hatte. Hier hielt sie still, um zu lauschen. Kein Geräusch! Nydia tastete sich weiter ...

Etwa zur gleichen Zeit bereitete Arbazes in seinem Zimmer die baldige Abreise vor. Er wollte zwar erst nach der erhofften Hinrichtung des Atheners abfahren, aber bis dahin sollten auch alle Kisten und Kästen seine Schätze sicher bergen. Während er die Anordnungen traf, irrten seine Gedanken immer erneut zu jenen Menschen hin, die imstande waren, seine Pläne zu durchkreuzen. Dabei erinnerte er sich auch wieder der blinden Nydia. Oh, man mußte gut auf das Mädchen achtgeben. Denn niemals sollte Jone erfahren, was für ein böser Trunk so plötzlich den Geist ihres Verlobten verwirrt hatte. Man mußte schon vorsichtig sein. Allzu leicht konnte Jone von ihren Dienerinnen erfahren, daß Nydia jetzt unter dem gleichen Dache weilte wie sie selbst. Allzu leicht konnte Jone auf den Gedanken kommen, zu der Blinden wieder Verbindung aufzunehmen.

Arbazes rief einen Sklaven namens Callias und befahl: »He, geh zu dem Wächter hin, dem ich die kleine Nydia anvertraut habe, und sage ihm, er soll unter keinen Umständen die Blinde aus ihrem Zimmer herauslassen. Zuvor aber suche die Dienerinnen Jones auf und schärfe ihnen peinlich genau ein, sie dürften ja nichts über die Anwesenheit Nydias hier in meinem Haus sagen. Lauf und beeil dich!«

Ungesäumt eilte der Diener zuerst zu den Sklavinnen Jones, und dann rannte er zu jenem Zimmer, wo das blinde Blumenmädchen festgehalten wurde.

Er suchte den Wächter und rief dann, als er ihn nirgends fand, mit lauter Stimme: »He, Sosia, wo treibst du dich herum? Ich soll dir etwas von unserem Herrn Arbazes ausrichten.«

Da tönte es jetzt aus Nydias Zimmer: »Oh, Callias, bist du es? Den Göttern sei Dank! Öffne die Tür, ich bitte dich.«

Callias schob den Riegel zurück. Mit jämmerlichem Gesicht trat ihm Sosia entgegen.

»Wie? Du bist hier eingesperrt bei einem jungen Mädchen?« fragte Callias verwundert.

»Oh, das verwetterte Frauenzimmer«, rief Sosia verzweifelt, »das freche Ding wird mich unglücklich machen.«

Er erzählte, wie es ihm hier ergangen war.

»Dann kannst du dich gleich selber aufhängen«, sagte Callias, »soeben hat mich Arbazes beauftragt, dir zu sagen, daß du Nydia auch nicht für einen Augenblick aus dem Zimmer lassen darfst.«

»Ich Unglücklicher«, rief der Sklave, »was fange ich an? Sie hat vielleicht schon jetzt die halbe Stadt durchlaufen. Morgen will ich sie in aller Frühe suchen, verrate mich nur nicht.«

»Verlaß dich auf meine Freundschaft. Bist du aber auch sicher, daß sie nicht mehr im Haus ist? Sie kann sich doch irgendwo versteckt haben.«

»Sie wird längst im Garten sein, und wenn sie die Tür offen gefunden hat . . .«

»Wie? Ich selbst habe die Tür zugeschlossen und den Schlüssel mit mir genommen.«

»Oh – dem Bacchus sei Dank! Komm, wir wollen keinen Augenblick verlieren, vielleicht finden wir sie noch im Garten.«

Der gutmütige Callias war gleich bereit, seinem Kameraden zu helfen. Sie durchsuchten zuerst die nahegelegenen Zimmer und Hallen und rannten hierauf in den Garten . . .

Um dieselbe Zeit hatte Nydia ihren Schlupfwinkel verlassen. Es war ihr gelungen, den Garten zu erreichen, mit der ihr eigenen Geschicklichkeit stieg sie über Stufen und Terrassen, bis sie die Pforte fand. Aber ach! Die Tür war verschlossen! Ein furchtbarer Jammer erfaßte die Blinde. Sie war verzweifelt. Sollte alles vergebens gewesen sein?

Es war vergebens! Denn da kamen auch schon die beiden Sklaven Callias und Sosia herbei und sahen mit böser Schadenfreude, wie sich die Blinde umsonst abmühte.

Sosia flüsterte: »Still, laß sie nur gehen. Wir wollen doch sehen, was sie anfängt, wenn sie die Tür nicht öffnen kann.«

»Hör doch«, erwiderte Callias, »sie spricht für sich, sie sinnt auf neue Listen, sie gibt ihren Plan nicht auf. Jetzt kehrt sie um. Ich rate dir, Sosia, zögere nicht länger, packe sie, ehe sie dir entwischt.«

Sosia stürzte sich jetzt auf Nydia: »Aha, du Ausreißerin, habe ich dich wieder? He?«

Ein dünner Schrei! Armselig, verzweifelt! So klang der Angstruf des blinden Mädchens, als es jetzt plötzlich von dem Gefängniswärter ergriffen wurde.

Glaukus schien verloren zu sein. Der Tod hatte wohl das Spiel gewonnen.

»Sie wird mit ihrem Geplärr das ganze Haus aufwecken«, sagte Callias unwillig, »stopf ihr den Mund!«

Sosia entgegnete: »Halt ihr die Hände! Mit dem gleichen Tuch, mit dem sie mir die Augen verbunden hat, will ich ihren Ruf ersticken.«

Sosia nahm die leichte Last in seine starken Arme und trug die Gebändigte in ihr Zimmer zurück. Hier zerrte er ihr das Tuch wieder aus dem Mund und überließ die Blinde der qualvollen Einsamkeit. Keine Schreckgestalten des Hades hätten ihr größere Angst einjagen können als der Gedanke, daß jetzt Glaukus verloren sei.

Hoffnung für Glaukus

Die unglückliche Nydia verbrachte eine furchtbare Nacht. Langsam schlichen die peinigenden Stunden dahin.

Der Sklave Sosia besuchte sie erst wieder am kommenden Morgen. Er brachte ihr das gewöhnliche Frühstück mit Brot und Wein. Die Tür öffnete er dabei nur zur

Hälfte, schnell schloß er sie wieder zu, nachdem er die Sachen auf den Boden gestellt hatte. Nydia erkannte, daß sie hilflos eingesperrt war. Ach, wie trostlos rann der Tag vorbei! Und dabei war es der Tag, an dem Glaukus verurteilt werden sollte.

Nydia wehrte sich gegen die Verzweiflung. Sie nahm sogar vom Brot und Wein, um sich bei Kräften zu erhalten und auf alles vorbereitet zu sein. Tausend Pläne zur Flucht gingen ihr durch den Sinn. Aber einen nach dem andern mußte sie aufgeben. Immer noch war der Wächter Sosia ihre einzige Hoffnung. Er hätte zu gern erfahren, ob er ewig Sklave bleiben müsse. Konnte man ihn vielleicht durch Bestechung gewinnen? War sie nicht reich genug, ihn loszukaufen?

An ihren zarten Armen trug sie goldene Spangen, ein Geschenk Jones, und um den Hals eine wunderbare Kette von Glaukus. Vielleicht konnte sie mit diesem Schmuck etwas erreichen. In brennender Ungeduld erwartete sie die Rückkehr Sosias. Als aber Stunde für Stunde verging, ohne daß er kam, wurde sie ungeduldig. Sie vermochte die Einsamkeit nicht länger zu ertragen, sie stöhnte, schrie laut auf und schlug gegen die Tür. Ihr Geschrei hallte in den Gängen wider. Da endlich kam Sosia herbeigelaufen.

»Heda«, rief er unwillig, »willst du wohl ruhig sein! Was gibt es denn?«

»Schimpf nicht, lieber Sosia«, sagte Nydia einschmeichelnd, »ich kann es so lange nicht allein aushalten, ich fürchte mich. Setz dich zu mir bitte, nur ein Weilchen. Fürchte nicht, daß ich noch einmal versuchen werde zu fliehen. Ich will mich nicht von der Stelle regen – nur bitte ich dich, ein wenig mit mir zu plaudern.«

Sosia fühlte Mitleid mit der kleinen Blinden, die ja keinen Menschen mehr hatte, mit dem sie schwatzen konnte. Er selbst war ein recht redseliger Mensch und daher einer kleinen Plauderei nicht abgeneigt. Darum schloß er wieder auf und setzte sich mit dem Rücken fest gegen die Tür.

Dann sagte er: »Daß du mir nicht wieder einen Streich spielst!«

»Nein, gewiß nicht! Sag mir, liebster Sosia, was haben wir denn jetzt für eine Zeit?«

»Es ist schon Abend. Die Hirten treiben ihre Herden heim.«

»Und die Gerichtssitzung? Ist sie vorüber?«

»Schon längst! Beide Verbrecher sind verurteilt.«

Nydia hielt mit Gewalt an sich. »Ich dachte es wohl«, sagte sie mit geheuchelter Fassung, »und wann werden sie den Tod erleiden?«

»Sie sollen morgen mit den wilden Tieren kämpfen. Müßte ich nicht deinetwegen, du kleine Hexe, zu Hause bleiben, so könnte ich ebenfalls mit den andern in das Amphitheater gehen und das Spektakulum mit anschauen.«

Nydia war einer Ohnmacht nahe. Sosia indessen bemerkte es nicht, da es schon dämmrig wurde. Er beklagte sich, daß er um ein so lustiges Schauspiel komme, und war ärgerlich, daß Arbazes gerade ihn als Wächter der gefangenen Sklavin ausgewählt hatte.

Schließlich sagte Nydia: »Wenn du ein Freigelassener wärest, so könnte keiner dir so ein Opfer zumuten. Nun – du könntest sehr leicht die Sklavenketten zerbrechen ...«

»Wie meinst du das?«

»Ei, nun, du kaufst dich frei!«

»Dazu gehört mehr Geld als ich besitze.«

»Wieviel brauchst du denn?«

»Ich werde wohl zweitausend Sesterze wert sein.«

»Nicht mehr? Dann könnte ich dir helfen. Siehst du hier diese Armbänder und die Kette? Sie sind das Doppelte wert! Ich will sie dir geben, wenn du ...«

»Du – versuche mich nicht, ich kann dich nicht herauslassen. Arbazes ist ein furchtbarer, strenger Gebieter. Wer weiß, ob er dann nicht mit mir die Fische des Sarnus füttert, wenn er darauf kommt, daß ich gegen seinen Befehl gehandelt habe. Nein, nein, besser ein lebendiger Hund als ein toter Löwe.«

»Ach, Sosia, bedenk es wohl! Nur ein kleines Stündchen laß mich hinaus, und du wirst frei! Um Mitternacht vielleicht. Vor Tagesanbruch bin ich wieder zurück, oder du kannst ja auch gleich selber mit mir gehen, wenn du mir nicht traust.«

»Nein« wiederholte Sosia, »nur einmal war ein Sklave ungehorsam gegen Arbazes – und niemals hat man wieder etwas von ihm gehört!«

»Aber nach dem Gesetz kann ein Herr keineswegs über das Leben der Sklaven bestimmen, wie es ihm gefällt!«

»Das Gesetz hilft mir nicht. Bin ich einmal tot, so kann mir keine Vorschrift der Welt das Leben wiedergeben.«

Nydia rang die Hände. Also keine Hoffnung!

»Nur wenn es Arbazes erlaubt, kannst du das Haus verlassen.«

»Aber du könntest doch wenigstens etwas für mich besorgen!«

»An wen?«

»An den jungen freigebigen Sallust, den Freund meines unglücklichen Herrn.«

»Solche Bestellungen haben immer etwas Verdächtiges. Gib mir deinen Auftrag wenigstens schriftlich!«

»Du verhöhnst mich noch, weil ich blind bin. Wie sollte ich die Kunst des Schreibens erlernt haben? Selbst mit gesunden Augen braucht man Jahre, bis man lesen und schreiben kann!«

»Da hast du freilich recht«, sagte voll Stolz der Sklave, »daran habe ich nicht gedacht. Ich freilich gehöre zu den Gelehrten und beherrsche die schwere Schreibkunst.«

»Und verstehst du auch griechisch«, fragte Nydia, der plötzlich ein glücklicher Gedanke durch den Sinn fuhr.

»Selbstverständlich«, entgegnete Sosia wichtigtuerisch, »das heißt, ich verstehe die Sprache nicht, ich schreibe nur griechisch, wenn Arbazes mir etwas in dieser Sprache zu kopieren gibt, oder wenn er mir diktiert. Denn um den eigentlichen Inhalt des Platon und Aristoteles habe ich mich nie gekümmert.«

Das eben war es, was Nydia wünschte.

»So nimm«, bat sie, »ein Papyrusblatt oder eine Wachstafel, was du gerade am nächsten zur Hand hast. Schreib nur die paar Worte, die ich dir sage. Sie enthalten nämlich das letzte Lebewohl eines dankbaren Herzens an meinen geliebten Herrn.«

Sie begleitete die Worte mit so aufrichtigen Tränen, daß Sosia davon gerührt wurde.

»Und die Kette?« fragte er, indem er die herabhängenden Glieder in seiner Hand wog.

»Kette und Armbänder sind dein«, rief Nydia, »hier nimm!«

Sie löste den Schmuck äußerst behend ab, um ihn dem Sklaven auszuhändigen.

»Nein, nein«, erklärte Sosia, »auch unsereiner hat ein Gewissen. Erst will ich schreiben und den Brief bestellen, dann werde ich mir meinen Lohn ausbitten.«

Er nahm eine Wachstafel aus dem Futteral und einen Griffel aus dem Gürtel. »Ich bin bereit«, sagte er.

Ohne sich lange zu besinnen, diktierte Nydia folgende Zeilen in griechischer Sprache: »Nydia, die blinde Sklavin, an Sallust! Bei den Göttern! Glaukus ist schuldlos! Eile mit Gerichtsdienern, Bewaffneten und Werkleuten in das Haus des Arbazes, wo ich gefangen gehalten werde. Willst du deinen Freund Glaukus vom schmählichen Tod retten, so eile, ich beschwöre dich, eile!«

Nydia war überzeugt, daß der sprachenkundige Sallust sofort den Inhalt verstehen werde. Sie ließ Sosia schwören, daß er den Brief sicher bestellen wolle, und trieb ihn dann an, sich sofort auf den Weg zu machen.

Sorgfältig verschloß der vorsichtige Wächter die Tür, steckte die Schlüssel in seinen Gürtel, zog sein Gewand dicht über den Kopf und verließ auf geheimen Schleichwegen das Haus und den Garten seines strengen Gebieters.

Bald erreichte er das Haus Sallusts. Der Türsteher sagte ihm, er möge ihm doch den Brief ruhig anvertrauen. Sallust sei über die Verurteilung seines Freundes so betrübt, daß er nicht gestört zu werden wünsche.

Sosia aber, der an seinen Schwur und an den versprochenen Lohn dachte, versuchte die hartherzige Seele des wachhabenden Zerberus durch einige Sesterze gefälliger zu stimmen.

»Wenn du freilich durchaus meinen Herrn sprechen willst«, sagte nun der Türhüter, »so tritt nur herein. Allein, um die Wahrheit zu sagen, Sallust ist eben dabei, seinen Gram zu vertrinken.«

So kam der Sklave Sosia ins Speisezimmer. Sallust hatte einen getreuen Lieblingsdiener zur Unterhaltung bei sich.

Bald weinte und stöhnte der zartfühlende Epikureer, bald langte er mit dem größten Appetit zu und ließ sich den Becher füllen.

»Mein lieber Junge«, sagte er gerade zu seinem Tischgenossen, »die Gerichtssitzung war höchst peinlich. Armer Glaukus! Der Löwe hat einen furchtbaren Rachen. Morgen bleibt mein Haus geschlossen, kein Sklave soll ausgehen, keiner meiner Leute soll dem verwünschten Kampfspiel beiwohnen.«

Er schluchzte heftig.

In diesem Augenblick trat Sosia zu ihm heran.

»Wer bist du? Was bringst du?«

»Edler Sallust, ich soll dir diesen Brief von einem jungen Mädchen bringen.«

»Bei den Göttern«, rief Sallust erzürnt, »komme mir jetzt nicht mit solchen Liebschaften. Gefühllose Seele, hast du keine Achtung vor meinem Kummer? Geh!«

Ohne Säumen machte sich Sosia davon.

»Willst du den Brief lesen, edler Herr?« fragte der Tischgenosse Sallusts.

»Brief? Was für einen Brief?« brummte der Hausherr. Er taumelte und sah berauscht die Säulen und Mosaikbilder schon doppelt, als er fortfuhr: »Verflucht alle dergleichen Einladungen von verliebten Mädchen! Bin ich der Mann, der an Vergnügungen denkt, wenn mein Freund von den wilden Tieren zerrissen wird?«

Er erhob sich und befahl, daß man ihn in sein Schlafgemach führe. Laut gähnte er, ja für heute hatte er wirklich genug getrunken, er sehnte sich nach seinem Bett . . .

Unterdessen ging der Sklave Sosia auf heimlichen Wegen wieder in das Haus seines Herrn Arbazes zurück. Still schlich er auf seinen Posten und brachte Nydia die Botschaft, daß er den Brief persönlich Sallust ausgehändigt habe. Erregt machte die Blinde Kette und Armspangen los und reichte sie ihrem Bewacher.

Der Sklave aber zog sich, ohne viele Worte zu machen, in das Vorzimmer zurück, schloß die Tür fest hinter sich zu und überließ Nydia erneut der bangen Sorge. Es dauerte geraume Zeit, bis endlich wohltuender Schlaf sich auf das arme Mädchen herabsenkte.

Gegen Morgen erwachte Nydia aus einem quälenden Traum. Sie rief nach Sosia, erhielt aber keine Antwort und lauschte nun auf jeden Tritt, auf jedes Wort der Menschen, die an ihrem Zimmer vorübergingen. Alsbald erkannte sie, daß alle diese Leute sich zum Weg nach dem

Amphitheater vorbereiteten. Von Zeit zu Zeit hörte sie die gebieterische Stimme des Arbazes dröhnen. Endlich verkündete Trompetenschall den Abzug der Hausbewohner.

Nydia preßte ihre Hände aufs Herz. Sie hoffte zuversichtlich, daß ihr geliebter Herr Glaukus doch noch seinem furchtbaren Schicksal entgehe.

Die Kampfspiele beginnen

In reichvergoldeter Sänfte, von zahlreicher Dienerschaft umgeben, ließ sich Arbazes zum Amphitheater hintragen. An dem für die vornehmen Leute bestimmten Eingang befahl er zu halten und begab sich auf seinen Platz. Auch die Sklaven durften gegen Abgabe der metallenen Eintrittsmarken eintreten.

Unmittelbar hinter den Senatoren hatte der stolze und reiche Ägypter für sich und seine Leute zahlreiche Plätze belegen lassen. Die steinernen Stufen, die zugleich als Sitze dienten, waren mit purpurnen Kissen bedeckt. Schwellende Polster lagen im Rücken der Zuschauer. Von den Nachbarn, die auch vielfach mit ihren Sklaven erschienen waren, hatte sich der Ägypter mit seinem Gefolge durch faltenreiche seidene Wände abgesondert. Goldene Borten prunkten an den Tüchern.

Von seinem Sitz aus überschaute Arbazes mit beherrschendem Blick die ungeduldige Menge, die das große Amphitheater erfüllte. Er benahm sich gerade so, als würde ihm allein zu Ehren das blutige Kampfspiel abgehalten. Etwa zwanzigtausend Zuschauer hatten sich eingefunden. Gegen die brennende Glut der Sonne schützte man das Theater mit Segeltüchern. Diese hingen an einem Mastbaum, der in der Mitte des Schauplatzes aufgerichtet war, und wallten von hier aus über das Menschengewoge hinweg zu den obersten Sitzreihen hin, wo Pfähle mit eingelöteten Ringen die Tücher wie bei einem riesigen Zelt festhielten.

Immer unruhiger wurde die schaulustige Menge, der

Ädil gab jetzt mit einem roten Tuch ein Zeichen, die Tubabläser schmetterten los, die Eingänge öffneten sich, und die Gladiatoren zogen paarweise um den Kampfplatz. Sie schwangen ihre Waffen empor, ließen ihre gebräunten Körper und ihre muskulösen Arme bewundern und trugen dabei eine heitere Miene zur Schau, als würden sie nur zum Spiel, nicht aber zum tödlichen Kampf antreten.

Zuerst zeigten die Gladiatoren in Scheingefechten mit hölzernen Schwertern ihre Geschicklichkeit.

Aber das Volk wollte nicht viel von diesen sportlichen Leistungen betrachten, es verlangte ernste Kämpfe.

»Wir wollen Blut sehen«, riefen die Zuschauer von den obersten Sitzreihen, »fort mit den hölzernen Waffen!«

Der Ädil Pansap, der für die Vorführung verantwortlich war, wollte aber nicht sofort mit dem blutigen Wettkampf zwischen den Bestien und ihren Opfern beginnen, die Raubtiere sollten erst in der letzten Szene dieses furchtbaren Schauspiels auftreten. So gebot er mit einer Handbewegung dem erregten Volk Ruhe und ließ zwei Gallier in die Arena hereinrufen, die zu Pferd mit scharfen Lanzen gegeneinander anrennen mußten.

Nun, das Volk begnügte sich zunächst noch einmal mit diesem Zweikampf, da es ja auch hier um Leben und Tod ging, und beobachtete die wilden Versuche der Gallier, sich gegenseitig den Garaus zu machen . . .

Calenus wird befreit

Während im Amphitheater die beiden Gallier um ihr Leben kämpften, schlief Sallust daheim in seinem Haus in den Tag hinein. Es war schon spät, als er endlich aufwachte. Sogleich erinnerte er sich daran, daß heute ja sein Freund Glaukus sterben sollte.

Am Bett saß sein Leibdiener. Der wollte eine Pergamentrolle entfalten und eine Hymne Pindars vorlesen.

Sallust aber winkte ab und sagte: »Hat die traurige Szene im Amphitheater bereits begonnen?«

»Schon lange!«

»Verdammt! Ach, ich möchte die ganze Sache vergessen. Erzähl mir doch eine Geschichte, weißt du nichts Neues? Hast du nichts Unterhaltendes zum Vorlesen? Übrigens liegt dort nicht ein Brief?«

»Gewiß! Er wurde dir gestern abend gebracht, als du bei Tisch saßest. Du warst schon etwas zu, zu ...«

»Zu müde, willst du sagen.«

»Soll ich ihn öffnen?«

»Tu es. Ich brauche Zerstreuung. Armer Glaukus!«

Der Diener öffnete den Brief, der nur mit einer Schnur zugebunden war. »Wie«, rief er erstaunt und neugierig, »griechisch?«

»Das ist lustig, ein Mädchen schreibt mir in griechischer Sprache«, lachte Sallust, »oh, lies mir die Sache einmal vor!«

Der Diener las jetzt Nydias Brief, in dem sie Sallust beschworen hatte, ungesäumt zu ihr ins Haus des Ägypters zu eilen, um gemeinsam Glaukus zu retten.

»Große Götter«, rief Sallust, »heute, vielleicht schon in einer Stunde stirbt Glaukus, und ich hätte ihn retten können!«

»Gib die Hoffnung nicht auf, elder Sallust«, sagte der Diener. »Während du deine Toga und die Sandalen anlegst, rufe ich die Leute des Hauses herbei. Waffen und Werkzeuge sind bei der Hand, das Haus des Ägypters ist ja nicht weit! Wir brechen es auf.«

»Schnell! Verliere keinen Augenblick! Ruf alle meine Leute zusammen, wir treffen uns draußen auf der Straße.«

Während der Diener sämtliche Sklaven des Hauses aufbot, kleidete sich Sallust in Eile an. Es war ihm wirklich ernst, seinen Freund zu retten. Er bewaffnete sich selbst und führte bald eine unternehmungslustige handfeste Schar vor die wohlverwahrte Haustür des Ägypters. Ohne zu rufen oder zu klopfen, schlugen die Männer sofort die zierlich getäfelte Pforte ein. Alle Diener hatten das Haus verlassen, auch der neugierige Sosia war davongeschlichen, um einen Blick ins Theater zu werfen.

Kaum vernahm Nydia in ihrem verschlossenen Zimmer den näherkommenden Lärm, als sie mit sicherer Ahnung erkannte, daß nun die langersehnte Hilfe bevorstehe.

»Hierher, hierher, edler Sallust«, rief sie mit durchdringender Stimme.

In wenigen Minuten war sie befreit.

»Nicht um mich handelt és sich«, rief sie, »gib mir deine Hand, edler Sallust, und folge mir. Wir wollen die schöne Jone erlösen. Ihr andern aber lauft, so schnell ihr könnt, mit Brecheisen und Fackeln diese Stufen hinab! Am Ende des Gewölbes ruft den Namen Calenus. Schlagt die Türen ein, die diesen gefangenen Priester einschließen, dann erwartet uns mit dem Befreiten am Gartentor!«

Alsbald fand Nydia an der Seite Sallusts das Zimmer Jones. Vergeblich versuchten die beiden alten Wächterinnen die Eindringlinge zurückzuhalten. Sallust verschaffte sich gewaltsam Eintritt.

Wie erschrak Jone, als sie in abgerissenen Sätzen von Nydia erfuhr, daß Glaukus in eben dieser Stunde in Todesgefahr schwebe, und daß man nicht einen Augenblick mehr zu seiner Rettung verlieren dürfe! Ohne zu zögern liefen sie alle in den Garten. Sie vernahmen, wie drunten im Keller die Männer Sallusts gerade die Tür einschlugen, und nun sahen sie auch, wie von den Befreiern Calenus im Jubel heraufgeführt wurde.

Von Freude, Angst und Wut zugleich erschüttert, sank der Isispriester in sich zusammen, er konnte nur ein paar Worte stammeln und bedeutete, daß er nicht imstande sei, allein zu gehen oder die Dinge im Zusammenhang zu erklären.

»Dann legt ihn auf eine Bahre«, rief Nydia den Sklaven zu, »wir müssen sofort aufbrechen, wenn wir Glaukus den Klauen des Löwen entreißen wollen. Denn dieser Mann da ist es, der es bezeugen kann, daß kein anderer als Arbazes den Apaecides ermordet hat.«

Auch Sallust trieb nun seine Sklaven an, und so eilte denn der seltsame Zug mit der Bahre auf dem geradesten Weg zum Amphitheater.

Die Gefechte der Gladiatoren, von denen sechs unter dem Jubel des rohen Volkes auf die scheußlichste Weise den Todesstoß empfangen hatten, waren soeben beendigt.

Die Menge dürstete danach, noch mehr Blut zu sehen. Es war ihr nicht genug, den Kampf Mann gegen Mann zu schauen, man wollte betrachten, wie die wilden Tiere den Menschen zerfleischen. So stiegen die Männer auf die Sitze, Frauen nahmen die Kinder auf die Arme, aller Augen waren auf das Eisengitter, hinter dem der Löwe brüllte, und auf das Gefängnis, darin sich Glaukus befand, gerichtet. Die Tür tat sich auf, der Grieche trat in Begleitung der Wärter, die seinen Körper salbten und ihm den dolchartigen Stilus in die Hand gaben, auf den Kampfplatz.

»Nur Mut«, rief einer der Wärter ihm zu, »du bist jung, stark und gewandt – und hast ja auch eine Waffe. Du darfst nicht verzagen, immerhin – du kannst schon noch siegen.«

Glaukus antwortete nicht. Er schämte sich einer augenblicklichen Schwäche, richtete sich verzweifelt auf und war bemüht, Haltung zu bewahren. Aufrecht trat er in die Arena. Als er jetzt tausend und abertausend Augen auf sich gerichtet sah, fühlte er sich plötzlich über diese gierigen und bestialischen Menschen weit hinaus gehoben. Er hatte keine Furcht mehr. Eine Blutwelle rötete sein Gesicht, stolz stand er da, ein schöner, schlanker junger Mensch. Man sah seine elastischen Glieder, seine gedankenvolle faltenreine Stirne. Mit würdiger Verachtung blickte er zur Menschenmasse hinüber.

Das Volk hatte zuerst gemurrt und Glaukus wie einen Verbrecher verabscheut. Nun wurde es auf den steinernen Rängen still. Viele schienen Mitleid mit dem Verurteilten zu empfinden, ja manche wurden vor Bewunderung still. Mit gespannter Aufmerksamkeit blickten sie alle hin zu dem finsteren Arenagitter, das den Löwen noch immer einschloß. Seit vierundzwanzig Stunden war die Bestie nicht mehr gefüttert worden. Seltsamerweise hatte das Tier trotzdem während des ganzen Morgens eine auffallende Faulheit gezeigt, ja sein Benehmen war sogar den erfahrenen Tierkennern unverständlich. Der Löwe war eher furchtsam als wütend, voller Angst brüllte er zuweilen, dann hing sein Kopf wieder matt zu Boden, mühsam schnappte er nach Luft, legte sich nieder und gähnte mit seinem schrecklichen Maul.

Von unsichtbaren Dingen erschreckt, scharrte er ängstlich am Boden.

Da gab der Ädil ein Zeichen, ein Wärter zog das Gitter in die Höhe – der König der Wüste war jetzt mit seiner lebendigen Beute allein auf dem Kampfplatz.

Glaukus duckte sich und wartete auf den Angriff des Löwen. Er hielt seine kleine Waffe bereit und hoffte vielleicht, daß er mit einem wohlgeführten Stoß Auge und Hirn seines grimmigen Feindes durchbohren könnte. Freilich nur zu diesem einzigen Stoß würde ihm wohl Zeit bleiben. Fehlte er – so war er verloren.

Wie staunte aber die Menge, als die Bestie den Verurteilten da in der Mitte der Arena überhaupt nicht beachtete! Im ersten Augenblick der Freiheit machte der Löwe einige Sprünge, dann hielt er an, hob die Nase hoch und schnupperte in die Luft hinein, stöhnte ängstlich und sprang rasch weiter, ohne sich um seine Beute zu kümmern. Zweimal umkreiste er die Arena. Dann hielt er plötzlich gegenüber den purpurgekleideten Senatoren inne, blickte erst ruhig zu ihnen hin, peitschte mit dem Schweife sich die hohlen Seiten, brüllte laut und setzte plötzlich zu einem gewaltigen Sprung an. Mit seinen Vorderpfoten erreichte er die Brüstung. Grimmig fletschte er hier die Zähne.

Da erscholl von oben her aufgeregt eine Männerstimme: »Was will die Bestie, jagt das Tier fort!«

Alle blickten dorthin, wo der Ruf erklungen war. Wie wunderte sich die Menge, als sie erkannte, daß der Ägypter Arbazes, der doch immer ein so überlegenes Wesen zur Schau trug, diesen Schrei ausgestoßen hatte. Der sonst so mutige Mann war bleich vor Schrecken auf seinen Sitz gestiegen und überragte so die anderen Zuschauer.

Die Menge staunte. Aber ehe man sich über das sonderbare Verhalten des Ägypters klar wurde, tönte vom Eingang der Arena her ein lautes durchdringendes Geschrei.

»Macht Platz«, schrie dort einer und bahnte sich durch die Menschen den Weg zur Bank der Senatoren.

Sallust war es. Die meisten Pompejaner kannten ihn und wunderten sich über die Maßen, als sie den lebenslustigen jungen Mann sahen, der sonst immer froh und heiter gestimmt war, heute aber mit allen Gebärden äußersten Entsetzens hereinstürzte. So erschöpft und gehetzt hatte man den Sallust noch nie gesehen.

Mit letzter Anstrengung rief er: »Bringt den Athener Glaukus weg von der Arena, eilt euch, er ist schuldlos. Ergreift den Ägypter, Arbazes ist der Mörder!«

»Bist du von Sinnen?« fragte der Prätor, während er sich von seinem Sitz erhob.

Nochmals raffte Sallust alle Kraft zusammen und stieß hervor: »Zögert nicht! Holt Glaukus aus der Arena! Wenn ihr zaudert, kommt sein Blut über euch. Prätor, du bist dem Kaiser verantwortlich. Ich bringe euch einen Augenzeugen, der gesehen hat, wer wirklich den Apaecides ermordete. Pompejaner, achtet auf den Ägypter, laßt ihn nicht entkommen und hört hier den Isispriester Calenus, den Zeugen des entsetzlichen Verbrechens.«

Bleich, heruntergekommen, mit eingefallenen Wangen und erloschenen Augen – so ward Calenus vor den Prätor gebracht. Der Löwe aber begab sich in seinen Zwinger zurück, als sei er heute gar nicht gierig auf Menschenfleisch. Die Senatoren erhoben sich, das Volk lauschte.

»Calenus«, begann der Prätor, »was hast du zu sagen?«

Mit vernehmlicher Stimme antwortete der Priester: »Der Ägypter hat den Isispriester Apaecides ermordet! Meine Augen sahen es, wie er den Todesstoß führte. Um so einen unangenehmen Zeugen, wie ich es bin, zu beseitigen, hat er mich in seinem Keller eingeschlossen. Dort sollte ich verhungern, verderben! Aber die Götter haben mich aus diesem furchtbaren Verlies gerettet – so kann ich endlich die Wahrheit an den Tag bringen. Gebt den Athener frei, er ist unschuldig!«

»Darum also hat der Löwe den Athener Glaukus verschont«, sagte der Ädil Pansa, »ein Wunder der Götter!«

»Er ist unschuldig«, schrien nun Tausende von allen Sitzen, »befreit den Athener, werft dafür Arbazes dem Löwen vor!«

»Kampfwärter«, rief der Prätor, »führt Glaukus von der Arena weg und sorgt für seine Sicherheit!«

Als der Prätor dieses entscheidende Wort aussprach, vernahm man einen lauten Freudenruf. Er kam von einer hellen weiblichen Stimme. Die Menschenmenge erschauderte – so rührend klang dieser Jubel! Mit lautem Beifall gab das Volk seine frohe Bewegung kund.

»Stille«, gebot der Prätor, »wer hat hier gerufen?«

»Das blinde Blumenmädchen«, antwortete Sallust, »es hat Calenus aus dem Kerker befreit und Glaukus vom Tode gerettet.«

»Davon wollen wir später sprechen«, entschied der Prätor. »Calenus, Priester der Isis, du klagst Arbazes an und beschuldigst ihn, er habe Apaecides ermordet.«

»Ja!«

»Hast du ihn bei der Tat gesehen?«

»Mit diesen meinen Augen!«

»Genug! Arbazes aus Ägypten! Du hörst die Anklage, die man gegen dich erhebt. Was hast du darauf zu antworten?«

Aller Augen waren auf Arbazes gerichtet. Er schien seine Sicherheit wiedergefunden zu haben und blickte mit betontem Stolze über die Menschenmenge hinweg.

Er tat gleichgültig und sagte mit verächtlichem Lächeln: »Prätor, diese Anklage ist so sinnlos, daß sie kaum eine Antwort wert ist. Wer ist denn dieser Sallust, der mich anklagt? Nun – der beste Freund des Glaukus! Und Calenus? Wohl ist er ein Priester der Isis, ich verehre sein Gewand und seinen Beruf. Allein, Pompejaner, ich glaube, daß ihr gerade den Charakter dieses Calenus zur Genüge kennt. Ist seine Spitzbüberei, ist seine Geldgier in eurer Stadt nicht geradezu sprichwörtlich geworden? Das Zeugnis eines solchen Menschen kann man um Geld kaufen. Prätor, diese beiden sind nicht glaubwürdig. Ich bin unschuldig!«

»Sallust«, gebot der Prätor, »gib du mir nun Antwort. Wo hast du den Priester gefunden?«

»In den Kerkern des Arbazes!«

»Ägypter«, sagte mit verfinsterter Miene der Prätor, »du hast es also gewagt, einen Priester der Isis gefangenzuhalten!«

»Höre mich«, antwortete Arbazes, indem er sich ruhig und gleichmütig erhob, »dieser Mann kam zu mir und drohte, er werde mich in den Verdacht des Mörders bringen, wenn ich ihm nicht die Hälfte meines Vermögens geben würde. Vergeblich suchte ich ihn in seine Schranken zu weisen. Er blieb bei seiner Drohung. Edler Prätor, liebe Pompejaner! Ich bin ein Fremdling in diesem Lande. Obwohl ich mich frei wußte von jeder Schuld, so mußte ich doch bedenken, daß mir als Landesfremdem die Anklage eines Priesters gefährlich werden konnte. In meiner Besorgnis sperrte ich den Mann in den Keller, aus dem man ihn nun wieder herausgeholt hat. Er selber war in das Verlies hinabgestiegen, um dort meine Schätze zu plündern. Ich bin vielleicht zu weit gegangen. Aber dieser Calenus ist ein gefährlicher Mensch, ein Erpresser! Und gegen solche Kreaturen kann man sich nicht immer mit den streng rechtlichen Mitteln wehren. Warum brachte denn Calenus seine Aussage nicht damals vor, als ich den Glaukus anklagte? Er war seinerzeit auf freiem Fuß – und schwieg! Erst später ist es ihm eingefallen, daß er etwas wüßte – später, als er glaubte, er könnte Gold aus mir herauslocken. Im übrigen stelle ich mich unter den Schutz eurer Gesetze. Ohne Widerrede übergebe ich mich dem ordentlichen Gerichtshof – hier aber im Amphitheater ist nicht der Ort zur weiteren Verhandlung!«

»Gut, es soll alles seine Ordnung haben«, sagte der Prätor. »Wache, nehmt Arbazes und Calenus in euren Gewahrsam. Sallust, du bleibst uns für deine Anklage verantwortlich. Und jetzt sollen die Kampfspiele weitergehen!«

»Wie«, rief Calenus, »soll unsere Göttin Isis verachtet werden? Soll das Blut des Apaecides vergebens um Rache rufen? Soll der Löwe um seine rechtmäßige Beute betrogen sein? Die Göttin spricht aus mir. Zum Löwen mit Arbazes, zum Löwen!«

Vor Wut schäumend sank er nieder. Das Volk sah es mit Entsetzen, und aufs neue erscholl von allen Sitzreihen der Ruf: »Zum Löwen mit Arbazes, zum Löwen mit dem Mörder!«

Tausende sprangen von ihren Sitzen auf, alles drängte gegen den Ägypter heran. Vergebens reckte der Ädil seinen Arm empor, vergebens erhob der Prätor seine Stimme, das Volk war durch die blutigen Schauspiele wild geworden.

Der Prätor hatte nichts mehr zu befehlen. Wohl hatte sich die Wache an den unteren Sitzreihen aufgestellt, wo die vornehmen Leute saßen. Aber diese Wächter konnten den ausbrechenden Sturm der Massen nicht aufhalten. Näher wogte das Menschenmeer heran. Arbazes schaute dem nahen Tode ins Auge. Verzweifelt und von grimmiger Angst erfüllt, überschaute er die herandrängende Menge und sah bereits die derben Fäuste der wilden Gesellen in unmittelbarer Nähe.

Da verstummte jäh das brodelnde Volk und verharrte. Ein plötzlicher heftiger Windstoß, der aus heiterem Himmel herabfuhr, hatte einen Teil des Zeltdaches losgerissen und davongeweht. Alles blickte durch die Lücke nach oben, man sah, wie eine gelbrote Stichflamme über den Himmel hinzuckte. Betroffen von dieser ungewöhnlichen Erscheinung schauten sich die Leute an.

Kaum bemerkte der Ägypter, daß das Volk voll Staunen und ängstlich um sich sah, als er den Augenblick benutzte und mit gewaltiger Stimme über die Menschen hinrief: »Seht, die Götter beschützen den Unschuldigen! Die Flammen des rächenden Orkus brechen hervor wider die falschen Zeugnisse meiner Ankläger.«

Entsetzt gewahrte die Menge, wie aus dem Gipfel des Vesuvs in Gestalt einer riesenhaften Pinie ein dicker Qualm aufquoll: Der Stamm des Wolkenbaumes war pechschwarz, die Äste und Zweige brannten in roter Glut. Ständig wechselte das Feuer seine Farbe, bald lohte ein lichtes Gelb empor, bald brodelte dunkler Purpur. Immer höher und steiler wuchs der blendende Schein der fürchterlichen Flammensäule.

Bange Todesstille herrschte nun im Amphitheater. Nur von Zeit zu Zeit hörte man das schaurige Brüllen des Löwen.

Bald erhoben Weiber und Kinder lautes Geschrei, die Männer aber starrten einander wortlos an. Nun spürte man, wie auf einmal die Erde fürchterlich bebte, die Mauern des Amphitheaters zitterten und bröckelten, und ringsherum stürzten krachend Dächer ein. Drohend, finster und reißend wälzte sich die Wolke des Berges von den

Flanken des Vesuvs herunter, und nun warf der geborstene Berg Schauer von Asche aus, die mit glühenden Steinen gespenstisch vermischt war.

Da dachte niemand mehr an den Ägypter Arbazes. Alle wandten sich zur Flucht. Die Menschen drängten zu den Ausgängen, sie drückten sich gegenseitig, einer preßte sich wider den andern. Rücksichtslos wurden die Hingefallenen zertreten. Schreiend, fluchend, betend und stöhnend quetschte sich die Menge durch die Pforten ins Freie.

Wohin fliehen? Die einen fürchteten, daß sich das Erdbeben wiederholte, und eilten daher in ihre Häuser, um die Kostbarkeiten zu retten. Die anderen bangten vor dem Aschenregen, der wie ein dichtes Gestöber in den Straßen herabfiel, und suchten Schutz unter den Dächern der nächsten Häuser und Tempel. Derweilen breitete sich die Schreckenswolke immer finsterer, dichter und mächtiger über den armseligen Menschen aus. Jäh brach eine schauerliche Nacht über Pompeji herein. Die Sonne war verfinstert.

Flucht vor dem Tod

Als Glaukus aus der gefährlichen Arena in den Kerkerraum des Amphitheaters zurückgebracht worden war, hatte er in den ersten Minuten das Wunder seiner Befreiung noch gar nicht recht begriffen. Die Männer warfen einen lockeren Mantel über seinen entblößten Oberkörper und wünschten ihm Glück. Da hörte er, wie eine weibliche Stimme ungeduldig und ängstlich vor der Pforte seinen Namen rief. Man öffnete – das blinde Blumenmädchen stürzte herein und tastete sich zu Glaukus hin. Sie fiel vor ihm nieder und umklammerte seine Beine.

»Wie glücklich ich bin«, schluchzte Nydia, »daß ich dich retten konnte. Nun will ich gern sterben.«

»Nydia, du hast mir geholfen, du Gute, Liebe!«

»Laß mich deine Hand fühlen! Oh, wir sind nicht zu spät gekommen. Du lebst – bist frei, und alles ist wieder gut.«

Da wurde auch diese Szene durch den Ausbruch des Vesuvs unterbrochen . . .

»Feuer, Erdbeben, rettet euch«, erschollen die Rufe von allen Seiten. Die Kampfwärter entflohen und überließen Glaukus und die Blinde ihrem Schicksal. Sobald der Athener erfaßt hatte, daß eine wirkliche Gefahr drohte, dachte er sofort an seinen Leidensgefährten Olinth, der in einer benachbarten Zelle eingeschlossen war. Mit einem steinernen Brocken schlug Glaukus die Tür ein, die seinen Mitgefangenen verbarg. Da kniete der fromme Olinth im Gebete.

»Freund, steh auf«, rief Glaukus, »rette dich, fliehe. Schau umher! Feuer brennt aus dem Vesuv!«

Der Athener riß den erstaunten Olinth mit sich fort und zeigte ihm die Wolke, die immer schwärzer heranquoll. Unaufhörlich regneten bereits Asche und Bimsstein aus dem verfinsterten Himmel.

»Das ist Gottes Hand«, rief Olinth, »gelobt sei der Herr!«

»Halte dich nicht auf, such deine Angehörigen und gehab dich wohl. Ich eile zu den Meinen.«

Rasch zog Glaukus die blinde Nydia mit sich fort . . .

Olinth antwortete nicht. Er zitterte nicht vor dem schrecklichen Wüten der Natur, sondern kniete abermals nieder und betete Gott an. Endlich stand er auf und verließ seine Kammer. Auf dem Weg ins Freie kam er an einer düsteren offenen Zelle vorbei. Im ungewissen fahlen Licht erkannte der Nazarener darin die hingestreckten Leichname der Gladiatoren, die im blutigen Kampfspiel ermordet worden waren. Während Olinth beim Anblick dieser Toten ein Gebet sprach, hörte er plötzlich, wie dort in der Ecke eine leise Stimme den Namen Christi aussprach.

Dieser fromme Seufzer führte Olinth in die Schreckenskammer. Seine Füße wurden dabei von dem Blut benetzt, das von den Toten her über den Sand rieselte.

Der Nazarener fragte: »Wer ruft hier den Sohn Gottes an?«

Keine Antwort. Aber als Olinth im ungewissen Licht umherspähte, sah er einen Greis, der da am Boden hockte und das tote Haupt eines Gladiators in seinem Schoß hielt. Die hohe Stirne des Dahingegangenen war von dunklem Gelock bekränzt. Auf den bleichen Wangen sah man den zarten Haarflaum der Jugend. Über dieses Antlitz beugte sich der Alte unsäglich traurig. Tränen rannen aus seinen Augen.

Der Greis war Medon, der Türhüter des Kaufherrn Diomed. Er hielt seinen Sohn Lydon, der den Kampf in der Arena gewagt hatte, um den Vater aus der Sklaverei freikaufen zu können. Aber nicht der Kranz des Siegers, nicht der Lohn des Gewinnenden war ihm zuteil geworden – er hatte Kampf und Leben verloren.

Mitleidsvoll rief Olinth zu dem alten Mann hin: »Medon, steh auf und flieh! Der Herr naht auf den Flügeln der Elemente. Fliehe, bevor die Flammen dich ergreifen!«

»Sieh hier meinen Sohn! Er war so voll Leben, er kann doch nicht tot sein! Lege deine Hand auf sein Herz, gewiß – es schlägt noch.«

»Bruder im Herrn – die Seele deines Sohnes ist entflohen, wir wollen ihrer in unserem Gebet gedenken. Komm! Hörst du nicht, wie die Mauern einstürzen? Keinen Augenblick dürfen wir zögern. Komm!«

»Ich höre nichts«, antwortete Medon und schüttelte sein greises Haupt. »Mein armer Sohn! Seine Liebe zu mir hat ihn ermordet!«

»Noch einmal: komm – und verzeih, wenn ich dich etwas derb anfasse.«

»Wer will den Vater von seinem Sohn fortreißen!«

Fester schloß Medon den Leichnam in seine Arme und bedeckte den Toten mit leidenschaftlichen Küssen.

»Geh«, sagte er, indem er einen Augenblick aufsah, »geh, wir müssen allein sein.«

»Ach«, rief der mitleidige Nazarener, »der Tod hat euch ja schon getrennt.«

Der Greis lächelte mild: »Nein, nein – der Tod ist gütiger als du denkst.«

Bei diesen Worten sank der Kopf des alten Mannes auf seine Brust, der Leichnam glitt aus seinen kraftlosen Armen. Olinth ergriff die Hand des Greises, sein Puls klopfte nicht mehr. Sein Herz hatte aufgehört zu schlagen. Der Tod war wirklich gütig zu ihm gewesen. Wie ein Freund war er gekommen . . .

Während hier in der Leichenkammer der alte Medon seinem Sohn in die Ewigkeit nachging, eilten Glaukus und Nydia durch das nahezu menschenleer gewordene Amphitheater. Mit lauter Stimme versuchte der Athener das Toben der Elemente zu überdröhnen. Überall rief er nach Jone. Seitdem er von Nydia erfahren hatte, daß auch Jone hier seine wunderbare Rettung miterlebt hatte, hoffte er, daß sie sich noch irgendwo in der Nähe aufhalten würde. Voller Angst rief er ihren Namen ins Leere hinein. Endlich, endlich hörte er von einer fernen Steinstufe her eine Stimme – *ihre* Stimme! Glaukus stürmte durch das Theaterrund – da war sie, er stand der Geliebten gegenüber, schloß sie in seine Arme.

Nydia rief: »Wir müssen weiter!«

So eilte denn Glaukus mit den beiden jungen Frauen ohne weiteren Aufenthalt auf die Straße. Draußen war es mittlerweile ganz finster geworden. Der Schrecken regierte.

»Vielleicht erreichen wir den Strand«, stieß Glaukus hervor. »Wenn wir ein Schiff finden, könnten wir uns aufs Meer hinaus retten. Kommt!«

Er zog die beiden mit sich fort.

Diebe und Flüchtlinge

Die plötzliche Katastrophe hetzte die Pompejaner nach allen Richtungen. Auch Calenus eilte durch die Todesstraßen, um im Tempel seiner Göttin Isis Schutz zu suchen.

Unterwegs zupfte ihn ein Mann plötzlich an seinem Gewand.

»Heda, Calenus, du bist es doch! Was für ein entsetzliches Unwetter!«

Kaum erkannte in der zunehmenden Dunkelheit der Priester seinen Verwandten Burbo.

»Wo kommst du her, Burbo?« fragte er. »Huh, was für flammende Blitze! Der ganze Hades ist auf uns losgelassen.«

»Laß ihn nur kommen. Ein alter Gladiator wie ich fürchtet sich nicht so schnell. Jetzt haben wir eine wunderbare Gelegenheit, unser Glück zu machen.«

»Wieso?«

»Hör! Euer Tempel ist mit Gold und Kostbarkeiten angefüllt. Laß uns zugreifen! Nie wird jemand Rechenschaft fordern. An einem solchen Tag kümmert sich keiner um uns!«

»Burbo, du hast recht. Folge mir in den Tempel, ich kenne mich ja dort gut aus. Wir wollen tüchtig einsacken und dann brüderlich teilen.«

In der Vorhalle des Tempels waren noch mehrere Priester bei den Altären versammelt. Sie beteten, weinten oder warfen sich in den Staub nieder. Calenus ging mit Burbo an ihnen vorüber und begab sich in ein inneres Gemach, wo noch die Überbleibsel des Opferschmauses auf dem Tisch standen. Gierig griff der ausgehungerte Calenus zu, er würgte die Speisen in sich hinein, während Burbo sich am Trinken gütlich tat. Ein flackerndes Lampenlicht erhellte das Zimmer.

Von einem brausenden Lärm wurden sie aber alsbald wieder hinausgejagt und sahen nun zu ihrem Schrecken, wie der Berg in hohen Säulen siedendes Wasser ausspie. Die Asche des Vulkans verband sich mit den Sturzbächen und verwandelte sich dadurch in einen zähen Brei. Die Schlammwellen wälzten sich in die Straßen Pompejis herein. Dazu fiel unaufhörlich aus dem Himmel der Aschenregen. Manchmal erhellte ein zuckender Blitz das gräßliche Schauspiel. Und da sahen denn auch die beiden Spießgesellen Calenus und Burbo von einem seitwärtigen Säulengang aus, wie vorn am Tempeleingang die Priester von einem glühenden Gesteinshagel zu Tode getroffen wurden. Dorthin wogte auch der Pechstrom, bedeckte den Fußboden und flutete über die Toten hin.

»Die stehen nicht mehr auf«, sagte Burbo und eilte erschrocken mit Calenus in die Zelle zurück. »Ich dachte nicht, daß die Gefahr so nahe ist.«

Die beiden Schelme sahen einander betroffen an.

»Wir müssen jetzt schnell machen«, sagte Calenus, den die kurze Mahlzeit doch wieder erquickt hatte, »los, keine Umstände – und dann auf und davon!«

Burbo aber zögerte. Er getraute sich nicht mehr, das Zimmer zu verlassen. So bahnte sich Calenus allein einen Weg zur heiligen Kapelle. Hastig raffte er hier in sein Gewand soviel von den goldenen Kostbarkeiten, wie er nur tragen konnte. Ohne sich weiter um Burbo zu kümmern, entfloh er aus dem Heiligtum.

Burbo wollte nun doch dem Priester nacheilen. Er faßte sich ein Herz, verließ das Zimmer und trat vor die Säulenhalle, um Calenus zu rufen. Aber in diesem Augenblick stürzte aufs neue eine Aschenwolke auf ihn herab, er taumelte unter die Halle zurück, flüchtete ins Zimmer hinein. Nacht umgab ihn. Immer dichter fielen die Schauer, Schwefelqualm wölkte heran. Burbo schnappte nach Luft, verzweifelt suchte er zu fliehen, die Glut verlegte ihm die Schwelle. Nirgends war mehr ein Ausweg. Der Elende hockte sich auf den Boden seiner Zelle, hier war er vielleicht noch am besten gegen den Qualm geschützt. Aber die vergiftete Luft wehte auch zu ihm herein. Er konnte es nicht länger aushalten, rannte gegen die Mauern an – umsonst – er brach zusammen . . .

Unterdessen fiel unaufhörlich die Asche. Beim Leuchten der Blitze und beim flackernden Licht von Fackeln plagten sich die Flüchtlinge durch die zum Tod verurteilte Stadt. Immer wieder wurde es schwarz um die Unseligen, wenn siedender Aschenschauer oder Wirbelwinde alle Lichter verlöschten.

In der Straße, die zum Tor von Herkulaneum führte, suchte gerade der sonst so spielfreudige Lebemann Clodius voll Verzweiflung und Angst seinen Weg. Er wollte das freie Feld gewinnen, um die Nachbarstadt zu erreichen.

»Zu Hilfe, zu Hilfe«, kreischte da eine Stimme. »Ich bin gefallen, meine Fackel ist mir ausgegangen, meine Sklaven sind mir davongelaufen, ich bin Diomed, der reiche Kaufherr, zehntausend Sesterze, dem, der mir hilft!«

Im gleichen Augenblick fühlte sich Clodius an den Füßen festgehalten.

»Zum Henker mit dir«, rief der Spieler, »laß mich los!«

»O hilf mir, gib mir die Hand!«

»Hier, steh auf!«

»Ist das nicht Clodius? Wohin fliehst du?«

»Nach Herkulaneum.«

»Dank den Göttern! Dann haben wir bis zum Tor denselben Weg. Willst du nicht lieber in mein Landhaus mitkommen? Du kennst meine Keller, da drunten werden uns die Elemente nicht erreichen.«

»Du hast recht«, entgegnete Clodius, »du hast sicher dort genug zu essen und zu trinken, so daß wir es gut einige Tage aushalten könnten, bis das Unwetter abgezogen ist.«

Diomed und Clodius eilten Hand in Hand weiter und erreichten glücklich das Landhaus. Sie dankten den Göttern, als sie über die Schwelle traten. Hofften sie doch, der Gefahr nun völlig entgangen zu sein. Diomed befahl seinen Sklaven, in die festgemauerten Keller Vorräte von Lebensmitteln, Wasser und das für die Beleuchtung nötige Öl zu bringen. In langen Reihen standen die gefüllten Weinkrüge an den düsteren Mauern, so daß Clodius nicht zu befürchten brauchte, verdursten zu müssen.

Wie froh war Diomed, daß er hier auch seine Tochter Julia antraf! Er umarmte sie und atmete jetzt endlich nach den Schrecknissen der letzten Stunde erleichtert auf.

Eine Stadt geht unter

Die Wolke hatte den Tag in eine dunkle Nacht verwandelt. Nur dort über dem Vesuv glühten die Blitze in furchtbarer Schönheit. Wie ein bunter Regenbogen – so hing eine Flammenbrücke über dem Gipfel. Bald glänzend blau wie der südliche Himmel, bald mattgrün wie Smaragd schossen die Blitze gleich Riesenschlangen unaufhörlich auf und ab. Und dann brach wieder die rote Glut durch die schwarzen Rauchsäulen und beleuchtete gespenstisch die ganze Stadt. Wenn die Schauer von Zeit zu Zeit aussetzten, dann hörte man unterirdischen Donner und das Brausen des aufgewühlten Meeres. Windstöße heulten und zischten dazwischen. Zuweilen schien es, als ob die Wolke ihre dichte Masse zerteilte – dann bildeten sich beim Aufleuchten der Blitze gespensterhafte Gestalten von Dämonen und Ungeheuern, die durch die Nacht hindurchschritten, aufeinander losstapften und plötzlich in den Abgrund der Schattenwelt versanken.

An einigen Stellen lag die Asche bereits knietief. Die siedendheißen Schauer, die der Vesuv aus dampfender Brust warf, drangen gewaltsam in die Häuser und erfüllten sie mit stickigem Dampf. Manchmal wurden so große Steine auf die Dächer oder gegen die Wände geschleudert, daß Hausteile einstürzten und immer mehr den Durchgang durch die Straßen sperrten. Auch die Erdstöße wurden wieder heftiger, wie Betrunkene schwankten dann die Fußgänger, und keine Sänfte konnte sich mehr auf dem Boden halten. Glühende Steine entflammten hölzerne Bauteile, daß die Funken sprühten.

Zahlreiche Menschen eilten dem Strand zu. Aber auch hier hielt der Tod seine Ernte. Sturmfluten rissen viele in ein nasses Grab. Die Übriggebliebenen rannten in wilder Verwirrung durcheinander und kämpften um ihr Leben.

Durch die Schreckensszenen bahnte sich der Athener Glaukus, bei dem sich noch immer Jone und Nydia befanden, den Weg. In einer Straße kamen sie in ein heftiges Gedränge. Da wurde Nydia von der Seite ihres männlichen Beschützers gerissen. Vergebens rief Glaukus ihren Namen. Er hörte keine Antwort. Er lief mit Jone zurück, aber sie konnten nirgends mehr eine Spur der Blinden entdecken. Wohin sollten sie nun gehen? Man sah in der Finsternis keinen Weg mehr, wie in einem Irrgarten tappte man herum. Dazu fiel immer wieder der Aschenregen vermischt mit glühenden Steinen aus dem Himmel.

»Ich kann nicht mehr«, sagte Jone, »meine Füße versinken in der glühenden Asche. Du mußt allein fliehen, Glaukus, geh und überlaß mich meinem Schicksal!«

»Niemals! Entweder wir leben beide oder ich sterbe mit dir. Aber welche Richtung sollen wir wählen, ich kenne mich nicht mehr aus.«

»Ihr Götter! Dort hat ein Felsstück ein Dach heruntergeschmettert. Wenn wir auf der Straße bleiben, werden wir gewiß erschlagen.«

Da riß wieder ein Blitz den Nachthimmel auf.

Glaukus rief: »Oh, Jone, wir stehen ja vor der Säulenhalle des Fortunatempels. Komm, dort wollen wir uns unterstellen, da sind wir wenigstens gegen Asche und Steine geschützt.«

Er half der ermatteten Geliebten. Sie erreichten die Stufen des Tempels und gingen in den rückwärtigen Teil der Halle.

»Wer kommt da«, fragte aus dem Dunkel eine hohle bebende Menschenstimme.

Jone drängte sich bei diesem Ruf ängstlich näher an Glaukus heran, während der Athener selbst die Finsternis zu durchdringen suchte, um zu erkennen, mit wem er diesen Zufluchtsort teilte. Da sah er, während ein neuer Blitz herniederfuhr, ein sonderbares Bild. Dort hockte der Löwe, dessen Beute er hatte werden sollen, und daneben kauerte ein Gladiator. Mensch und Tier hatten sich vor den Elementen hier verkrochen, sie hatten keine Angst mehr voreinander, sie fürchteten beide die entfesselten Naturgewalten.

Da tauchte vor dem Tempel eine Gruppe von Frauen und Männern auf, die brennende Fackeln trugen. Man sah es sofort ihrem Treiben an, daß sie zu den Nazarenern gehörten. Furchtlos schritten sie in frommer Ergebung durch die Verwüstung.

»Wehe den Sündern«, schrie mit durchdringender Stimme der Älteste, der das Kreuz vorantrug. »Seht, der Herr steigt herab zum Gericht! Er läßt Feuer vom Himmel fallen. Wehe euch Götzendienern! Ihr habt das Blut der Heiligen vergossen und höhnt über die Todespein des Erlösers am Kreuz. Heil den Erlösten!«

»Wehe den Sündern und Gnade den Erlösten!« wiederholte die Gemeinde im Chor.

Die Nazarener zogen langsam vorüber, die Natur hatte für sie keine Schrecknisse, sie stimmten Psalmen zum Lobe Gottes und seiner Herrlichkeit an. Lange noch sah man ihre flackernden Fackeln. Man hörte ihren Gesang, bis sie sich in den Windungen der Straßen verloren.

Endlich schien der Aschenregen nachzulassen. Glaukus faßte Jone bei der Hand und ging mit ihr wieder in die finsteren Straßen von Pompeji hinein.

Jone und Glaukus tappten behutsam vorwärts. Solange die vulkanischen Blitze immer wieder die Straßen durchzuckten, fanden sie sich einigermaßen zurecht. Da, wo die Asche trocken herabgefallen war, breitete sie einen weißen Teppich über die freien Plätze und erhellte die Gegend. Aber wehe dem, der sich durch den trügerischen Schimmer verleiten ließ, darüber zu gehen. Der Wind hatte hier die Asche in hohen Wellen aufgeschichtet, und da sich die Glut in den dichten Massen am längsten erhielt, war jeder verloren, der hineingeriet. Noch entsetzlicher wütete der Steinregen. Zu Hunderten lagen hier die Unglücklichen, die von einem massiven Brocken getroffen waren, mit zerschmetterten Schädeln, mit zerschlagenen Armen und Beinen. Soweit sie noch lebten, erfüllten sie wie auf einem Schlachtfeld die Nacht mit Stöhnen und Jammergeschrei. Wieder fauchte der Wind durch die Straßen, wehte glühende Staubwolken und vergiftete Dünste herein, die Atem und Besinnung raubten. Viele erholten sich davon nicht mehr.

Auch Jone war todmüde. Sie sagte: »Glaukus, mein Liebster, nimm mich in deine Arme! Noch einmal halte mich fest! So, nun laß mich sterben! Ich kann wirklich nicht mehr.«

»Du darfst die Hoffnung nicht verlieren, Jone! Du darfst nicht verzagen! Siehe, da tauchen wieder ein paar Fackeln auf! Vielleicht sind es Leute, die auch zum Strand hinab wollen, komm, wir schließen uns ihnen an!«

Für eine Weile legte sich der Sturm, auch die Asche fiel nur noch spärlich. Regungslos verharrte die Luft. Der Berg schien sich auszuruhen, vielleicht sammelte er in seinem Innern alle Kraft zu einem neuen noch wütenderen Ausbruch. Man mußte sich eilen. Schnell gingen auch die Fackelträger dahin.

»Die Straße führt zum Strand«, sagte mit ruhiger Stimme ein älterer Mann, der den Fackelträgern folgte. »Freiheit und Reichtum verspreche ich jedem Sklaven, der diesen Tag mit mir überlebt. Ich versichere euch, daß die Götter mir die Rettung verkündet haben. Vorwärts!«

Glühend streifte der Lichterschein auch das liebende Paar Glaukus und Jone. Die Sklaven trugen schwerbepackte Körbe und Kisten vorüber. In ihrer Mitte schritt die hohe Gestalt des Ägypters Arbazes. Seine Faust umklammerte ein Schwert.

»Bei meinen Vätern«, rief Arbazes, »selbst in dieser Schreckensnacht lächelt mir das Schicksal. Umgeben von Leid und Tod führt es mir mein Glück und meine Liebe entgegen. Hinweg Grieche! Jone gehört zu mir!«

»Mörder«, schrie Glaukus zornbebend. »Die Rachegöttin führte dich hierher, damit ich deinen verruchten Schatten in die Unterwelt sende. Wage es nur, die Hand Jones zu berühren, ich will dein Schwert zerbrechen und deine Glieder Stück für Stück vom Rumpfe reißen.«

Während Glaukus wütend dastand, erhellte plötzlich leuchtende Glut die ganze Umgebung. Gleich einer Feuersäule flammte der Vesuv, der Kopf des riesigen Ungeheuers schien jetzt gespalten, zwei Schreckgestalten erhoben sich aus seinem Gipfel wie Dämonen, die um den Besitz der Welt kämpften. Der Fuß des Berges aber lag in dichter Finsternis. Nur an drei oder vier Stellen quoll hier aus den Klüften glühende Lava. In Schlangenwindungen krochen diese feurigen Drachen gegen die verlorene Stadt heran.

Die Sklaven schrien laut auf und bedeckten ihre Augen mit den Händen. Wie festgewurzelt stand der Ägypter da. Das Feuer beschien seine gebieterische Gestalt und sein mit Juwelen besticktes Gewand.

Hinter ihm erhob sich eine hohe Säule, darauf stand die eherne Statue des Kaisers. Das Standbild glühte.

Dem Ägypter gegenüber verharrte Glaukus. Er hatte den linken Arm um Jone geschlungen, hielt die rechte Hand, die mit einem Dolch bewaffnet war, drohend empor. Es war die gleiche Waffe, die man ihm im Amphitheater zum Kampf mit dem Löwen gelassen hatte. Mit finsterer Stirne und aufeinandergepreßten Lippen verweilte der Athener vor seinem Feind.

Arbazes murmelte Flüche und Verwünschungen.

Dann aber rief er seinen Sklaven laut zu: »Dieser Athener wagt es, sich mir in den Weg zu stellen. Meine Sterne sind mit mir, sie haben mir das Glück verheißen.

Herbei, ihr Sklaven! Werft den Athener nieder! Erkämpft mir Jone, ich will euch mit Gold und Edelsteinen belohnen!«

Er tat einen Schritt vorwärts, um an der Spitze seiner Sklaven den Widersacher zu beseitigen.

Es war der letzte Schritt seines Lebens. Der Boden erbebte im gleichen Augenblick von einem so heftigen Stoß, daß alles ringsherum zusammenkrachte. Dächer, Säulen, Mauern stürzten ein. Ein Blitzstrahl zitterte über dem ehernen Mal des Kaisers, zersplitterte mit fürchterlichem Donnerschlag das Metall und die Säule. Nieder stürzten die Trümmer, daß es weit durch die Straßen hallte.

Die Erschütterung und der Donner hatten Glaukus für einige Augenblicke betäubt. Als er die Besinnung wiedergewann, stand rings umher der Platz in Flammen. Die Erde schwankte. Jone lag ohne Bewußtsein am Boden. Aber in dem Augenblick, in dem Glaukus sie aufheben wollte, sahen seine Augen ein gräßliches Bild. Da lag ein geisterbleiches Gesicht zwischen den niedergestürzten Säulen, es erstarrte aus den Trümmern in gräßlicher Todesangst und Verzweiflung. Die herabgestürzte Säule hatte den Kopf vom Rumpf getrennt. Die Augen öffneten und schlossen sich rasch, als könnte das Haupt noch denken und seine unermeßliche Qual empfinden. Die Lippen zuckten krampfhaft – erst dann sanken die Züge regungslos zusammen, nun war das Gesicht still und starr geworden – aber der Ausdruck blieb grausig und furchtbar.

So starb der weise Magier, der große Arbazes, der Hermes vom flammenden Gürtel, der Letzte aus ägyptischem Königstamm.

Die Rettung der Liebenden

Glaukus verweilte nicht länger. Kaum war Jone wieder aus ihrer Bewußtlosigkeit erwacht, da stützte er sie mit seiner ganzen Kraft und versuchte mit ihr weiterzukommen, hinab an den Strand des Meeres. Es ging durch brennende Straßen. Plötzlich aber wurden durch einen neuen

Aschenregen die Flammen abermals gelöscht, so daß man sich erneut durch die Finsternis einen Weg suchen mußte. Auch Glaukus war nun erschöpft, er sank unter einem Torbogen nieder, drückte Jone an seine Brust und hatte kaum Hoffnung mehr auf Rettung . . .

Unterdessen hatte sich die blinde Nydia, nachdem sie von Glaukus und Jone getrennt worden war, vergebens bemüht, die beiden wiederzufinden. Umsonst erhob sie immer wieder ihren Klageruf, er verhallte im Lärm der tobenden Elemente und im Wirrwarr der flüchenden Menschen. Mit Hilfe ihres Stabes tastete sie sich vorwärts. Sie wollte auch zur Küste hinab. In der Finsternis, die sie ja gewohnt war, fand sie leichter die rettenden Pfade als die Sehenden, die sich an die Dunkelheit nur schwer gewöhnten. Das Schicksal schien die sonst so Hilflose zu begünstigen.

Die heißen Ströme berührten sie nicht, die Felsstücke fielen neben ihr nieder, ja selbst der Aschenregen schien ihr nichts anzuhaben.

Plötzlich hörte sie, wie einer ihren Namen rief. Es war der Feinschmecker Sallust, der sich in der gefährlichsten Stunde als wahrer Freund des Glaukus bewährt hatte.

»Wie?« schrie Sallust, »ist das nicht unser braves blindes Mädchen? Beim Bacchus, die gute Nydia dürfen wir nicht allein hier lassen. Komm, mein Kind, geh mit uns, wir wollen hinunter zum Strand.«

»Oh, Sallust? Hör' ich deine Stimme? Den Göttern Dank! Ach, hast du Glaukus nicht gesehen?«

»Nein, leider nicht! Aber sicher ist er jetzt schon außerhalb der Stadt. Die Götter haben ihn vor dem Löwen geschützt, sie werden ihn auch vor dem glühenden Steinregen bewahren.«

So sprach der freundliche Epikureer Nydia Mut zu und nahm sie mit zum Ufer. Unterwegs rief Nydia unermüdlich den Namen Glaukus in die Nacht hinein.

Als sie dem Hafen näher kamen, wurde die Menschenmenge immer dichter. Tausende trieben sich hier herum und wußten nicht recht, wohin sie fliehen sollten. Ganze Scharen waren auch vom Strand schon wieder zurückgewichen, da sie vom Toben des Meeres, das bald weit fortwogte, bald mit gewaltigem Wellenschlag wieder heranbrauste, aufs äußerste erschreckt waren. Sie fürchteten, daß die Fluten plötzlich alles überschwemmen könnten.

Mitten im Gewirr und Gebrodel der aufgescheuchten Menge tauchte eine Schar von Nazarenern auf. In der Mitte war auch der Christ Olinth, der erst vor kurzem der Gier des Tigers entgangen war. Er stieg im fahlen Widerschein des brennenden Berges auf die Trümmer des eingestürzten Apollotempels. Dort ragte er hoch über die Menschen hinaus. Er erhob seine Arme, streckte sie prophetisch aus.

Furchtlos rief er über die Menge hin: »Die alten Götter versinken, ihre Tempel zerbersten. Die Stunde unseres Gottes, des Erlösers, ist gekommen!«

Die Nazarener wiederholten den Ruf, von allen Seiten hallte er wider, Frauen und Männer, Kinder und Greise riefen: »Die Stunde ist gekommen!«

In diesem Augenblick dröhnte ein wildes Geheul durch die Luft.

Der furchtbare Tiger, der im Amphitheater ein gräßliches Schauspiel hätte geben sollen, sprang mitten unter die Menge und packte rechts und links zu. Nicht Raublust und Hunger hetzten ihn vorwärts, sondern Angst und Verzweiflung. Bald hatte sich das Untier freie Wege gebahnt und entwich in das weite Feld.

Neue Flüchtlinge kamen an. Sie eilten durch die offene Gasse. Auch die Sklaven des erschlagenen Ägypters zogen vorbei, sie waren mit den Schätzen ihres Herrn beladen und drängten sich im geschlossenen Haufen vorwärts.

Sosia war darunter. Wie er vorüberging, erkannte er unter der Menge das Blumenmädchen, das er noch vor kurzem im Hause des Arbazes hatte bewachen müssen.

»He, Nydia«, rief er, »komm mit uns, jetzt brauche ich deinen Schmuck nicht mehr, um mir die Freiheit zu erkaufen. Kein Sklave fragt mehr nach seinem Herrn. Wir sind alle frei!«

Nydia ergriff den Vorübergehenden am Ärmel und sagte: »Dir glaub' ich es gern, daß du dich nicht mehr um deinen strengen Gebieter kümmerst, aber könntest du mir vielleicht irgend etwas über meinen Herrn Glaukus sagen, die Götter würden es dir lohnen. Ich habe ihn im Gedränge verloren.«

»Dein Herr? Ja freilich! Der hat sich doch unserm Zuge angeschlossen. Wenn ihn der Menschenstrom nicht wieder auf die Seite gedrängt hat, muß er hier ganz in der Nähe sein. Ruf doch einmal laut nach ihm!«

Kaum hatte Nydia diese hoffnungsvolle Auskunft erhalten, da rief sie mit aller Kraft, deren sie fähig war, den Namen ihres geliebten Herrn.

Und siehe da: Glaukus hörte ihre Stimme!

»Hier bin ich, hier!«

Er drängte sich mit Jone zu der Blinden hin.

»Den Göttern Dank«, jubelte Nydia überglücklich und hielt sich am Gewand ihres Herrn fest.

Lange liefen sie am Strande hin und her, bis sie eine Barke fanden. Mit einigen anderen Leidensgefährten zogen sie das Boot den Wellen entgegen und entschlossen sich, ihr Leben lieber dem bewegten Meer als der trügerischen gefährlichen Erde anzuvertrauen. Im Dunkel stießen sie von der Küste ab. Die Lavaströme warfen einen rötlichen Schimmer über die Gewässer. Das Schiff schaukelte auf die offene See hinaus.

Völlig erschöpft schlief Jone an der Brust des Atheners ein. Nydia aber setzte sich zu Füßen ihres Herrn nieder. Noch immer warf der Vesuv den Flüchtlingen seine Aschenschauer nach. Der Wind trug die qualmenden Wolken weit auf das Meer hinaus.

Am nächsten Morgen

Weich, mild und schön dämmerte endlich das Licht über der zitternden Tiefe. Ein sanfter Hauch vom Himmel beflügelte die glückliche Fahrt des Schiffes. Im Osten zerteilten sich die dünnen Nebel, rosige Wölkchen zogen herauf, der Tag verdrängte wieder die Nacht. Am Land aber sah man die Trümmer der verhängnisvollen Wetterwolke noch immer am Berg hängen, rote Feuerfluten flossen in breiten Streifen vom Gipfel herunter über die verbrannten Gefilde. Die weißen Gebäude und schimmernden Säulen, die ehedem die liebliche Küste geschmückt hatten, waren nicht mehr. Dort, wo gestern noch die blühenden Städte Pompeji und Herkulaneum gelebt hatten, dehnten sich jetzt die Ufer traurig und öd.

Kein lustiges Schifferlied begrüßte den Morgen. Die Überlebenden waren zu müde, um mit lautem Jubel den Tag willkommen zu heißen. Sie erkannten, daß nur ihre Stadt, nicht aber die ganze Welt untergegangen war. Im Gefühl, daß sie das Schlimmste überstanden hatten, legten sich die Erschöpften auf die Planken des Bootes nieder und sanken alsbald in Schlaf. Auf der beruhigten See glitt die Barke sanft dahin.

Während so die Geretteten in den Tag hineinschliefen, erhob sich Nydia leise. Sie beugte sich über Glaukus, berührte sehr zart mit ihren Lippen seine Stirne und faßte nach seiner Hand. Da merkte sie, wie er seinen Arm um Jone geschlungen hatte. Die Blinde erzitterte, sie seufzte. »Mögen dich die Götter segnen«, flüsterte sie, »mögest du glücklich werden mit deiner Geliebten! Vielleicht erinnerst du dich einmal später an die unglückliche Nydia. Ach, ich kann dir auf Erden nichts mehr sein.«

Nach diesen Worten wandte sie sich ab. Langsam schlich sie an den Schlafenden vorbei zum Heck des Schiffes. Dort neigte sie sich über die Tiefe. Der kühle Schaum netzte ihre fieberheiße Stirne.

Noch einmal hob sie die lichtlosen Augen in den Himmel empor und flüsterte: »Nein, ich kann diese Qualen der Eifersucht nicht mehr ertragen. Ich habe ihn gerettet und muß mich deswegen glücklich preisen. Ich kann nicht mit ihm leben, so soll es denn still werden mit mir und in mir! O du heiliges Meer! Ich höre deine geheimnisvolle Stimme. Sie sagen: Wer in deinen Armen ruht, kommt nicht über den Styx in die Unterwelt. Wohlan, es sei! Ich will meinem Herrn auch nicht im Schattenreich begegnen, denn auch dort wird er an der Seite Jones dahingehen. Ich müßte wieder abseits stehen. So will ich nichts anderes mehr für mein Herz als Ruhe und Frieden!«

Der Steuermann des Bootes, der geschlossenen Auges dahindöste, hörte ein leises Plätschern im Wasser. Schlaftrunken blickte er auf. Während das Schiff rasch voranglitt, glaubte er rückwärts etwas Weißes in den Wellen schwimmen zu sehen. Aber es verschwand im Nu. Der

Mann nickte wieder ein, er träumte von seinem verschütteten Haus . . .

Als die beiden Liebenden, Glaukus und Jone, erwachten, war ihr erster Gedanke bei Nydia, ihrer Retterin. Wo war sie denn? Sie war nicht zu finden, niemand hatte sie seit der Nacht gesehen. Man entdeckte auf dem ganzen Schiff nicht eine Spur von ihr.

So still und leise wie sie vor einiger Zeit in Pompeji aufgetaucht war, so heimlich hatte sie sich wieder entfernt.

Als der Steuermann erzählte, was er in der Morgendämmerung gehört und gesehen hatte, ahnten alle schweigend das Schicksal des armen Blumenmädchens. Die Liebenden rückten näher aneinander, vergaßen das Glück ihrer eigenen Rettung und beweinten Nydia wie eine dahingeschiedene Schwester.

Nach langen Jahren

Zehn Jahre nach dem Untergang von Pompeji sandte Glaukus aus seiner Heimatstadt Athen, wo er mit Jone lebte, folgenden Brief an seinen alten Freund Sallust nach Rom:

»Geschrieben zu Athen . . .

Glaukus entbietet seinem geliebten Sallust Grüße und wünscht ihm Wohlergehen und Gesundheit!

Mein Lieber! Du lädtst mich ein, Dich in Rom zu besuchen. Ich bitte Dich: Komm lieber zu mir nach Athen. Ich habe keine Sehnsucht mehr nach der Kaiserstadt mit ihrem Lärm und den lauten Vergnügungen. Für immer will ich in meiner Vaterstadt Athen leben. Meine griechische Heimat hat mich wieder ganz mit ihrem Zauber eingefangen. In den Olivenhainen vernehme ich die Stimmen unserer alten Dichter, auf den Höhen der Akropolis kann ich der einstigen griechischen Herrlichkeit nachträumen. Auch die späteren Geschlechter werden bewundernd das betrachten, was von unseren Dichtern, Bildhauern und Baumeistern geblieben ist. Du lächelst über meine Begeisterung, mein lieber Sallust! Du schreibst mir: Du seiest überzeugt, ich könnte mich in der Melancholie meiner Heimatstadt nicht recht des Lebens erfreuen, und schilderst mir den Glanz Roms und den Luxus des Kaiserhofes mit Entzücken. Mein teurer Sallust: Ich bin nicht mehr der gleiche wie einst! Das schäumende Blut meiner Jugend hat sich beruhigt. Meine Gesundheit hat seit den furchtbaren Erlebnissen der Kerkerhaft in Pompeji nie mehr ihre frühere Festigkeit erlangt. Niemals habe ich die finsteren Schatten der letzten Tage von Pompeji ganz verscheuchen können. Nie habe ich jene Verwüstung vergessen. Mit Wehmut denke ich auch an unsere liebe Nydia. Ich habe ihr in meinem Garten unter dem Schatten von Zypressen ein Denkmal errichtet. Jone windet die Kränze, mit denen wir es gemeinsam schmücken.

Nun schreibst Du auch in Deinem Brief, daß die Sekte der Christen in Rom zunimmt. Sallust, ich darf Dir ein Geheimnis anvertrauen. Ich habe viel über den neuen Glauben nachgedacht – und habe ihn schließlich selber angenommen. Nach dem Untergang von Pompeji bin ich nochmals mit Olinth zusammengekommen. Er konnte sich damals nur für kurze Zeit vom Tod retten. Später ist er dann doch als Märtyrer seines Glaubens gestorben. Er hat zuerst in mir den Wunsch erweckt, den Sätzen der Nazarener nachzuspüren. Ich hörte, ich glaubte – und betete endlich an. Meine mehr denn je von mir geliebte Jone hat ebenfalls diesen Glauben angenommen, einen Glauben, Sallust, der unser Leben erhellt und der auch in die Ewigkeit hineinleuchtet. Wir wissen, daß wir für immer vereint sein werden. Die Zeiten mögen verrinnen, unser Staub mag sich auflösen, die Erde zerfallen: Aber wir hoffen auf das gemeinsame Glück der Ewigkeit!

Besuche mich bald einmal, mein Sallust, bring die gelehrten Schriften der Philosophen mit! Auch die Werke Epikurs, den Du so sehr verehrst. Im Hain der Akademie wollen wir über das große Problem der Unsterblichkeit und über die Natur der Seele disputieren.

Jone – wie schlägt mein Herz bei ihrem Namen – Jone sitzt, während ich schreibe, bei mir. Ich erhebe die Augen, und sie treffen auf ihr Lächeln. Die Strahlen der Sonne zittern auf den grünen Matten des Hymettus, summende Bienen fliegen in meinem Garten von Blume zu Blume.

Ob ich glücklich bin, fragst Du.

Hier in Athen liebe ich die Bäume, die Quellen, die Hügel, den Himmel. In meiner Vorhalle stehen die Marmorbilder unserer Ahnen. In den Straßen bewundere ich die Hand eines Phidias, den Geist eines Perikles. Ich lebe in der großen Geschichte meines Landes.

So versuche ich denn die milde schöne Überlieferung meiner Heimat mit dem neuen tröstlichen Glauben zu verbinden. Ich teile nicht den Eifer jener Neubekehrten, die nun alle Andersgläubigen verurteilen und ihnen die ewige Verdammnis verkünden. Nein! Ich verwünsche jene nicht, die sich zu einem andern Glauben bekennen als ich selbst. Ich bete nur zu dem großen Vater, daß er allen Menschen die wahre Einsicht geben möge. Wohl bringt mich diese milde Gesinnung bei einigen allzu eifrigen Neubekehrten in Verdacht, daß ich zu lau sei. Ich aber vertraue auf Gott und auf sein Gebot der Nächstenliebe. Wir Menschen sollten versuchen, im Nachbarn den Bruder zu sehen und einander Gutes zu tun. Wir sind nicht dazu da, um zu hassen – sondern um zu lieben!

Dies, mein lieber Sallust, ist mein Leben. So erfreue ich mich still und friedlich meiner Tage und erwarte heiteren Sinnes Alter und Tod.

Komm hierher und siehe, wie wir leben! Weder der Glanz kaiserlicher Gastmähler noch der Lärm des Forums, weder die Spiele des Amphitheaters noch die prächtigen Gärten und üppigen Bäder Roms sollen Dir mehr Freude bieten als das einfache Haus Deines Freundes Glaukus, bei dem Du das Glück einer zufriedenen Seele finden könntest.

Leb wohl!«

Beinahe siebzehn Jahrhunderte vergingen, bis man daran ging, die untergegangene Stadt Pompeji wieder auszugraben. Lebendig mit unverlöschten Farben tauchte sie aus Asche und Erde auf, und die Wände leuchteten oft so frisch, als hätte man sie erst gestern bemalt. Die Mosaik-Fußböden glänzten hell, auf dem Forum standen noch die halbvollendeten Säulen, wie sie die Hand der Steinmetzen verlassen hatte, vor den Altären fand man noch die Dreifüße, in den Gemächern die Geldkästen, in den Bädern die Striegel, in den Theatern die Einlaßmarken, in den Gesellschaftssälen die Lampen und sonstigen Geräte, in den Speisezimmern die Überreste des letzten Gastmahles, in den Putzzimmern der Damen die Riechfläschchen und Schminkbüchsen, und allenthalben die Gebeine und Skelette derjenigen, die einst hier gelebt hatten.

Im Keller des Landhauses Diomeds entdeckte man an die zwanzig Gerippe. Sie waren alle von feinem Aschenstaub bedeckt, der augenscheinlich durch Spalten und Ritzen eingedrungen war und schließlich den ganzen Raum ausgefüllt hatte. Hier fand man auch Juwelen und Geldstücke, Kandelaber, Lampen und gefüllte Krüge, in denen der Wein zu einer festen Masse eingetrocknet war. Vergeblich waren die Vorsichtsmaßregeln gewesen, der Tod hatte hier alle überwältigt: den reichen Diomed, seine schöne Tochter Julia, den Spieler Clodius mitsamt den Sklaven!

Die Häuser Sallusts und Pansas, der Tempel der Isis mit den betrügerischen Vorrichtungen hinter den Statuen – alles kam wieder aus Asche und Schutt zum Vorschein. In einer der Tempelzellen fand man ein riesiges Skelett – es war vielleicht der unglückliche Burbo, der hier den Tod erlitten hatte.

Und jener andere Tote in der Stadtmitte, bei dem man Gold und viele Kostbarkeiten aus dem Isistempel entdeckte, war wohl der Priester Calenus. Er hatte seinen Verwandten Burbo nicht überlebt!

Beim Wegräumen eines Trümmerhaufens stießen die Arbeiter auf die Gebeine eines Mannes, der von einer umgestürzten Säule buchstäblich in zwei Teile getrennt worden war. Es waren die Überreste des Ägypters Arbazes . . .

Da liegen die Häuser und Straßen Pompejis heute nun wieder offen unter der südlichen Sonne. Aber niemand wohnt mehr darin. Die Menschen, die dereinst hier lebten, liebten und litten – sind vergangen. Nur die Winde raunen die alten Geschichten, die sich ehedem in den Hallen und Tempeln begaben.

Im Hintergrund der untergegangenen und nun wieder ausgegrabenen Stadt aber ragt der Vesuv, der alte Feuerberg, in den Himmel empor. Über seinem Gipfel steht die Rauchwolke – wie einst. Noch immer brennt das Feuer in den Gründen des Berges.

Die Hauptpersonen

Glaukus, ein junger Athener.
Jone, ein schönes Mädchen aus Neapel.
Apaecides, Jones Bruder, ein Priester der Isis.
Arbazes, ein reicher Ägypter.
Nydia, ein blindes Blumenmädchen aus Thessalien.
Diomed, ein vermögender Kaufherr in Pompeji.
Julia, dessen Tochter.
Pansa, Ädil in Pompeji.
Sallust, *Clodius*, *Lepidus* – junge Pompejaner.
Calenus, ein Priester der Isis.
Olinth, ein frommer Christ.
Congrio, Koch im Hause des Kaufherrn Diomed.
Medon, Türhüter im Hause des Kaufherrn Diomed.
Lydon, Medons Sohn, Gladiator.
Burbo, Schankwirt.
Frau Burbo.
Sosia, *Callias* – zwei Sklaven im Hause des Ägypters Arbazes.
Servilius, Juwelier.

Erläuterungen

Achilles: griechischer Sagenheld.
Ädil: römischer Polizeibeamter.
Äschylus: griechischer Tragödiendichter.
Äthiopien: Gebiet in Mittelafrika.
Äthiopischer Sklave: dunkelhäutiger Sklave aus Afrika.
Ätna: vulkanischer Berg auf Sizilien.
Akropolis: Stadtburg von Athen mit herrlichen Tempeln.
Alabaster: eine besonders feine und durchscheinende Gipsart.
Alexandrien: Handelsstadt in Ägypten.
Aloe: Gattung der Liliengewächse.
Amor: Liebesgott.
Amphitheater: Theater mit halbkreisförmig emporsteigenden Sitzreihen.
Amphora: zweihenkliges Gefäß aus Ton.
Amulett: Zaubermittel, das seinen Träger beschützt.
Apollo: griechischer Gott der Dichtkunst und Musik.
Arabesken: Rankenmuster in arabischem Stil.
Arena: Platz, auf dem die Wettkämpfe stattfinden.
Aristoteles: griechischer Philosoph.
Aspekte: Stellung der Gestirne zueinander.
Athene: griechische Göttin.
Atrium: Vorhalle im römischen Haus.
Attische Tempel: Tempel in der mittelgriechischen Landschaft Attika.
Austern: Meeresmuscheln, Delikatesse für Feinschmecker.
Bacchus: der Gott des Weines.
Baldachin: Schutzdach, Traghimmel.
Bankett: festliches Mahl.
Cästus: Faustschutz der Boxer. In die um die Hand gelegten Riemen wickelte man bleierne Kugeln und ähnliches.
Catull: römischer Dichter.
Cella: Innenraum im antiken Tempel.
Cybele: kleinasiatische Göttin der Fruchtbarkeit.
Diadem: kostbarer Schmuck für die Stirne.

Diana: römische Jagdgöttin (bei der Diana = Beteuerungsformel).
Draperien: Tücher, Vorhänge, malerisch herabfallende Stoffe.
Elegie: Klagelied, wehmütiges Lied.
Epikur: griechischer Philosoph.
Epikureer: ein Mensch, der nach der Philosophie Epikurs lebt und auf Lebensgenuß Wert legt.
Epos: größere erzählende Dichtung.
Euripides: griechischer Bühnendichter.
Falerner: berühmte italienische Weinsorte.
Faun: Waldgott mit Bocksfüßen.
Fortuna: Göttin des Glückes.
Forum: Marktplatz.
Furie: Rachegöttin, wütendes Weib.
Gallier: Einwohner von Gallien (römischer Name für Frankreich).
Ganges: Fluß in Indien.
Gigant: Riese aus der griechischen Sage.
Gladiator: Berufswettkämpfer bei den römischen Kampfspielen.
Grazien: Göttinnen der Anmut.
Hades: Unterwelt.
Helena: schöne Frau aus der griechischen Sage, um die der Trojanische Krieg entbrannte.
Herkulaneum: Stadt am Vesuv, die ebenso wie Pompeji verschüttet wurde.
Herkules: griechischer Sagenheld (beim Herkules = Beteuerungsformel).
Hieroglyphen: bildähnliche altägyptische Schriftzeichen.
Homer: der weltberühmte Dichter der »Ilias« und »Odyssee«.
Hymettus: Bergrücken in Mittelgriechenland.
Isis: ägyptische Gottheit, die auch auf römischem Boden verehrt wurde.
Juno: höchste römische Himmelsgöttin.
Jupiter: der höchste römische Gott.
Kampanien: Landschaft in Mittelitalien.
Kastor: griechischer Sagenheld (beim Kastor = Beteuerungsformel).
Klienten: Schutzbefohlene eines Schutzherrn.

Konstallation der Gestirne: Stellung der Himmelskörper zueinander.
Krösus: ein ungewöhnlich vermögender König, dann allgemein ein reicher Mann.
Kruke: großer Krug, Tonflasche.
Laren: Hausgötter der Römer.
Leda: griechische Sagengestalt.
Lukullus: römischer Feldherr, dann allgemein Genußmensch.
Lyra: griechisches Saiteninstrument.
Mänaden: Verehrerinnen von Bacchus, rasende Weiber.
Magie: zauberische Kraft, Geheimkunst.
Magier: Zauberer.
Memphis: frühere Hauptstadt Unterägyptens.
Merkur: Götterbote.
Minerva: römische Göttin, entspricht der griechischen Athene.
Mosaik: aus bunten Steinen zusammengesetztes Bildwerk.
Muräne: aalähnlicher Fisch des Mittelmeeres.
Mysterien: Geheimnisse, geheimer religiöser Kult.
Nazarener: Bezeichnung der frühen Christen.
Nereide: Meernymphe.
Numidien: im Altertum Reich in Nordafrika.
Numidischer Löwe: afrikanischer Löwe.
Nymphe: weibliche Naturgottheit, die das Wasser belebt.
Ode: Gedicht in einem bestimmten griechischen Versmaß.
Olymp: Berg in Nordgriechenland, wo die Götter hausen sollen.
Onyx: Schmuckstein.
Orakel: Weissagung, Schicksalsspruch.
Oreaden: Bergnymphen.
Orion: Sternbild.
Orkus: Unterwelt, Gott der Unterwelt.
Ornament: Schmuckwerk Verzierung.
Osiris: ägyptischer Gott.
Pallas: Beinamen der griechischen Göttin Athene (bei der Pallas-Athene = Beteuerungsformel).
Papyrus: fasriger Schreibstoff, aus der Papyrusstaude gefertigt.
Parzen: Schicksalsgöttinnen, die den Lebensfaden der Menschen abschneiden können.

Pergamentrolle: Schreibrolle aus geglätteter, gebeizter Tierhaut.
Perikles: athenischer Staatsmann. »Perikleisches Zeitalter« = historischer Abschnitt in der Geschichte Athens.
Peristyl: Säulengang um Hofraum in den römischen Häusern.
Pharao: Titel der ägyptischen Könige.
Phidias: berühmter griechischer Bildhauer.
Pindar: griechischer Lyriker.
Pinie: schirmartige Kiefer im Mittelmeergebiet.
Planeten: Wandelsterne, die sich um die Sonne bewegen.
Platon: griechischer Philosoph.
Plejaden: das Siebengestirn.
Pluto; griechischer Gott der Unterwelt.
Pollux: griechischer Sagenheld (beim Pollux = Beteuerungsformel).
Portikus: Säulengang, Säulenhalle.
Prätor: hoher römischer Rechtsbeamter.
Properz: römischer Elegiendichter.
Pyramiden: die mächtigen aufragenden Grabmäler der ägyptischen Könige.
Sappho: berühmte griechische Dichterin.
Sardellen: eingesalzene kleine Fischchen.
Sarnus (auch Sarno): Fluß, entspringt östlich vom Vesuv.
Scharlatan: Schwindler.
Schildpatt: Hornplatte der Schildkröte.
Sekte: religiöser Sonderbund, Glaubensgemeinschaft.
Senatoren: Staatsrat im alten Rom, hohe Beamte in der Stadtverwaltung.
Sesterz: römische Münze.
Sesterzium: 1000 Sesterze. Mehrzahl von Sesterzium = Sesterzien.
Sibylle: weissagende Frau aus der griechisch-römischen Sage.
Silen: Begleiter des Weingottes Bacchus.
Skorpion: krebsähnliches Spinnentier mit giftigem Stachel.
Smaragd: Edelstein.
Sophistereien: Spitzfindigkeiten, trügerische Schlüsse.
Spektakulum: Schauspiel.

Sphinx: ein Fabelwesen, das den Leib eines Löwen und den Kopf eines Menschen besitzt. Sinnbild des Rätselhaften, Geheimnisvollen.
Stilus: Schreibgriffel für die Wachstafeln. Konnte wegen seiner Spitze auch als Stoßwaffe verwendet werden.
Stuckdecke: eine Decke, die mit Schmuckformen aus Gips oder ähnlichem Material verziert ist.
Styx: Fluß in der Unterwelt.
Talisman: Gegenstand, dem man eine zauberkräftige Schutzwirkung zuschreibt.
Tarantel: südeuropäische Wolfsspinne.
Theben: hier ist nicht das griechische Theben gemeint, sondern die gleichnamige Stadt in Oberägypten.
Thessalien: Landschaft in Nordgriechenland.
Thessalierin: Mädchen aus der griechischen Landschaft Thessalien.
Thyrsusstab: Stab von Bacchantinnen (rasenden Frauen).
Tiber: Fluß in Italien, an dem Rom liegt.
Tibull: römischer Elegiendichter.
Titan: Riese von gewaltiger Kraft.
Toga: römisches Obergewand mit wallendem Faltenwurf.
Triklinium: Speisezimmer im römischen Haus, dort steht ein Eßtisch, der an drei Seiten von Ruhelagern umgeben ist.
Triumphbogen: meist dreitorige hochgewölbte Ehrenpforte.
Tunika: römisches hemdartiges Unterkleid.
Tusch: kurze laute Musikfolge, welche die Zuhörer darauf aufmerksam machen soll, daß etwas Besonderes bevorsteht.
Venus: Göttin der Liebe.
Vesta: römische Göttin des häuslichen Herdes.
Vestibulum: Vorraum in den römischen Häusern.
Victoria: römische Siegesgöttin.
Zerberus: Höllenhund der griechischen Götterlehre, dann allgemein grimmiger Wächter.
Zeremonien: Gebräuche, Feierlichkeiten.
Zinne: Mauerabschluß auf der Plattform eines Turmes, Mauerbrüstung.
Zyniker: spöttischer Mensch.
Zypern: Insel im östlichen Mittelmeer.

Nachwort

Edward Bulwer-Lyttons Roman »Die letzten Tage von Pompeji« beschwört noch einmal den Untergang der glutheißen, leidenschaftdurchwogten Stadt Pompeji durch den feuerspeienden Vesuv im Jahr 79 nach Christus. Unsere Neuausgabe folgt in den großen entscheidenden Zügen dem von Bulwer gezeichneten Handlungsverlauf. Sie bemüht sich aber nicht um eine sklavische Nachfolge, sondern ist bestrebt, aus der alten Vorlage das zu lösen, was die Zeiten überdauert hat. Nicht etwas Altes sollte unbesehen wieder neu vorgelegt werden. Bulwer konnte sein Werk wie einen üppig wuchernden Baum nach allen Seiten hin wachsen lassen – unsere Zeit verlangt in Thema und Sprache eine gedrängtere Auffassung. So will die Neubearbeitung wohl die dichterische Schau der ersten Ausgabe bewahren, aber nicht wie einen toten Museumsgegenstand. Es galt vielmehr, das Werk unverwelkt in seinem wesentlichen Gehalt lebendig zu erhalten. Daher durfte man sich nicht scheuen, üppiges Rankenwerk zu beschneiden und das Werk aus unserer Zeit in einer nachfühlenden dichten Sprache neu zu beleben.

Dem Dichter Edward Bulwer wird aber dabei keine Gewalt angetan. Wir hoffen, daß er im Olymp auch an dieser neuen Ausgabe seine Freude hat. Er hat ja in seinem langen Leben (1803 bis 1873) viele Romane, Dramen und epische Schöpfungen geschrieben. Aber »Die letzten Tage von Pompeji« brachten ihm schon damals einen seiner größten Erfolge. Eine englische Gesamtausgabe seiner Werke, die zwischen 1873–1875 in London erschien, umfaßt 38 Bände und zeigt die fruchtbare Lebensarbeit des Dichters. Unter all seinen Büchern, die in viele Sprachen übersetzt wurden, ist das Buch vom Untergang Pompejis am farbigsten. Es hat schon Generationen erfreut und wird weiterhin jung und alt mit dem Leben der antiken Welt vertraut machen.

Edward Bulwer hat in seinem siebzigjährigen Dasein zahlreiche Ehrungen genossen, er war lange Jahre Abgeordneter im englischen Parlament, hatte zeitweise sogar ein Ministeramt und zog schließlich als Lord ins Oberhaus ein. Als man ihn aber 1873 in der St. Edmundskapelle in Westminster begrub, dachte man doch in erster Linie an seine vielseitige und umfangreiche schriftstellerische Tätigkeit. Ruhmbedeckt zählte er zu den Großen seiner Zeit.

Mit seinem Werk »Die letzten Tage von Pompeji« ist er auch in unserer Epoche lebendig, er hat damit einen Beitrag zur Weltliteratur geleistet.

Hermann Gerstner